비정소옥

非情素玉

송진용 新무협 판타지 소설

1

비정소옥 1

송진용 新무협 판타지 소설

초판 1쇄 찍은 날 § 2001년 12월 20일
초판 1쇄 펴낸 날 § 2001년 12월 30일

지은이 § 송진용
펴낸이 § 서경석

편집장 § 문혜영
편집 § 장상수 · 박영주 · 김희정 · 권민정
마케팅 § 정필 · 강양원 · 김규진

펴낸곳 § 도서출판 청어람
등록번호 § 제1081-1-89호
등록일자 § 1999. 5. 31
어람번호 § 제2-0035호

주소 § 경기도 부천시 원미구 심곡1동 350-1 남성B/D 3F (우) 420-011
전화 § 032-656-4452 팩스 § 032-656-4453
E-mail § eoram99@chollian.net

ⓒ 송진용, 2001

값 7,500원

ISBN 89-5505-246-4 (SET)
ISBN 89-5505-247-2 04810

송진용 新무협 판타지 소설

비정소옥

非情素玉

1

초출강호 (初出江湖)

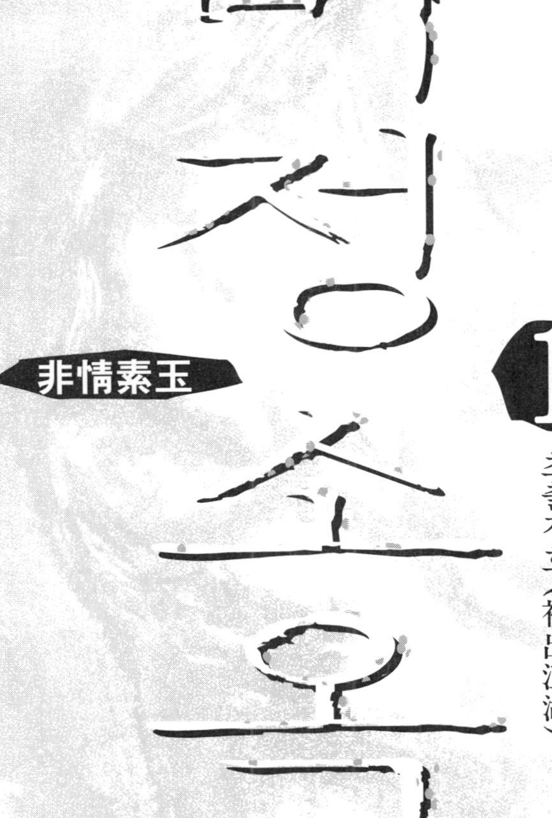

도서출판 청어람

□
목

차

들어가면서…….

　내가 처음 무협을 접한 것은 꽤 오래전이다. 남들보다 좀 더 조숙했던 탓인지 국민학교(초등학교를 그때는 그렇게 불렀다) 5학년 여름 방학 때였다. 어쩐 일인지 학교 도서관에 와룡생의 군협지가 있었고, 책의 속표지에 그려져 있던 그림에 호기심을 갖고 빌려다가 읽었던 것이다.

　나는 비교적 또래의 다른 아이들보다 일찍 책 읽는 재미에 눈을 뜬 편이어서 그전까지 국내에 소개된 거의 대부분의 동화책들을 다 읽었다. 그리고 삼국지를 읽고 있을 무렵이었던 걸로 기억한다.

　아무튼 그때의 기억을 더듬어보면 처음 무협 소설을 대한 느낌은 "와!" 였다. 세상에 이런 소설도 다 있었구나, 하는 신기함에 푹 빠져들어 단숨에 군협지를 다 읽어버렸다. 그리고는 남들이 뭐라고 하기도 전에 곧장 와룡생의 팬이 되어버리고 말았다.

　그 후 중학교 때가 무협 탐독의 절정기가 아니었나 싶다. 닥치는 대로 읽어대기를 계속하지 않고는 스스로 견디지를 못했다. 그 무렵에는 금단 증상까지 있었다. 한 달쯤 자의 반, 타의 반에 의해 무협 소설 읽기를 그만둔 적이 있었는데, 결국 견뎌내지 못하고 말았으니 단단히 중독되었던 것이리라.

　꿈을 꾸어도 무협 속의 모험을 꿈꾸었고, 길을 걸으면서도 스스로 주인공이 되어 활약하는 상상에 빠져들곤 했다. 머리 속으로 쓰고 지웠던 소설이 몇 개인지조차 알 수 없다.

　사랑과 복수와 모험과 성취. 그 모든 것들이 당시 내가 가졌던 환상의 전부였다.

　그러나 그것들이 더 이상 나를 붙잡아두지는 못했다. 어느덧 머리가 커졌고, 현실이라는 것을 피부로 느끼는 나이가 되었던 것이다. 고등학교 2학년 때부터인가 더 이상 무협을 읽지 않게 되었다. 그 열정과 정성을 그놈의 지긋지긋했던 참고서들에게 바쳐야 했던 것이다. 그렇게 숨 가쁜 날들이 지나갔고, 대학이라는, 훨씬 자유로운 시간을 가질 수 있게 되었다. 그러자 가슴 저 깊은 곳에 눌려 있던 욕망이 다시 고개를 들었다. 잠자고 있던 나의 영웅과 미녀들이 깨어나기 시작한 것이다.

마치 연어가 먼 바다를 유랑하다가 때가 되면 다시 아련한 기억을 더듬어 처음 숨을 쉬었던 개울을 찾아 돌아오듯이 나의 독서는 다시 무협으로 돌아오고 말았다. 박스무협이 한창 쏟아져 나오던 무렵이었다. 오랜만에 읽은 무협 소설은 놀랍게 변해 있었다. 나는 다시 한 번 "와!" 하고 열광했다.

세상에 이런 무협이 다 있었다니…….

한국 무협의 새로운 패러다임에 환호하면서 미친 듯 읽어댔다. 그러나 조금씩 손에 무협을 잡는 횟수가 뜸해지기 시작하더니 대학을 졸업할 무렵 이제는 완전히 손에서 떠나고 말았다. 똑같은 설정, 똑같은 기연과 위기, 똑같은 개성. 게다가 그 엉성한 구조와 문체들…….

같은 반찬의 밥상만 계속 받다가 질려 버려 더 이상 밥 먹기를 거부하는 심정이랄까.

그렇게 무협의 세계를 두 번째로 등졌다. 그리고 처음 돌아섰을 때보다 많은 세월이 흘렀다.

어느 날 환상을 보았다. 세파에 시달리고, 사람들에게 피곤함을 느껴 몸도 마음도 지칠 대로 지쳐 있을 무렵이었을 것이다. 낯선 길가에 차를 세워놓고 멍하니 앉아 조는 것도 아니고 깨어 있는 것도 아닌 상태로 스스로를 유기(遺棄)해 버리고 있을 때, 그를 본 것이다.

먼 길을 걸어온 듯, 먼지가 앉은 낡은 옷을 걸치고, 등에는 봇짐 하나를 진 거칠고 삭막한 사내였다. 긴 머리카락을 질끈 동여 묶었는데, 꾀죄죄한 몰골에 어울리지 않게 눈빛만은 시퍼렇게 살아 번쩍였다. 그 사내의 손에 들려 있는 한 자루의 등이 두터운 칼[刀]이 나를 가위눌리게 했다.

잊어버리고 있던 무협의 환상은 그렇게 제 스스로가 나를 찾아온 것이다.

그렇다면 나에게 있어서 무협이란 회귀(回歸)하는 어떤 것이라고 해야 하리라는 생각이 든다. 먼 길을 돌아서 결국은 다시 찾아오고야 마는 드문 속성을 가진 무엇, 그것이 무협이다. 떼어버릴 수 없고, 영영 잊어버릴 수는 더구나 없는 지겨운 존재, 그것이 무협이다. 언제나 갈증과 허망함만을 남기고, 그래서 더욱 미련을 떨쳐 버릴 수 없게 하는 요상한 놀음판, 그것이 무협인 것이다.

환상에서 깨어난 나는 이번에는 미친 듯이 쓰기 시작했다. 이제는 읽기가 아니라 내가 원하는 이야기를 내 스스로 만들어내기 시작한 것이다. 다른 그 어떤 일을 할 때보다 몰입할 수 있었고, 충만한 기쁨을 느꼈다. 그것은 거칠고 황량한 억새 벌판에 홀로 서서 외로워한다기보다 오히려 환호하는 막막한 충만감(充滿感)이었다. 발목을 붙잡고 있던 모든 귀찮은 것들로부터 풀려난 듯한 자유와 희열이 나를 들뜨게 했다.

그런 기쁨으로 벌써 세 개의 이야기를 써냈다. 강하거나, 강해지기를 추구

하는 남자들의 이야기였다. 이제는 한 번쯤 여자의 이야기를 써보고 싶다는 생각을 했다. 무협 속에서 보여지는 그 예쁘고, 순종적이고, 장식과도 같은 여자들의 이야기가 아니라 무언가 치열한 삶을 살아가는, 그래서 사내들을 오히려 질리게 하는 야성(野性)의 그런 여자 말이다.

칼을 들고 거친 혈풍(血風) 속에 스스로 뛰어든 여자가 어찌 외모의 아름다움에 미련을 두고, 심성의 연약함을 고집하겠는가. 은원(恩怨)과 살기가 난무하는 세계 속에서 하루하루 칼날 위를 걸어가는 여자의 모습이란 이럴 것이다라는 추측을 그럴듯하게 그려 보인다면 그것 또한 새롭지 않을까 하는 생각을 하자 마음이 벌써 급해지기 시작했다.

소소옥(蘇素玉)은 비정(非情)하다.

소소옥은 그래서 슬프다. 소소옥은 그 슬픔마저 잊어버리기 위해 몸부림친다. 그래서 또 그녀는 아름답고 처연하다.

그녀의 삶이, 그 처절한 몸부림이 얼마나 아름답게 그려지느냐에 이 소설의 생명이 걸려 있을 것이다. 미인도(美人圖)의 아름다움이 아니라, 전장(戰場)의 살벌함과 처참함 속에 홀로 우뚝 살아서 서 있는 아름다움 말이다.

제1장

정강령(鼎岡嶺)의 인연(因緣)

<h1 style="text-align:center">정강령(鼎岡嶺)의 인연(因緣)</h1>

봄이었다.

쪽빛으로 맑은 하늘 높이 매 한 마리가 한가롭게 떠 있었고, 짙어진 버드나무 그늘 아래에서는 염소 두어 마리가 쨍쨍한 햇빛을 피하고 있었다.

은 비늘을 뿌려놓은 듯 반짝이는 수면 위에 드리워진 부교(浮橋)가 물결에 찰랑거리며 박자를 타고 흔들렸다. 아직 나오지 않은 사공을 기다리고 있는 몇 명의 여객(旅客)이 강둑에 앉거나 혹은 서서 무료하게 그것을 바라보고 있을 뿐, 사위는 봄날 오후의 나른한 정적으로 가라앉아 있었다.

문득 멀리서 산 메아리를 타고 뻐꾸기 울음소리가 건너왔다.

소소옥(蘇素玉)은 힐끔 버드나무 우거진 언덕을 바라보았다. 그곳에는 이별의 시간을 초조하게 기다리고 있는 한 쌍의 남녀가 연초록 버들가지 그늘 속에 숨듯 들어앉아 있었다. 살랑거리는 버들잎 사이로 남자의 가슴에 안겨 있는 여인의 작은 어깨가 가늘게 떨리고 있는 것이 보였다. 그 낮고 애잔한 흐느낌이 가슴에 느껴지는 듯하여 소옥은 저도 모르게 호, 하고 한숨을 쉬고 말았다.

저렇게 가슴 아픈 것이라면 사람들은 왜 이별을 하는지 알 수 없었다. 만났으면 헤어지지 말고, 헤어질 거면 만나지 말 일이지, 왜 만나 정이 들어서는 헤어짐을 슬퍼하는 것인지……

여인의 검은 머리카락을 쓸어주던 남자가 손을 뻗어 버들가지를 꺾었다. 그것을 건네받는 여인의 눈이 정인(情人)의 얼굴에 멎어 떠날 줄을 몰랐다.

이별할 때 버들가지를 꺾어주는 것은 오래된 민간의 풍습이었다. 남자가 등에 메고 있던 보퉁이를 추스르고 여인의 볼을 한번 쓸어준 다음 마지못한 듯 돌아섰다. 언덕을 내려오는 그 짧은 동안에도 세 번이나 돌아보는 남자의 모습이 안쓰러웠다.

언덕 위에서 한 손에 버들가지를 쥔 채 여인은 말을 잊은 듯 멍하니 서 있기만 했다. 그녀의 치맛자락이 봄바람에 가벼이 날렸다.

강둑에 앉거나 서서 무료한 시간을 보내고 있던 몇 명의 여객들도 도두(渡頭:나루)를 향해 내려오기 시작했다. 드디어 고사(篙師:사공)가 모습을 드러낸 것이다. 베잠방이를 걸치고 상앗대를 둘러멘 중늙은이였다.

소옥도 자리를 털고 일어났다. 풀어두었던 검을 다시 등에 둘러메고 봇짐을 어깨에 걸치는 그녀의 두 볼이 봄볕에 익어 발갛게 달아 있었다.

도두를 향해 내려가기 전에 소옥은 다시 한 번 언덕 위의 여인을 바라보았다. 그녀는 넋을 잃은 사람인 듯 그렇게 서서 어깨만 들썩이고 있을 뿐이었다. 그 볼을 적시며 흐르는 눈물이 보였다.

"쳇, 바보……."

심통이 난 소옥은 막 쪽배에 오르는 남자를 한번 흘겨보고 여자를 다시 돌아본 다음 그렇게 중얼거렸다. 헤어지기 싫으면 붙잡고 매달리던지, 손에 쥔 버들가지를 던져 버리고 우르르 달려 내려와 함께 배에 탈 일이지 저렇게 청승맞게 서서 흐느끼고 있기만 한 것이 답답했다.

사랑이라는 것이 도대체 뭐길래 가슴을 아프게 하고, 머리를 뜨겁게 하고, 때로는 신경질이 나게 하고, 그래서 곁의 애꿎은 사람들마저 괴롭게 하다가 드디어는 술에 취해 엎어져 엉엉 울게 하는 것인지 알 수 없었다.

소옥은 사랑이라는 것이 눈앞에 있다면 단번에 요절을 내버리고 싶다는 충동을 느낀 적이 한두 번이 아니었다. 사부의 그런 도습을 지켜볼 때마다 함께 괴로워하다가 문득 일으키곤 했던 적의였다. 그러나 사랑에 대한 적의는 아무 소용도 없었다. 눈앞에 존재하지 않는 것에 대한 미움은 대상을 찾지 못하고 떠돌다가 결국 자기 자신에게 고통으로 되돌아올 뿐이었다.

하지만, 사랑은 어딘가에 분명히 존재하고 있는 게 틀림없었다. 그렇기에 사부가 그처럼 괴로워하고, 가슴 아파했으리라.

늘 자상하고 자애롭던 사부가 갑자기 얼이 빠진 듯 멍해 있으면 소옥은 가슴을 졸여야 했다. 그런 날은 사부의 심기가 어지럽기 짝이 없었던 것이다. 웃다가도 처연한 한숨을 쉬었고, 눈물을 글썽이다가 곧 환한 웃음으로 밝아지기도 했다. 그리고는 까닭없이 소옥을 미워하여 냉랭하고 쌀쌀하게 대했다.

어린 나이였을 때는 그런 사부의 갑작스런 변화에 놀라고 두려워 주저앉아 울기만 했다. 그러다가 나이가 들면서 소옥은 그것이 사랑 때문이라는 것을 어렴풋이 짐작할 수 있게 되었다. 스스로를 이기지 못해 괴로워하다가 끝내 술에 취해 쓰러져 흐느끼는 사부의 어깨를 보고 있으면 그 고통이 고스란히 자신의 가슴속으로 옮겨들어 우울해졌다.

'저렇게 괴로울 걸 무엇 때문에 사랑을 했담?

소옥은 마음속에 사랑에 대한 증오를 키워갔다. 그건 누가 그렇게 하라고 시켜서 된 일이 아니었다. 십오 년 동안이나 곁에서 사부를 지켜보며 스스로 갖게 된 증오였고, 두려움이었던 것이다.

"무엇보다 네 마음을 조심하고 두려워하여라. 한번 사랑에 빠져들게 되면 눈이 멀고 귀가 멀고 정신이 흐려지게 된단다. 언제나 스스로를 잘 지켜서 사부와 같은 미련한 고통을 겪는 일이 없기를 바란다."

마음껏 취해 쓰러져 울다가 깨어나면 사부는 부스스한 얼굴로 소옥을 품에 안고 머리를 쓰다듬으며 그렇게 중얼거리곤 했다. 그때마다 사부의 충혈된 눈을 올려다보며 소옥은 멋도 모르고 고개를 끄덕였다. 자신의 얼굴에도 사부를 닮은 쓸쓸함과 비장함이 떠올라 있다는 것을 알지 못한 채였다.

긴 상앗대를 짚어 강심으로 쪽배를 밀어낸 사공이 노를 잡았다. 노가 삐걱거릴 때마다 배가 출렁거렸고, 은빛 물결이 갈라져 푸른 속살을 드러내며 밀려났다.

점점 멀어지는 강 언덕에 여인은 한 점으로 작아지며 서 있었다. 손을 흔들고 있었다.

내내 그것을 바라보고 있던 사내가 여인의 모습이 보이지 않게 되자 뱃전에 이마를 숙이고 흐느껴 울었다. 소옥은 멍하니 사내의 들썩이는 넓은 등을 바라보았다. 가슴속으로 한줄기 쓰라린 아픔이 옮겨들었다.

"사부……."

사내의 어깨에서 사부의 흐느낌을 떠올린 그녀가 입속으로 가만히 불러보았다. 사문을 떠나온 지 겨우 열흘 남짓 되었을 뿐인데 벌써 사부가 그리워졌다. 그 적막한 산중에 이제 사부는 혼자서만 남겨져 있는 것이다. 누구에게 화풀이를 하고, 누구에게 위로를 받을 것인가. 문득 사랑의 상처가 아려올 때면 혼자서 울고 웃고, 혼자서 화를 내고 괴로워하다가 혼자서 술에 취해 쓰러져 잠들 사부를 생각하자 우울해지고 말았다.

"흥, 어리석기도 하지. 그럴 걸 무엇 때문에 사랑을 한담?"

적막한 골짜기에 혼자 남겨진 사부에게 하는 말이기도 했고, 지금 눈앞에서 강물에 눈물을 떨구며 흐느껴 울고 있는 사내를 보고 하는 혼잣말이기도 했다.

고물 쪽에 몰려 앉아 아까부터 소옥을 힐끔거리던 세 명의 여객들이 그녀의 중얼거림을 들었다. 두 명은 이곳저곳을 떠도는 장사치로 보였고, 한 명은 제법 번듯한 의관을 갖추고 있는 유생 나부랭이였다. 그들의 호기심으로 반짝이는 시선이 볼을 따갑게 했다. 소옥은 낯선 사내들의 눈길이 거북했다.

나이 다섯에 사부의 손에 이끌려 집을 떠나 멀리 형산(衡山) 북면의 깊은 골짜기에 든 이래 바람과 짐승을 동무 삼고 오직 사부를 의지 삼아 지난 십오 년을 보낸 소옥이었다. 낯선 사람들의 시선을 받는 일에 익숙해져 있을 리 만무했다.

삼 년에 한 번 사부의 손을 잡고 골짜기를 나와 집으로 향했다. 어렸을 때는 물론, 삼 년 전 열일곱 살 나던 해에도 길에서 낯선 시선을 의식하지 못했다. 사부가 곁에 함께 있기 때문이었다. 그러나 지금은 혼자였다. 사내들의 시선이 점점 더 따갑게 의식되었고, 그것은 초조하고 불안한 최초의 경험이었다.

ᅳ네 나이 이제 스물이 되었다. 그동안 열심히 노력하여 본 문의 절학(絶學)도 열에 아홉은 익혔다. 이제는 너 혼자 세상에 나가도 조심하기만 한다면 부끄러움을 당할 일은 없을 게다.

몸소 행장을 꾸려주며 하던 사부의 말이 생각났다. 소옥을 바라보는 그녀의 얼굴에 쓸쓸함이 묻어 있었다.

사부가 동행하지 않는다는 것에 소옥은 놀랐다. 옷소매를 쥐고 졸랐지만 사부는 고개를 저었을 뿐, 대꾸하지 않았다. 그녀의 우울하게 가라앉은 눈동자가 멀리 동쪽 하늘가에 멎어 있었다. 소옥은 사부의 결심이 굳다는 것을 느꼈다. 그때처럼 그녀가 낯설어 보인 적이 없었다. 서럽고 무서웠다.

가늘게 떠는 소옥의 손에 풍향검(風向劍)을 쥐어주며 사부는 애써 담담하게 말했다.

"난화 사조(蘭花師祖)의 검을 이제 너에게 물려준다."

난화선자(蘭花仙子)로 불리며 강호에 아름다운 이름을 남겼던 그녀는 소옥에게 태사조(太師祖)가 되는 고인(故人)이었다. 사부가 늘 지니고 있던 태사조의 검을 끌러 건네준 것은 이제 사문의 의발(衣鉢)을 전해준다는 의미와도 같았다. 소옥은 놀라 엎드렸다. 사부가 그런 소옥의 등을 쓸어주었다.

"유룡검(遊龍劍) 칠십이식(七十二式)은 살기(殺氣)와 극성(極性)이지만 마음을 깨끗하게 하면 감히 그것을 당해낼 검법이란 천하에 없다고 해도 과언이 아니다. 너는 심성이 본래 착하고 여리니 머지않아 못난 이 사부를 뛰어넘어 대성(大成)할 것이다."

잠시 허공을 보며 무엇을 생각하던 사부가 문득 부르르 어깨를 떨고 나서 떨리는 음성으로 덧붙였다.

"오직 구룡장(九龍掌)을 조심해라. 하지만 유룡검이 변하여 항룡검(降龍劍)이 된다면, 그를…… 그를…… 두려워할 필요가 없겠지……."

뒷말은 점점 낮아지더니 사부 혼자만의 웅얼거림으로 변해갔기에 알아들을 수 없었다. 사문의 유룡검법이 처음 들어보는 항룡검법이라는 걸로 바뀔 수가 있는 모양이었다. 어떻게 하면 그렇게 될 수 있는 건지, 왜 그런 일이 생기는 건지 사부는 끝내 말해 주지 않았다. 구룡장에 대해서도, 〈그〉의 존재에 대해서도 소옥의 의문을 외면하고 굳게 입을 닫았다.

소매 끝으로 눈물을 찍으며 떠나는 소옥의 날렵한 등을 보던 사부가 다시 덧붙였다.

"명심해라. 언제나 낯선 사내를 조심하고, 네 마음을 더 조심해라."

귀향하여 두 달을 보내고 다시 골짜기로 돌아오곤 했지만 이번 길에 사부는 언제까지 돌아오라는 말을 해주지 않았다. 그것은 돌아오지 않아도 좋다는 뜻이기도 했다. 어쩌면 이 길이 영영 사부를 떠나는 길이 될지도 모른다는 불안으로 떨며 되돌아서자 사부가 매섭게 쏘아보며 소리쳤다.

"바보 같으니!"

소옥은 울며 사부를 보았다. 사부는 멀어지는 자신의 뒷모습을 보며
울고 있었다.

"흥!"

쌀쌀맞은 소옥의 냉소가 뱃전을 두드렸다. 돌아앉아 흐느끼던 사내
가 흠칫 놀라 바라보았고, 호기심을 가지고 그녀를 힐끔거리던 사내들
이 깜짝 놀라 외면했다.

'이제는 혼자다.'

문득 사부가 곁에 없다는 것이 두려움으로 밀려왔다. 소옥은 입술을
지그시 깨물었다. 하긴 언제까지나 사부의 그늘에서 철없이 살 수는
없는 일이었다. 자식이 장성하면 부모의 곁을 떠나듯 자신도 이제는
사부를 떠나 스스로의 길을 가야 하는 것이다.

지금은 낯선 이 환경에 불안하고 두렵기도 하지만 차차 적응이 되어
갈 것이고, 그러면 사부의 도움 없이도 충분히 스스로의 앞가림을 하고
강호의 여협(女俠)으로 사문의 이름을 높일 수 있을 것이라고 위안을
했다.

마음이 차차 안정되어 가자 자신감이 가슴을 충만하게 했다. 사부로
부터 지난 십오 년 간 전해 받은 유룡검법은 천하의 검법 중 제일이라
는 자부심이 가슴을 뿌듯하게 했다. 사부는 분명히 그렇게 말했다. 그
렇다면 그런 것이다.

뱃전에 기대어 울던 사내가 강물을 움켜 얼굴을 닦아내고 있었다.
어느덧 배는 두어 마장이나 강줄기를 따라 내려와 낯익은 도두(渡頭)에
닿았다. 사공이 삼줄을 던지자, 선착장에서 기다리고 있던 자가 얼른
그것을 받아 기둥에 묶었다.

사내가 먼저 내렸고, 소옥도 늙은 사공의 손에 두어 문의 동전을 쥐어주고 그 뒤를 따랐다. 배를 타기 위해 몰려서 있던 대여섯 명의 사내들이 그녀를 피해 비켜섰다. 그들은 등에 검을 메고 있는 여자를 신기한 듯 바라보았다.

소옥은 강호의 여협임을 뽐내듯 오연하게 턱을 치켜든 채 천천히 그들 사이를 지나갔다. 가슴이 두근거리고 볼이 달아올랐지만, 부끄러워하는 모습을 보이고 싶지는 않았다.

"여협사(女俠士)인가 봐."

"곱게 생겼는데? 저 손 좀 봐. 저런 손으로 검을 잡을 수나 있을까?"

"이 사람, 듣겠네. 괜히 목이 떨어지고 싶어서 그러나?"

뒤에서 낄낄거리는 웃음소리가 낮게 깔려 따라왔지만 소옥은 짐짓 듣지 못한 척 고개를 꼿꼿이 세우고 천천히 걸었다. 등 뒤에 따라붙는 사내들의 따가운 눈길이 어깨며 엉덩이를 간지럽게 했다. 그것은 부끄러움이나 불안함과는 다른 불쾌감이었다.

상현(商縣)을 지나 뻗어 나온 관도(官道)는 적운산(積雲山)을 끼고 몇 굽이를 돌다가 드디어 높은 고갯마루를 앞에 두고 뚝 끊겼다. 삼 년 전에도 사부를 따라 느릿느릿 걸었던 길이었지만, 지금은 주변의 모든 것들이 생소해 보였다.

송림(松林) 사이로 다선루(多善樓)의 붉은 표기(標旗)가 바람에 흔들리는 것이 보였다. 이름은 거창하게 루(樓)였으나, 생긴 건 낡은 흙벽을 두른 초라한 주가(酒家)에 지나지 않았다. 그러나 그곳은 상현을 떠나와 강서성(江西省) 경계의 연화(蓮化)를 거쳐 공강(贛江)을 따라 남창부(南昌府)로 가려는 사람들이 너나없이 쉬어가는 길목의 요지였다. 관도를 가로막고 우뚝 서 있는 높은 고개 때문이었는데, 정강령(鼎岡嶺)이라고 불리는 그곳을 넘기 위해서는 다선루에서 잠시 다리를 쉬며 기운을 추스르는 것이 꼭 필요했던 것이다.

정강령은 적운산(積雲山)과 청태산(青苔山), 구곡산(九谷山), 삼산(三山)이 일백 리를 두고 서로 달려와 꼬리를 맞대고 있는 곳이었다. 그래서 고개 이름에 정(鼎) 자가 붙은 것이다. 세 산의 왕성한 기운을 묶어 두고 있어서인지, 가파르고 험하기 짝이 없었다.

울창한 수림이 머리를 덮었고, 거친 바위와 갑자기 뚝 떨어지는 벼랑이 발목을 붙잡기 일쑤였다. 게다가 곧잘 곰이며 호랑이 같은 맹수가 수풀 속에서 뛰어나와 령을 넘는 사람들을 가로막고 해를 입히곤 했다.

하지만 그런 것들보다 더 무서운 건 시퍼렇게 날 선 칼을 든 산신(山神)들이었다.

그들은 삼산(三山)을 무대로 흉명(凶名)을 떨치고 있는 흑림채(黑林寨)의 산적들이었는데, 워낙 신출귀몰(神出鬼沒)한 데다가 흉악하여 삼산을 의지하고 사는 사람들은 그들을 산신이라고 불렀다.

험한 비탈마다 크고 작은 목책(木柵)을 두르고 흩어져 서로 호응하고 있어서 관에서도 일시에 그들을 토벌할 수 없었다. 들리는 말로는 그들 삼산의 도당들이 무려 일이천이나 된다고도 했으니 작은 현성(縣城)의 관병들로서는 부딪칠 엄두도 내지 못할 것이었다.

소옥이 다선루에 들어섰을 때는 한낮도 어느덧 기울어가고 있을 무렵이었다. 황토 흙냄새가 풀풀 나는 낡은 주루 안에는 대여섯 명의 사내들이 모여서 술을 마시고 있었다. 사부를 따라 몇 번인가 이곳에 들러본 적이 있는 소옥은 그들이 일행의 머릿수를 채우기 위해 기다리고 있는 사람들이라는 것을 금방 알았다.

적어도 십여 명은 모여야 서로 의지하여 령을 넘는 것이다. 그쯤 되어야 짐승이 나타나도 힘을 모아 물리칠 수 있었고, 산신을 만나도 각자 추렴하여 통행세를 넉넉히 내놓을 수 있기 때문이다.

땀 냄새 나는 낯선 사나들의 시선이 일제히 소옥의 한 몸에 모아졌다. 나라가 어지러워 각처에 도적이 들끓는 이런 시대에 여자 혼자서 여행을 하는 것은 보기 흔든 일이었다. 그것도 꽃다운 나이의 아리따운 낭자라면 더욱 그랬다.

하지만 마른침을 삼키던 사내들은 소옥의 등 너머로 삐죽이 솟아 나와 있는 검자루를 보고 입맛을 다시며 외면했다. 아무리 만만해 보여도 강호의 여협이라면 잘못 대했다가는 목숨을 잃기 십상이라는 것을 잘 아는 탓이었다.

그들과 떨어져 홀로 탁자를 차지하고 앉아 차를 마시면서 소옥은 내내 불안한 마음을 감추기 위해 애써야 했다. 술을 마시는 척하면서, 잡담을 지껄이는 척하면서 알게 모르게 힐끔거리는 사내들의 시선을 받아내기가 힘들었다.

"일곱 명이 모였으니 이제 세 명만 더 오면 되겠네. 해 지기 전에는 령을 넘을 수 있을 것 같으니 다행이지 뭐야."

주모가 사내들에게 술을 쳐주며 너스레를 떨었다.

"틀렸어. 이제는 스무 명쯤 모여야 해. 오늘 가기는 영 틀린 일이야."

"제기랄! 똥줄이 탈 지경인데 또 하루를 어떻게 기다린담."

우락부락하게 생긴 사내 하나가 눈으로 소옥을 가리키며 퉁명스럽게 받자 곁에서 묵묵히 술만 마시던 장한이 혀를 차며 거들었다.

소옥은 그들이 무엇을 말하는지 알 수 있었다. 일행에 젊은 여자가 끼었으니 산신들이 곱게 보내줄 리 없다는 투정이었다. 사내들은 자신이 온 것을 재수없게 여기고 있는 게 분명했다.

얼굴을 달구던 부끄러움이 사라지고 불끈 오기가 치솟았다. 마음 같아서는 탁자를 차버리고 달려가 요절을 내주고 싶었지만, 사부의 가르침을 생각해서 그럴 수는 없었다. 자신을 두고 투덜거리고 비아냥거리는 그 말들을 고스란히 들어주며 참고 있기가 힘들어진 소옥이 자리를 박차고 일어섰다.

"혼자서 가려는 모양이네?"

"놔둬. 여협이시니 산신들쯤이야 우습게 여기는 모양이지."

"어쩌면 산신들이 만족해서 그녀를 산채(山寨)로 끌고 가버릴지도 몰라. 그건 아까운걸?"

"히히, 그러면 더 잘된 일이지 뭐야. 덕분에 우리는 편히 고개를 넘을 수 있을 것 아니겠어?"

송림을 벗어날 때까지 사내들의 웃고 떠드는 소리가 귀를 따갑게 했다.

"흥!"

소옥은 송림 밖에서 비로소 다선루를 노려보며 쌀쌀맞게 냉소해 주었다.

벌써 몇 번째 넘는 길이었지만 령은 여전히 높고 험했다. 울창한 수림이 햇빛을 가려주어 서늘해도 소옥은 그것을 느끼지 못했다. 세 굽이의 험한 비탈을 돌아 이제는 완전히 세상에서 멀어졌다고 여기자 걷잡을 수 없는 긴장과 두려움이 등줄기에 달라붙은 때문이었다.

금방이라도 풀숲에서 버석거리며 호랑이가 튀어나올 것 같았고, 무성한 나뭇잎 속에 웅크리고 있던 산적들이 날아 내려 앞을 가로막을 것만 같았다.

'괜한 오기를 부렸나 보다.'

내심 후회도 해보았지만 다시 돌아 내려가기는 자존심이 허락하지 않았다.

'흥, 그깟 산 도둑 몇 명쯤이야……'

손을 등 뒤로 돌려 풍향검(風向劍)을 한번 잡아보고 나서 심호흡을 몇 번 하자 자신감이 생겼다. 사문의 유룡검(遊龍劍) 칠십이식(七十二式)은 무적(無敵)이라고 자기 자신에게 다시 한 번 중얼거려 주었다. 비로소 걸음이 가벼워지는 것 같았다.

네 번째 굽이를 돌아 령의 중턱쯤에 이르자 길이 제법 평탄해졌다. 기억에 다섯 번째 굽이를 돌 때까지는 이처럼 평탄한 길이 계속되었던 것 같았다. 훨씬 유쾌해진 마음으로 숲 속의 적막을 접어가던 소옥은 깜짝 놀라 그 자리에 서고 말았다.

길을 가로막고 있는 아름드리 갈참나무 둥치를 돌아서자 길가의 바위 위에 걸터앉아 있는 젊은 사내 한 명이 보였던 것이다. 이십여 보(步) 앞에 태연히 앉아 섭선(攝扇)을 부쳐 대고 있던 자가 소옥을 돌아보았다. 그의 눈에 언뜻 이채(異彩)가 떠올랐다 사라졌다.

'산적인가?'

소옥은 놀란 가슴을 쓸며 재빠르게 사내의 면면을 훑어보았다. 붉은 옥대(玉帶)를 두른 경장 위에 남색 장포를 걸치고 머리에는 유생건을 쓰고 있었는데, 제법 깨끗하고 준수한 풍모(風貌)가 엿보였다. 겉모습만으로는 행세깨나 하는 집안의 유자(儒子) 같기도 한 것이어서 소옥은 내심 고개를 갸웃했다. 산적치고는 소문처럼 흉악해 보이지 않았던 것이다.

사내가 섭선을 접어 들고 엉거주춤 일어섰다. 소옥을 이리저리 훑어보는 그의 눈에 의심하는 빛이 가득했다.

"산신이시오?"

궁금해하던 말을 사내가 먼저 물어왔다. 소옥은 피식 웃고 말았다. 역시 산적은 아니었던 것이다.

그러나 이처럼 외진 곳에서 낯선 사내의 말에 한가롭게 말대꾸를 해 준다는 것은 내키지 않는 일이었다. 소옥은 더욱 쌀쌀맞은 표정을 한 채 사내를 외면하고 좀 더 빠른 걸음으로 그 앞을 스쳐 지나갔다. 뚫어져라 바라보는 사내의 눈길이 볼에 따갑게 박혔다.

"령을 넘는 길이라면 동행해도 되겠소?"

다급하게 들리는 사내의 말을 귓전으로 흘려 버리며 더욱 걸음을 빨리했지만, 등 뒤에서 허둥대며 따라오는 발자국 소리에 자꾸 신경이 쓰였다. 소옥은 멈추어 서서 사내가 가까이 오기를 기다렸다. 가쁜 숨을 몰아쉬며 다가온 사내가 의아한 눈으로 그녀를 바라보았다.

"당신이 앞서 가세요."

소옥의 말이 의외였던 듯, 잠시 머뭇거리던 사내가 머리를 긁으며 멋쩍게 웃었다.

"아무래도 낭자가 앞서 가는 게 좋겠소. 나는 뒤에서 누가 따라오는 걸 영 싫어해서 말이외다. 그 사람이 내 엉덩이를 자꾸 훔쳐보는 것 같아 기분이 좋지 않거든."

소옥의 눈이 칼끝처럼 솟구쳐 올라갔다. 뭐 이런 작자가 다 있나 하는 황당함이 그녀를 화나게 했다. 놀림을 당하고 있다는 분함을 삭일 수 없는데, 그것을 아는지 모르는지 사내가 다시 히죽 웃으며 너스레를 늘어놓기 시작했다.

"사람들이 겁쟁이라고 놀리는 게 싫어서 한껏 호기를 부리며 올라오기는 했는데…… 혼자 있자니…… 그래서 다시 내려갈까 어쩔까 망설이고 있던 참이었소. 그러던 중에 낭자 같은 여협을 만났으니 이는 하늘이 소생을 도운 게 아니고 뭐겠소이까. 하하…… 령을 내려가면 나를 놀리던 자들을 모아놓고 한껏 비웃어주고 말 테요."

하늘까지 운운하며 넉살을 떠는 꼴이 그리 밉상은 아니었다. 소옥은 그가 철이 없는 도련님이거나, 본래 속이 음흉한 자일 것이라고 생각하며 가만히 바라보았다. 차가운 그녀의 시선이 부담스러웠는지, 사내가 눈길을 피하며 헛기침을 했다.

"까짓 산적들이야 그렇다 치더라도 소생은 원래 호랑이니 곰이니 하는 그런 냄새 나는 짐승들과는 별로 친하지 않아서 말이오."

누구는 그런 미물들과 친해서 이곳에 와 있는가? 하는 말이 목구멍에까지 치솟아올랐지만 눌러 참았다. 꼴에 사내랍시고 호기는 있어서 흰소리를 하는 것이 같잖게 여겨지기도 했다. 한번 매섭게 쏘아 보아 준 소옥이 냉랭하게 말했다.

"나도 누가 뒤에서 따라오는 것을 싫어해요. 그게 특히 당신 같은 사내라면 더 그래요. 당신이 자꾸만 내, 내……."

엉덩이를 훔쳐보는 것 같아 불쾌하다는 말을 하려다가 깜짝 놀라 입을 막았다. 가슴이 두근거리고 얼굴이 붉어졌다. 무안함을 감추기 위해서인 듯 소옥이 빽, 소리를 질렀다.

"아무튼 당신이 앞서 가요! 그렇지 않으면 떼어놓고 나 혼자 가버릴 테니까."

사내가 갑자기 두려운 얼굴이 되어 애처롭게 떨었다.

"아, 나, 낭자…… 설마 이 산중에 소생을 버려두고…… 낭자 혼자서 가지는……."

보다 못한 소옥이 손을 홰홰 내저으며 고개를 저었다.

"됐어요, 됐어요."

이 일을 어떻게 하면 좋을까 고민하던 소옥은 한 가지 좋은 생각을 떠올리고 배시시 웃었다.

"그럼 이렇게 해요. 내가 당신의 앞에 갈 테니까 당신은 얌전히 따라와요."

"아, 그러시겠소? 그거야말로 소생이 바라고 바라던 바이올시다. 물론 얌전히 따라가고 말고요. 절대로 낭자의 그 엉, 엉……."

사내가 얼굴을 벌겋게 달군 채 말을 잇지 못하고 쩔쩔맸다. 소옥의 매섭게 치뜬 눈이 그런 사내를 쏘아보고 있었다. 한참을 씩씩대던 사내가 휴, 하고 한숨을 뱉어내고 겨우 말했다.

"절대로 훔쳐보거나 하는 불손한 짓을 하지 않겠소이다."

"당신은 아무래도 눈을 가리는 게 좋겠어요."

소옥의 차가운 말에 사내가 어리둥절해서 바라보았다.

"눈을 가리다니, 그럼 장님이나 마찬가지일 텐데 어떻게 이 험한 고개를 넘을 수 있겠소?"

"내가 당신의 허리띠 한쪽을 잡고 갈 테니 당신은 조심해서 따라오기만 하면 될 것 아니겠어요?"

좋은 생각이라는 듯 사내가 히히 웃었다.

"그것 참 재미있겠구려. 어렸을 때 그런 놀이를 하던 게 생각나오. 아주 재미있었지."

수건을 꺼내 눈을 가린 사내가 허리띠를 풀어 한쪽을 소옥에게 건네
주고, 다른 쪽을 꼭 잡았다. 그 모습이 우스꽝스럽기 짝이 없어서 소옥
은 애써 터져 나오려는 웃음을 참아야 했다.

허리띠를 살짝 잡아당기자 사내가 주춤거리며 걸음을 떼어놓았다.
발 아래 무엇이 있는지 알 수 없으므로 평소보다 훨씬 높이 무릎을 들
어 올렸다가 조심스럽게 내려놓자 경중경중 걷는 우스운 모양이 되었
다. 소옥이 참지 못하고 킥 하고 웃음을 터뜨렸다. 사내가 우뚝 멈추어
서서 고개를 갸웃했다.

“낭자, 뭐가 잘못되었소?”

“아니에요. 이제부터 갈 테니까 조심해서 잘 따라오기나 해요.”

기묘한 두 남녀는 그렇게 정강령을 넘어가기 시작했다. 눈을 가리고
조심스럽게 걷는 사내를 인도해 가야 했으므로 걸음이 마냥 느려지기
만 했다. 이러다 해가 떨어지면 어쩌나 하는 걱정으로 초조하고 짜증
도 났지만 어쩔 수 없는 일이었다. 허풍만 잔뜩 들어 있는 백면서생을
이런 산중에 내팽개치고 간다는 것은 죽어가는 자를 외면하고 지나가
는 것이나 다름없다는 생각 때문이었다.

여전히 경중거리는 걸음으로 땀을 뻘뻘 흘리며 따라오는 사내가 가
엽게 여겨지기도 했지만, 이 깊고 적막한 산중에서 멀쩡한 사내를 뒤에
두고 걷는다는 것은 생각만 해도 징그러운 일이었으므로 그 또한 어쩔
수 없었다.

그렇게 어느덧 정상 부근에 다다르고 있었다. 아무런 일도 일어나지
않았으므로 어느 정도 긴장도 풀어지고 한가롭게 경치를 둘러볼 여유
까지 생겼다. 힘들어하는 사내에게 조금은 미안한 마음이 든 소옥이

적당한 곳을 찾아 잠시 쉬어가게 해야겠다고 주위를 두리번거릴 때였다.

숲이 큰바람을 만난 듯 갑자기 버석거리며 소란스러워졌다. 거침없는 인기척들이었다. 사내가 억! 하고 비명을 터뜨렸고, 소옥도 놀라 등줄기에 소름이 돋았다.

숲에서 뛰어나온 자들은 모두 스무 명 남짓 되었는데, 하나같이 험상궂고 거칠어 보이는 자들이었다. 게다가 몸에 겉옷 대신 짐승 가죽을 두르고 있어서 더욱 섬뜩한 공포심을 주었다.

손에 들린 시퍼런 칼과 철퇴, 날 선 창이 소옥의 눈을 아찔하게 했다. 위협을 더 효과적으로 하기 위해서인 듯 그들은 모두 보기에도 무시무시한 무거운 병장기들을 지니고 있었다. 그것들이 일제히 소옥을 향해 겨누어졌다.

소옥은 처음 당해보는 일에 잠시 어떻게 해야 할지를 잊어버리고 멍하니 서 있기만 했다. 이마를 타고 진땀이 흘러내렸다.

무리를 헤치고 호랑이 가죽을 뒤집어쓴 중년의 거한 한 명이 성큼 나섰다. 머리 위에서 붉은 입을 딱 벌리고 있는 호랑이의 눈이 살아 있는 것처럼 번쩍거리는 것이어서 소옥은 저도 모르게 주춤주춤 물러섰다. 바싹 마른 입술이 의지와는 상관없이 파르르 떨렸다.

"뭐야? 이건 또 생전 처음 보는 묘한 광경이로군."

얼굴에 긴 칼자국이 달리고 있어서 더욱 험악해 보이는 장한이 구레나룻을 쓸며 신기한 물건을 보듯 소옥과 청년을 번갈아 바라보더니 껄껄, 대소(大笑)를 터뜨렸다.

"저 젊은 공자의 눈은 어쩌다가 저렇게 되었을까? 낭자가 그의 두 눈을 파버렸소?"

"터무니없는 소리!"

긴장을 이기지 못한 소옥이 자신도 모르게 큰 소리를 지르고는 깜짝 놀라 입을 막았다. 두목으로 보이는 구레나룻의 장한이 흠, 하는 탄성을 흘리고 소옥의 턱 밑으로 얼굴을 바짝 들이밀었다. 소옥은 그의 숨결에 묻어나는 지독한 냄새를 견디지 못하고 외면했다.

한동안 소옥의 이모저모를 핥듯이 살펴본 장한이 다시 껄껄, 큰 소리로 웃었다.

"그런 게 아니라면 저 엉뚱한 공자가 분수를 모르고 낭자의 미모에 홀려 못된 짓을 한 게로군."

"……."

"그러다가 낭패를 당하고 관아로 끌려가고 있는 게야. 이것 참 재미있는걸?"

그렇게 단정을 해버린 듯 장한이 턱을 괴고 소옥과 사내를 번갈아 바라보며 히죽히죽 웃었다. 소옥은 마음을 단단히 다져 먹었다. 산적들이 행패를 부려오는 것도 싫었지만, 이처럼 둘러싸여 놀림을 당하는 것은 더 싫었다.

남과 대적해 본 경험은 없어도 그동안 갈고닦은 사문의 검법을 침착하게 펼치기만 한다면 낭패를 보지는 않을 거라고 생각했다.

뱃심을 든든히 한 소옥이 재빠른 솜씨로 등 뒤의 검을 뽑아 들었다. 쨍, 하는 맑은 검명(劍鳴)과 함께 한줄기 서늘한 광채가 보는 이들의 눈을 찔렀다.

"어?"

놀란 산적들이 일제히 두어 걸음 물러섰다. 그러나 커다란 파풍도(破風刀)를 들고 있는 구레나룻의 장한은 여전히 그 자리에 버티고 선

채 이글거리는 눈을 좁히고 웃고 있었다.

"하하, 제법 여협의 흉내를 내려는 모양이군. 하지만 조심하는 게 좋을걸? 그대는 혼자이고 우리는 스무 명이나 되니 말이다. 게다가 그대는 저 멍청한 공자를 지키기까지 해야 하니 힘들지 않겠나?"

그가 파풍도를 들어 아직도 눈을 가린 채 엉거주춤 서 있는 사내를 가리키며 짐짓 위엄있게 말하자 산신들이 모두 하하 웃었다.

"노 대가(盧大家), 저 공자님 좀 보시오. 오줌이라도 지릴 것 같지 않소?"

늑대 가죽을 뒤집어쓰고 있는 대한 한 명이 그렇게 희롱하자 산신들이 다시 배를 잡고 웃어댔다.

"빌어먹을, 대체 이게 무슨 도깨비 같은 짓이냔 말이다. 도대체 나이와 철드는 것과는 영 상관이 없는 듯하니 대두령이 늘 수심에 젖어 이맛살을 찌푸리고 사는 이유를 알겠다."

노 대가라고 불린 구레나룻의 장한이 눈앞에서 흔들리고 있는 검을 무시한 채 웅얼거렸다. 소옥은 그자가 왜 갑자기 엉뚱한 말을 하는지 알 수 없었다. 그녀가 어리둥절해 있는데, 장한이 손가락으로 코앞의 검봉을 툭툭 치며 웃었다.

"낭자, 대체로 철 안 든 사내들은 변덕이 심한 법이라오. 그렇게 눈만 가려서야 언제 다른 여자를 쫓아 달아날지 어찌 알겠소? 그러니 이왕이면 두 손, 두 발을 꽁꽁 묶고 데굴데굴 굴려가며 내려가는 것이 좋을 거요."

장한의 말이 끝나자 여태까지 허리띠 한 끝을 쥐고 엉거주춤 서서 귀만 쫑긋거리고 있던 사내가 어험, 하고 주의를 끌고는 천천히 말했다.

"이 몸이 아무리 잡힌 신세가 되었다고 해도 명색이 공자님인데…… 당신들이 비록 정강령의 산신이라고는 하나 그렇게 대놓고 희롱하는 것은 너무하지 않소?"

제법 위엄을 갖추며 하는 점잖은 말이었다. 그러자 산신들이 일제히 땅을 두드리며 웃어댔다.

"그대들은 지나치군요!"

소옥이 날카롭게 소리쳤다. 아무리 우습게 보인다고 해도 이처럼 면전에서 놀려대는 건 참을 수 없었다. 입술을 잘근 깨물고 눈빛을 야무지게 하여 유룡검(遊龍劍) 칠십이초(七十二招)를 막 펼치려고 하자 그것을 눈치 챘는지, 노 대가라고 불렸던 구레나룻의 장한이 파풍도를 아래로 늘어뜨리고 성큼 물러섰다.

"오늘은 평생에 한 번 볼까 말까 한 진귀한 구경을 했으니 대가를 충분히 받았다."

장한이 부리부리한 눈으로 수하들을 둘러보자 모두들 그 말에 동의한다는 듯 고개를 끄덕였다. 개중에는 아직도 웃음을 참지 못하고 키득거리는 자들도 있었다. 장한이 만족한 얼굴로 길을 비켜주었다.

"낭자, 오늘 운수가 대통한 줄 아시오."

분하기는 했지만 피를 보지 않아도 되었으므로 다행이었다. 두근거리는 가슴을 애써 억누른 소옥은 치솟았던 노기(怒氣)를 다시 가라앉혔다. 무사히 령을 내려갈 수만 있다면 이 정도의 모욕쯤 참아주는 것도 수양이 될 거라고 스스로를 위로한 소옥이 차가운 눈으로 장한을 한번 흘겨보고는 검을 다시 꽂아 넣었다.

손에 쥐고 있던 허리띠를 잡아당기자 사내가 다시 경중거리는 걸음으로 뒤를 따랐다. 그 모습을 보고 섰던 산신들이 일제히 허리가 부러지도록 웃어댔다. 아예 참지 못하고 땅 위에 엎어져 데굴데굴 굴러대는 자도 있었다.

"휴, 낭자, 아직도 멀었소?"
지친 듯 이마의 땀을 닦으며 헐떡이는 사내의 음성이 애처롭게 들렸다. 어느덧 정상을 넘어 내려가는 길이었다. 소옥은 산신들이 다시 나오지 않을 것이라고 믿었다. 그렇다면 이쯤에서 조금 쉬어간다고 탈이 날 일도 아닐 것이다.
"좋아요. 여기서 잠시 쉰 다음에 다시 내려가도록 해요."
앉기 편한 바위를 찾아 걸터앉자 곁에 다가온 사내가 비로소 눈을 가리고 있던 수건을 끌러 들고 한숨을 쉬었다. 소옥은 그런 사내를 곁눈질로 보며 기특한 자라고 생각했다. 산적들에게 둘러싸여 있던 위험한 순간에도 그는 약속을 지켜서 눈가리개를 풀지 않았던 것이다.
경중거리는 걸음을 계속하느라 다리가 몹시 아팠던지 두 손으로 연신 주무르고 두들겨 대던 사내가 다시 한숨을 쉬었다.
"이제 안전한 것 같으니 그냥 내려갑시다."
"그러면 당신이 앞서 가겠어요?"
곤란한 듯 고개를 숙이고 생각하던 사내가 히죽 웃으며 소옥을 바라보았다.
"그건 공평하지 못한 것 같으니 이렇게 합시다. 소생이 먼저 반을 내려가겠소. 그 다음에는 낭자께서 앞서서 내려가는 거요. 절대로 그, 그, 엉……."
소옥의 매서운 눈길을 받고 얼굴을 붉히며 우물쭈물하던 사내가 기어 들어가는 음성으로 겨우 말을 마쳤다.

“……훔쳐보는 일은 없기요.”

“당신을 믿을 수 있겠어요?”

“내가 낭자를 믿는데 낭자가 소생을 믿지 못할 까닭이 있겠소? 한번 내뱉은 말은 반드시 지킬 줄 아는 대장부올시다.”

“쳇.”

눈마저 부라리며 가슴을 불쑥 내미는 사내의 허풍에 소옥이 쌀쌀맞게 혀를 차고 고개를 돌렸다. 사내의 얼굴을 보고 있으면 기어이 웃음이 터져 나올 것 같아서였다.

“자, 갑시다.”

다시 허리띠를 두른 사내가 호기롭게 일어섰다. 잰걸음으로 앞서 고개를 내려가는 사내의 엉덩이가 일부러 그러는 것인 듯 심하게 씰룩거렸다. 그것을 본 소옥은 다시 터져 나오려는 웃음을 참기 위해 혀를 깨물고 고개를 푹 숙였다.

어느덧 해는 뉘엿뉘엿 기울어가고 있었다. 서늘한 바람이 숲을 흔들었고, 붉게 물들어가기 시작한 먼 하늘가로 새들이 무리 지어 돌아오고 있었다.

소옥은 조금 전 산적들을 간났을 때를 떠올렸다. 사부님 같았으면 아무리 많은 적에게 둘러싸여 있어도 그렇게 두려워하지 않았을 것이었다. 눈을 매섭게 치뜨고 부쩍 용기를 내어 옷자락을 펄럭이며 일검에 무찔러 버렸을 것이 틀림없었다.

산적들도 그것을 알기에 사부님과 함께 령을 넘을 때는 한 번도 나타나지 않았던 거라고 생각했다. 그러자 다시 곤륜여협(崑崙女俠)으로 불리며 뭇 사내들을 드려움에 떨게 했다던 사부의 모습이 상상되어졌다.

강호를 주유하던 때 사부는 유룡검 칠십이식을 펼쳐 한 번도 패해본 적이 없노라고 자랑스럽게 말하곤 했었다. 사부의 그 검법은 물려받았지만, 사부의 용기와 대범함은 물려받지 못한 것 같다는 생각이 문득 소옥을 초라해지게 했다.

놀라고, 두려워하고, 망설였던 자신의 모습이 눈앞에 보였다. 사부는 보검을 물려주었는데, 정작 산적들 앞에서 그것은 나무 작대기만도 못했다는 것이 소옥을 괴롭게 했다. 보검이 사부의 손에 들렸을 때는 사마(邪魔)의 무리들을 모두 흩어지게 했는데, 자신의 손에 들려서는 희롱을 면치 못했다.

"에잇, 바보 같으니!"

자신에 대한 실망과 노여움을 참지 못하고 괴롭게 소리치며 발을 굴렀다. 그 소리에 깜짝 놀란 사내가 걸음을 멈추고 돌아보았다.

"나를 욕한 것이오?"

"내 자신에게 한 말이니 당신은 신경 쓸 것 없어요."

앙칼진 그녀의 말을 들은 사내가 무안한 듯 머쓱하게 서 있었다. 소옥은 자신이 실수했음을 곧 깨달았다.

'나는 아직도 멀었어. 나는 더 수양을 해야 해.'

마음속으로 그렇게 꾸짖으며 입술을 깨물었다. 사내가 걱정스런 얼굴로 다가왔다.

"혹시 산적들에게 놀림을 당한 것 때문에 그러시오?"

곧 울듯 눈가가 붉어진 채 입술만 깨물고 있는 소옥을 지그시 바라보던 사내가 머리를 설레설레 저으며 탄식했다.

"그만둡시다, 그만둬. 그들은 무섭기로 이름난 자들인데 그 손에서 이렇게 목숨을 건졌으면 되었지 무엇을 더 바란단 말이오. 낭자는 설마 그 검으로 그들을 모두 찔러 죽이지 못한 게 분해서 그러는 것이오?"

"흥, 당신이 뭘 안다고 그래요!"

"하하, 이 몸은 스스로 모른다는 것도 모르는데 아는 게 어디 있겠소? 하지만 아무도 죽거나 다치지 않았고, 아무도 빼앗거나 빼앗기지 않았으니 그게 기쁘고 다행스런 일이라는 것만은 알 듯도 하오."

사내의 말에 소옥은 언뜻 이상한 자라는 생각이 들었다. 말속에 현기(玄機)가 있는 듯도 했고, 그저 엉뚱한 헛소리인 듯도 한 것이 종잡을 수 없었다. 어쩌면 제대로 경서를 공부한 서생인지도 모른다고 생각했다. 하지만 수건으로 눈을 가리고 겅중거리며 걷던 그 모습이 떠오르자 경박하고 속없는 한량에 불과할지도 모른다고 다시 고쳐 생각했다.

어쨌거나 깊이 생각할 일은 아니었다. 산을 내려가면 서로 제 갈 길을 찾아 뿔뿔이 흩어질 사람인 것이다. 이 넓은 땅과 이 많은 사람들 속에서 언제 또 부딪치게 될지 알 수 없었다. 어쩌면 평생 다시 만날 일이 없는 사람인지도 몰랐다.

"이런, 벌써 반이나 내려왔군. 이제는 낭자가 앞서 갈 차례요."

사내가 짐짓 어두워져 가는 하늘을 바라보며 재촉했다. 이렇게 노닥거리고 있다가는 산중에서 어둠을 맞게 될지도 모른다는 은근한 암시였다. 그건 소옥도 바라는 바가 아니었다. 사내를 한번 흘겨준 소옥이 말없이 고개를 내려가기 시작했다.

힐끔 뒤를 돌아보자 사내는 약속을 지키고 있다는 것을 과시하기라도 하듯 턱을 들어 하늘을 올려다본 채 뒤따르고 있었다. 뒷짐까지 지고 어슬렁거리며 따라오는 양이 천연덕스럽기 짝이 없었다.

소옥은 그런 사내의 모습을 보고 자신도 모르는 사이에 어느새 조금 전의 참담했던 마음을 털어버리고 있었다.

그들이 무사히 정강령을 내려왔을 때는 이미 어둠이 사위를 덮어갈 무렵이었다. 소옥은 뒤를 돌아보았다. 사내는 이마 위에 반짝이기 시작한 별이라도 세듯 여전히 하늘을 본 채였고, 그 너머로 어둠에 가라앉아 가는 정강령의 높은 고갯마루가 멀리 보였다.

'다음에는……'

소옥은 자신이 넘어온 그 고갯마루를 지그시 노려보며 입술을 깨물었다. 다음에 또 그런 일을 당한다면 이제는 망설이지 않고 무찔러 버리겠노라고 스스로에게 다짐해 주었다.

한번 겁쟁이라는 말이 퍼지기 시작하면 그것은 무엇으로도 막을 수 없다. 그리고 그것은 사문과 사부에 대해 씻을 수 없는 죄를 짓는 것과도 같았다. 적어도 석년(昔年)의 곤륜여협(崑崙女俠) 상관혜(上關慧)가 겁쟁이 제자를 두었다는 조롱을 들어서는 안 되는 것이다.

멀리 제법 번화한 시정(市井)의 불빛이 보이고 개 짖는 소리도 들려왔다. 드디어 호남(湖南)을 벗어나 강서(江西) 땅에 들어선 것이다. 발 아래 보이는 것이 연화현(蓮化縣)의 불빛이 틀림없었다.

정강령에서 끊어졌던 관도가 다시 이어지며 어둠 속에 뿌연 속살을 드러내고 누워 있었다. 배가 고파왔다. 지난 낮부터 아직까지 아무것도 먹지 않았다는 생각이 소옥을 더 허기지게 했다. 힐끔 뒤를 돌아보자 사내가 급히 고개를 들어 하늘을 보는 시늉을 했다. 목이 아픈지 한 손으로 뒷덜미를 주무르고 있었다.

소옥은 이쯤에서 사내를 떼어놓아야겠다고 생각했다. 발끝에 힘을 주어 땅을 박찼다. 그러자 그녀의 몸이 어둠을 뚫고 던져진 돌멩이처럼 재빠르게 달려나갔다. 뒤에서 사내가 어? 하고 탄성을 터뜨리는 소리가 들렸다. 사내가 놀랄까 봐 마음껏 경신술을 펼치지는 않았지만, 그것만으로도 그녀의 몸은 충분히 빠른 속력으로 어둠 속에 묻혀 버렸다.

잠시 어리둥절하여 서 있던 사내가 혀를 차고는 어슬렁거리며 그녀가 사라져 간 어둠을 보고 걸음을 옮기기 시작했다.

마을로 들어서는 입구에 몇 개의 주루가 표기를 세우고 늘어서 있었다. 문틈으로 흘러나오는 밝은 빛을 보자 허기가 더 심해졌다. 소옥은 그중 여관(旅館)을 겸하고 있는 듯한 제법 큰 주루를 향해 빠르게 걸었다.

문을 밀자 왈칵 끼쳐 오는 자욱한 음식 냄새가 식욕을 자극했다. 삼삼오오 주루 안의 탁자를 차지하고 앉아 시끄럽게 떠들어대던 낯선 사내들이 일제히 소옥에게 시선을 집중시켰다.

소옥은 그들의 따가운 눈길보다도, 그들의 식탁에서 풍겨 나오는 음식 냄새가 더 견디기 힘들었다. 두리번거리던 그녀가 구석의 빈자리를 보고 재빨리 다가갔다.

점소이에게 소총반두부(小蔥拌豆腐)와 고노육(古老肉) 한 접시에 소면을 주문하자 그녀를 바라보고 있던 사람들이 모두 눈을 둥그렇게 떴다. 점소이도 자신이 혹시 잘못 들은 건 아닐까 하고 의심하듯 귀를 후벼댔다.

"빨리빨리!"

소옥이 이마를 찡그리고 재촉하며 손을 젓자 고개를 갸웃거리고 주방으로 향하는 점소이의 걸음걸이가 뒤뚱거렸다. 살찐 탓에 걸을 때마다 펑퍼짐한 엉덩이가 출렁이듯 요란스럽게 흔들렸던 것이다. 그것을 본 소옥이 문득 사내의 모습을 떠올리고 킥, 하고 웃었다.

네모난 생순두부에 참기름과 소금으로 간을 하고 파를 잘게 썰어 얹은 소총반두부가 먼저 나왔다. 잘게 썬 파와 두부를 비벼 한 입 떼어 넣자 시원하고 깔끔한 맛이 입 안을 가득 채웠다.

"좋아."

소옥은 매우 만족했다. 주방장의 솜씨가 제법이라고 여기며 바삐 젓가락을 놀리는 사이에 고소한 냄새를 풍기는 고노육과 소면이 연이어 나왔다. 고노육은 알맞게 썬 돼지고기에 밀가루 옷을 입혀 튀긴 다음 독특한 양념장을 묻혀 살짝 볶은 음식이다.

아삭아삭하게 튀겨진 고깃점을 달고 신맛이 잘 어우러진 걸쭉한 장에 찍어 입에 넣자 저절로 눈이 사르르 감겼다. 아주 좋은 맛이었다.

소총반두부(小蔥拌豆腐)와 고노육(古老肉)을 번갈아 몇 번 더 집어먹자 소면에는 젓가락을 가져갈 수도 없게 되었다. 배고픈 김에 욕심껏 음식을 주문했지만 정작 먹을 수 있었던 양은 반에 반도 채 되지 않아 대부분이 그대로 남고 말았다.

조금씩 차 오르던 포만감이 졸음에 떠밀리듯 아주 빠르게 밀려들어 뱃속을 가득 채우고 가라앉았다. 더 견딜 수가 없었다. 그녀가 점소이를 불러 조용한 방을 잡으려고 할 때였다. 눈앞에 낯익은 사내가 털썩 주저앉더니 무어라고 할 새도 없이 젓가락을 뽑아 들고 아직 성한 소면부터 입 안에 쓸어 넣기 시작했다.

소옥은 벌어진 입을 다물지 못하고 그런 사내를 멀뚱히 바라보기만 했다. 서너 번 후루룩거리는 걸로 소면 한 그릇을 뚝딱 해치운 사내가 고노육 접시를 당겨서 다시 게걸스럽게 먹어대기 시작했다. 그때쯤 소옥은 어이가 없고 기가 막혀 졸음마저 잊어버렸다.

"이봐요, 대체 어떻게 된 거죠? 왜 자꾸 따라오는 거냐구요!"

그녀의 뾰족한 음성에 즈루 안의 사람들이 일제히 돌아보았다. 소옥은 뒤늦게 자신의 실수를 눈치 채고 얼굴이 붉어지고 말았다.

사내가 입가에 묻어 있는 음식 찌꺼기를 닦으며 비로소 느긋한 눈길로 소옥을 바라보았다.

"낭자는 그럼 이 밤중에 내가 밤이슬을 맞으며 웅크리고 앉아 떨고 있어야 좋겠소?"

"그런 건 아니지만……"

"나도 낭자와 마찬가지로 먹고 잘 곳을 찾아온 거요. 그런데 빈자리는 없고, 마침 혼자 앉아 졸고 있는 낭자를 보았으니 이건 아직 우리의 인연이 이어지고 있다는 것 아니겠소? 보아하니 더 이상 먹지 못할 음식이라 버려지는 게 아까워 소생이 좀 먹었소이다. 그게 뭐 크게 잘못된 일이겠소?"

청산유수였다. 소옥은 갈로는 이자를 당할 수 없다는 것을 다시 한 번 깨달았다. 그가 하필 다른 주루는 놔두고 이곳에 찾아왔는지 따져 물어봐야겠다는 생각도 슬그머니 고개를 숙여 버렸다. 이런 자와는 길게 말을 할수록 피곤해질 뿐인 것이다.

빙글빙글 웃으며 다시 무언가 말꼬리를 잡으려고 눈치를 보던 사내의 얼굴이 순간적으로 굳어졌다. 소옥이 의아한 시선을 주루의 문으로 던졌을 때, 몇 명의 사내가 막 들어서고 있었다. 시원한 바람을 쏟아놓고 삐걱거리던 문이 사내들의 등 뒤에서 닫혔다.

흑의 경장에 흑색으로 물들인 죽립을 눌러쓴 세 명의 사내들이었다. 피혜(皮鞋)와 발목을 감고 있는 각반(脚絆)은 물론, 그들이 들고 있는 검(劍)마저 검은색 일색이어서 마치 저승사자들이 들이닥친 듯했다.

그들이 신고 있는 피혜(皮鞋)의 발등에는 막 내려앉은 듯한 나비가 흰색 비단실로 정교하게 수놓아져 있었다. 그런 신발을 신고 강호를 횡행하는 자들은 오직 한 부류뿐이었다. 나는 새도 떨군다는 동창(東廠)의 창위(廠衛)들인 것이다.

그들은 평소에는 눈처럼 흰 백의(白衣)를 입고, 검은 실로 나비를 수놓은 백색 피혜를 신고 다녔으나, 특별한 〈일〉을 해야 할 때는 지금처럼 흑의에 흑색 피혜를 신었다. 그러면 피혜에 새겨 넣은 나비만이 창백한 백색으로 반짝이는 것이다. 그것이 그들의 신분을 알게 해주는 유일한 표식이었다.

주루 안에 갑작스런 침묵이 가라앉았다. 긴장된 눈들이 일제히 떨구어졌다. 사내들이 보여준 대단한 위세를 여실히 느낄 수 있는 순간이었다.

두 명의 흑의인을 양쪽에 거느리고 가운데 묵묵히 서 있던 사내가 죽립 끝을 살짝 들어 올렸다. 번쩍이는 눈빛이 어둠 속에서 송곳처럼 빛났다. 사내는 칼을 들고 있었는데 그것에서 뿜어져 나오는 차가운 살기가 단단한 칼집을 뚫고 나와 웅웅 우는 듯한 착각이 들었다.

두 명의 흑의인이 창가의 탁자로 다가가자 그곳에 앉아 술을 마시고 있던 네 명의 사내들이 황급히 일어나 벽 쪽으로 물러섰다. 사내 한 명이 탁자 위에 있는 접시와 술병들을 한 손으로 쓸었다. 와르르 쓸려 떨어지며 깨지고 부서지는 소리에 주루를 뒤덮고 있던 적막도 산산이 깨져 흩어졌다.

비로소 칼을 들고 있는 죽립인이 천천히 걸어와 자리에 앉았다. 그

때까지 공손히 기다리고 있던 두 명의 사내도 좌우에서 죽립인을 마주
보듯 하며 앉았다.

"회과육(回鍋肉) 한 접시와 술!'

어느 쪽에서 한 말인지 몰랐다. 죽립을 벗어 들며 수하로 보이는 두
명 중 누군가가 그렇게 낮게 말한 것이다.

칼을 들고 있던 사내는 각진 얼굴에 뻣뻣한 수염이 듬성듬성 자라
있는 자였다. 그 때문에 나이가 들어 보이기는 했지만 많게 보아야 스
물너덧 살쯤 되었을 것이었다. 이마가 넓고 코가 우뚝 솟아 시원한 느
낌을 주는 인상이었다. 그러나 꾹 다문 채 한 번도 열리지 않은 두툼한
입술과 그 위에서 번쩍이는 날카로운 눈빛은 그가 예사로운 자가 아니
라는 것을 단번에 느끼게 했다.

사내의 수하로 보이는 자들 또한 예사롭지 않아 보이기는 마찬가지
였다. 한 명은 삼십 줄에 들어 보이는 건장한 장한이었고, 다른 한 명
은 그보다는 조금 어려 보이는 얼굴에 날렵한 몸매를 하고 있는 청년
이었다. 그들의 눈도 칼을 든 사내 못지 않게 번쩍였고, 눈빛에 기력이
충만하게 실려 있었다.

"동창(東廠)의 창위(廠衛)들이오. 나비 날개에 붉은 점이 찍혀 있는
걸로 보아 홍안령(紅眼令) 소속인 것 같군."

사내가 입을 가리고 들릴 듯 말 듯 낮게 말했다. 소옥의 눈이 번쩍
하고 빛났다. 관(官)은 물론, 민간에 끼치는 동창의 폐해와 창위들의
횡포에 대해서는 벌써부터 들어 알고 있었다. 하지만 이처럼 그들을
직접 보기는 처음이었다.

"알 수 없는 일이군. 그들이 이 외진 촌구석에 무엇 때문에 온 것일
까. 더구나 세 명이라니……."

소옥의 얼굴을 슬쩍 훔쳐보며 여전히 입을 가리고 들릴 듯 말 듯 속삭이는 것이 혹시라도 그들이 들을까 봐 두려워하는 기색이 역력했다.

소옥은 차가운 눈으로 그런 사내를 한번 쏘아보았다. 그렇게 두려우면 말을 하지 말 것이지. 마치 자기만이 안다고 자랑이라도 하려는 듯 주절거리는 사내가 못마땅했던 것이다.

흥, 하고 코웃음을 날려준 소옥이 벌떡 일어나 큰 소리로 점원을 불렀다. 사람들의 시선이 다시 그녀에게 일제히 모였다. 사내가 당황하여 소옥의 소매를 붙들었지만 소옥은 그것을 뿌리치고 더욱 차갑게 소리쳤다.

"빨리 방으로 안내하란 말이야!"

창위들의 싸늘한 눈길이 소옥에게 모아졌다. 소옥은 그들에 대한 오기와 반감이 크게 솟구쳤다. 그들의 위세가 아니꼽기 짝이 없었던 것이다. 오히려 그들에게 보이려는 듯 턱을 치켜들고 한껏 오만을 떠는 그 모습이 여태까지와는 달리 당차 보였다. 사내가 어디에 눈길을 줄지 모르고 안절부절못하다가 고개를 푹, 숙이고 말았다.

동창의 무리들에 대하여 소옥이 가지고 있는 생각은, 황제를 속이고 백성을 갈취하는 환관(宦官) 나부랭이를 등에 업고서 그 위세에 빌붙어 호가호위(狐假虎威)하는 자들이라는 것이었다. 그건 평소 환관의 폐해에 대하여 비판의 목소리를 높였던 부친의 영향 때문이기도 했다.

사부와 함께 집에 돌아와 두 달을 보내는 동안 부친은 소옥에게 많은 것들을 강론(講論)해 주었고 이야기해 주었다. 부친이 주로 가르친 것은 경서였고, 이야기한 것은 바른 세상, 백성을 위한 치도(治道)에 대한 것들이었다. 소옥은 부친에 대한 각별함으로 그 말 한마디 한마디에 특별한 의미와 정을 두고 받아들였다. 삼 년에 겨우 두 달을 곁에서 볼 수 있을 뿐인 부친인 것이다.

어머니의 자애로움과 두 남동생의 애틋함을 보듬어 안기에 두 달은 너무 짧은 기간이었다. 소옥은 남동생들처럼 자신도 집에 살면서 어머니와 아버지의 사랑과 보살핌을 받고 한껏 응석도 떨어보고 싶었다. 하지만 두 달이 지나면 사부가 어김없이 찾아왔고, 부친은 돌아앉아 문을 닫았다.

때로는 울며 집을 나서는 소옥을 멀리까지 따라오며 함께 울던 동생들과 담장 너머로 건너다 보며 눈물을 훔치던 어머니의 모습을 보기도 했다. 그런 뒤면 산에 돌아와서도 한동안 마음을 잡지 못하고 울적해 있어야 했다. 자꾸만 어머니와 동생들의 모습이 눈에 밟히는 때문이었다.

어째서 동생들과 달리 자기 혼자 집을 떠나 무공을 배워야 하는 건지, 어째서 아버님은 사내도 가기 힘든 무인의 길을 여식에게 가게 한 것인지 알 수가 없었다. 혼자서 머리카락을 쥐어뜯으며 생각해도 여전히 알 수 없기는 마찬가지였다.

그렇게 며칠을 시달리고 나면 소옥은 스스로 생각하기를 포기해 버렸다. 언제나 아버님은 맑은 하늘처럼 한 점의 사심(邪心)도 없었고, 사부님 또한 무슨 일에나 당당하고 옳았다. 그런 두 분의 뜻이니 따르는 것이 자신에게 해가 되지 않으리라는 믿음 때문이었다.

당황하여 허둥대는 존원의 뒤를 따라 쿵쿵거리며 계단을 올라가는 소옥의 뒷등에 사람들의 시선이 집중되었다. 곧 한바탕 소란이 있을 것이라고 여기며 불안에 떨었지만, 의외로 창위들은 듣지 못하고 보지 못했다는 듯 잠잠하기만 했다.

평소 같았으면 어림도 없는 일이라 그것이 사람들을 더 불안하게 했다. 그들 중 누구도 평소에 창위들이 얼마나 거드름을 피우고 위세를 떨치는지 모르는 사람은 아무도 없었던 것이다.

소옥의 모습이 완전히 보이지 않게 되고서야 사람들은 가슴을 쓸며 남몰래 안도의 숨을 내쉬었다. 음식을 씹는 소리마저도 감춘 채 조용히 식사를 하고 술을 마시는 창위들이 신기하게 여겨졌다. 사람들은 그들에게서 위협을 느끼지 않아도 될 것이라고 생각했다. 그러자 주루 안이 다시 조금씩 술렁거리며 살아나기 시작했다.

방에 들어온 소옥은 곧 불을 끄고 누웠다. 지나온 하루 동안의 긴장이 풀리자 피로가 바위 덩이처럼 어깨를 누르며 내려 덮였다.

그 시간에 사내도 홀로 방에 들어 있었다. 무엇을 생각하는지 쉽게 잠들지 못하고 뒤척이던 사내가 일어나 앉았다. 잠시 주위의 기척을 살피듯 귀를 기울이던 그가 창가로 다가가 조용히 창문을 열었다. 창 밖에는 한 치 앞도 보이지 않는 어둠뿐이었다. 어디에도 움직이는 것들의 기척은 없었다.

그래도 마음에 꺼려지는 것이 있던지 잠시 더 주위의 동정에 온 신경을 모으던 사내가 퉁겨져 나가듯 창틀을 짚고 몸을 날렸다. 그의 몸이 날렵하게 좁은 창문을 뛰어넘어 밑으로 떨어져 내렸다. 그 순간 발끝으로 한 번 벽을 찍은 그가 그 작은 탄력을 빌어 쏜살같이 어둠을 뚫고 쏘아져 나갔다.

기척도 없고, 옷자락 날리는 작은 소리조차 나지 않았다. 마치 어둠에 젖어 소리없이 불어가는 바람인 듯, 사내는 스스로의 형체마저도 어둠에 녹여 버리며 날아가는 것 같았다.

울창한 송림이 사내의 눈앞으로 와락 다가오듯 가까워졌다. 사내는 조금도 망설이지 않았다. 무릎을 가볍게 굽혔다 펴자 그의 신형이 먹이를 채고 날아오르는 매처럼 가볍고 힘차게 솟구쳐 올라 거송(巨松)의 빽빽한 가지 속으로 스며들어 갔다. 몇 개의 송엽(松葉)이 바람을 맞은 듯 떨어져 내렸을 뿐, 흔적도 남지 않았다.

거송(巨松) 속에서 올빼미의 낮고 음침한 울음소리가 흘러나왔다. 조용하게 가라앉은 한밤중의 적막 속으로 그것은 물결이 번져 가듯 그렇게 멀리까지 퍼져 나갔다. 그리고 다시 모든 것이 숨을 죽인 고요가 숲을 가라앉혔다.

차 한 잔을 마실 만한 시간이 지났을 때, 먼 어둠 속 어딘가에서 올빼미 울음소리가 바람을 타고 가늘게 다가왔다. 그러자 거송에서 뻗어 나온 가지 하나가 가볍게 흔들렸다. 사내의 신형이 다시 바람이 되어 숲을 떠나고 있었다.

올빼미 울음소리가 들려온 곳의 어둠들이 문을 열고 조용히 사내를 받아들이고 있는 듯했다. 사내의 신형이 곧 그 안으로 스며들었고, 어둠은 다시 두텁게 문을 닫았다. 달라진 건 아무것도 없었다.

개울물 졸졸거리는 소리가 조심스럽게 들려왔다. 그 너머의 산비탈이 더욱 멀어 보이는데, 줄기가 흰 자작나무 군락이 있는 듯 안개에 둘러싸인 것처럼 희뿌연 띠를 두르고 있었다.

텅 빈 적막과 무거운 어둠이 깔려 있는 논둑 아래에서 갑자기 사내의 신형이 퉁겨졌다. 탁 트인 개활지(開豁地)나 다름없는 논을 단번에 날아 넘는 그의 모습이 허깨비인 듯했다.

"이쪽이오."

자작나무 숲 어딘가에서 낮은 음성이 들려왔다. 사내의 신형이 지체

없이 꺾여 숲을 뚫고 사라졌다.

버석거리는 발자국 소리들이 적막을 흔들었다. 다섯 명의 대한들이 어둠 속에서 스며 나오듯 모습을 드러내고 있었던 것이다. 히죽 웃는 그들의 이빨이 유난히 희게 반짝였다.

"공자, 어떻게 된 일이오? 그 다리는 벌써 다 나은 거요?"

가운데 서 있던 거한이 웃으며 다가왔다. 정강령에서 소옥의 앞을 막아섰던 산적의 무리 중 노 대가(盧大家)라고 불리던 구레나룻의 중년인 노걸(盧杰)이었다. 다른 네 명이 낄낄거리며 낮은 웃음을 터뜨렸다.

"음, 고약하군."

사내가 입맛을 다시며 눈살을 찌푸렸다.

"흥, 아무리 그렇기로서니 감히 이 공자님을 눈앞에 두고 그렇게 놀려대다니…… 당신들은 이제 간이 부을 대로 부은 모양이군."

사내가 짐짓 화난 얼굴로 을러댔지만 노걸과 네 명의 장한들은 꿈쩍도 하지 않았다. 노걸이 허리에 차고 있는 파풍도를 툭툭 두드리며 다시 느물거렸다.

"그 낭자가 말을 잘 듣지 않는 거요? 다시 한 번 잡아다가 단단히 겁을 주는 건 어떻겠소?"

"실없는 소리."

냉랭하게 말을 끊은 사내가 한 걸음 다가섰다. 노걸이 주먹만한 눈을 끔벅이며 바라보았다.

"사부님께 급히 전해야 할 말이 있네. 이곳에서 동창의 창위들을 보았다고 전해주게. 그것도 세 명이나 말이야."

대수롭지 않은 일이라는 듯 노걸이 여전히 히죽거렸다.

"그놈들도 발이 달렸으니 어디든 제멋대로 돌아다닐 수 있는 거 아니겠소? 그게 뭐가 대단한 일이라고 이 밤중에 불러내고 난리요?"

"어허, 그게 아니라니까-."

사내의 변명을 처음부터 막으려는 듯 노걸이 짐짓 엄한 얼굴로 노려보며 꾸짖었다.

"아니긴, 대두령의 명을 받고 남창부에 다녀왔으면 곧장 올라와 보고를 할 것이지, 코앞에 산채를 두고도 올라올 생각을 하지 않았으니 그게 잘한 일이오? 게다가- 그 우스운 꼴을 하면서 낭자의 꽁무니를 따라 다시 산을 내려와 노닥거리고 있으니……."

잠시 말을 멈추고 벌레 씹은 듯한 얼굴을 하고 있는 사내를 흘겨본 노걸이 쯧쯧, 혀를 찼다.

"아무래도 대두령께 이 일을 말씀드려야 할 것 같소. 그러면 그 다리 하나는 부러지게 두드려 맞을걸?"

노걸이 사내의 다리를 가리키며 이죽거리자 곁에 있던 호리호리한 자가 낄낄거리며 말을 받았다.

"히히…… 그럼 정말 재미있겠는데? 굳이 낭자가 없더라도 언제나 엉덩이를 씰룩거리며 경중거릴 거 아니냐고?"

"이, 이런……."

사내가 눈을 흘기며 혀를 찼으나 산채의 장한들은 꿈쩍도 하지 않았다. 할 수 없다는 듯 쓴 입맛을 다신 사내가 다시 노걸을 바라보았다.

"그러니까 노 두령이 내 대신 사부님께 보고를 해달라는 거야. 남창부의 공기가 심상치 않아. 게다가 이곳에서 창위들까지 보았으니 나는 그들의 뒤를 따라야겠어."

"그럼 공자는 우리와 함께 산채로 돌아가지 않겠다는 거요?"

노걸이 의아하다는 듯 묻자 사내가 머리를 저으며 품에서 손바닥만하게 접은 서찰 한 장을 꺼내 내밀었다.

"따로 할 일이 생겼다니까 그러네. 여기에 그동안의 사정을 낱낱이 적었으니 이걸 전해드리고, 날이 밝기 전에 사부님의 전언(傳言)을 가져다 주게."

"젠장할. 이 밤중에 언제 산채까지 다녀온단 말이오? 지금 제정신으로 한 말이시오? 공자는 우리가 무슨 날개라도 달린 짐승인 줄 아시오?"

노걸이 두 볼에 잔뜩 불만을 담고 손을 들어 어둠 속 저 너머에 우뚝 솟아 있을 산을 가리키며 소리쳤다. 이 밤중에 정강령을 달려 올라가 산채에 기별을 하고, 다시 달려 내려온다는 건 죽으면 죽었지 못하겠다는 단단한 시위였다.

사내의 눈꼬리가 매섭게 치켜져 올라갔다.

"노걸, 당신은 정말 간이 부은 모양이군."

뜻밖이라는 듯 놀란 눈으로 사내의 얼굴을 살피던 노걸이 흠, 하고 헛기침을 터뜨렸다. 사내의 굳어진 표정에서 이것이 장난이 아니라는 것을 비로소 느낀 모양이었다. 그가 손을 내밀어 서찰을 받아 쥐고 뒤에 멀뚱히 서 있는 네 명의 수하들을 돌아보았다.

"누가 다녀올래?"

수하들이 서로 눈치만 살필 뿐, 선뜻 나서려 하지 않자 노걸이 그들 중 호리호리한 사내에게 서찰을 내밀었다.

"네놈이 평소 신행태보(神行太保) 대종(戴宗)을 흠모하여 형님으로 모셨으니 네가 다녀와라."

선화유사(宣和遺事) 속의 신행태보 대종은 신행법(神行法)으로 하룻밤에 천 리를 간다는 인물이었다. 호리호리한 사내 장초신(張焦信)은

늘 그 대종이 자신의 형님이라고 흰소리를 하고 다녔다. 그만큼 그는 경신의 공부에 있어서 남다른 성취를 지니고 있는 자였다.

한번 몸을 움직이면 날랜 매가 바람을 타고 비껴가는 것 같았고, 차고 뛰는 재주가 특이해서 그것을 본 사람들은 모두 혀를 내두르고 그를 취태보(取太保)라고 불렀다.

그 취태보(取太保) 장초신(張焦信)이 혀를 차며 서찰을 받았다.

"제기랄, 언제나 다리품을 파는 놈은 정해져 있다니까. 이번 일만 하고 이제는 형님을 바꿔야겠다."

"그래라. 그런데 누구 점찍어둔 사람이라도 있는 거냐?"

곁에 있던 장한이 낄낄거리며 거들자 취태보 장초신이 온통 얼굴을 일그러뜨리며 받았다.

"무대랑(武大郎)이다."

무송(武松)의 형인 무대(武大)를 이르는 말이었다. 사내들이 일제히 배꼽을 잡고 웃어댔다. 마음껏 웃을 수 없어 입을 막고 끅끅대는 것이 마치 괴로움을 참지 못해 몸부림치는 사람들 같았다.

그런 동료들을 한번 흘겨즌 장초신이 사내에게 꾸벅 고개를 숙여 보이고는 돌아섰다. 그가 어둠을 바라보고 다리를 번갈아 무릎 어림까지 번쩍번쩍 들어 올리며 뒤뚱거리고 걸어갔다. 그것을 본 장한들이 더 참지 못하고 쓰러져 데굴데굴 뒹굴었다.

사내는 소태 씹은 얼굴이 되어 입맛만 다실 뿐 아무 말도 하지 못했다. 장초신이 정강령에서 소옥에게 끌려가던 자신의 모습을 흉내 내고 있기 때문이었다.

*　　　　　*　　　　　*

파앗―!

한줄기 창백한 빛이 어둠을 찢고 눈을 찔러왔다. 수하들과 헤어져 다시 주루로 돌아가기 위해 막 논둑을 뛰어넘던 사내가 헛바람을 들이키며 뒤꿈치를 땅에 박아 넣듯 누르고 팽이처럼 맴돌았다. 서늘한 기운이 코끝을 스치고 지나갔다. 동시에 사내의 몸이 퉁겨져 단번에 삼 장이나 물러섰다.

"누구냐!"

낮고 날카로운 그의 음성이 가늘게 떨려 나왔다. 가슴이 저릴 정도로 놀란 것이 분명했다. 어둠 속에서 창백하게 빛나는 검을 쥐고 서 있던 자가 소리없이 웃었다. 그의 이빨이 하얗게 반짝였다. 그리고 발 아래 떨어져 있는 하얀 나비 한 마리가 조금씩 앞으로 기어나오고 있었다. 날개에 붉은 점이 선명하게 찍혀 있는 나비였다.

"창위(廠衛)!"

사내가 숨을 멈춘 채 쥐어짜듯 외쳤다. 주루에서 보았던 동창의 위사들 중 한 명이 틀림없었던 것이다.

'그들이 왜?'

사내는 순간 머리 속에 마구 헝클어진 실 타래 하나를 우겨 넣은 듯 먹먹해지고 말았다. 자신이 창위들을 뒤쫓을 일은 있어도, 창위들이 자신을 찾아올 리가 없는 것이다. 어떻게 대처해야 할까 하고 망설이는데 다시 두 명의 창위들이 웅크리고 있던 어둠을 밀치고 논둑으로 성큼 올라섰다.

"흠……."

사내가 침음성을 발하고 한 걸음 더 물러섰다. 방금 눈앞에서 보여준 자의 검이 쾌속하고 예리하기 짝이 없었는데, 적어도 그와 같거나 어쩌면 더 나은 솜씨를 지녔을 자들이 두 명이나 가세하고 있는 것이다. 그들 셋이 달려든다면 혼자 몸으로 버텨낼 수 있을지 의문이었다.

"제법이다. 아주 좋은 순발력이었어."

가운데 서 있던 사내가 낮고 음침하게 말하고 들고 있던 칼의 운두(雲頭:손잡이 끝 부분)로 사내를 가리키며 히죽 웃어 보였다.

"육지평. 이런 곳에서 너를 보게 될 줄은 뜻밖이다."

"허?"

사내, 육지평(陸知坪)은 기절할 듯 놀라 탄성을 터뜨리며 다시 두어 걸음을 물러섰다.

"누, 누구시오?"

그의 음성이 떨려 나왔다. 자신의 이름을 알고 있다는 것이 의외이다 못해 두렵기까지 했던 것이다.

"하긴, 잊었다고 해도 무리가 아니지. 벌써 오 년 전이니까 말이야."

칼을 든 사내가 고개를 끄덕이고 나서 죽립을 벗어 들었다. 육지평은 그의 각진 얼굴과 뻣뻣하게 일어서 있는 수염으로 가려진 턱을 유심히 바라보았다.

"이젠 기억할 수 있겠나? 그래도 모르겠거든 악군산(岳群山)을 떠올려 보아라."

"아, 당신은, 당신은……."

사내의 말에 육지평이 놀람의 소리를 지르며 손을 들어 그를 가리켰다. 다시 죽립을 눌러쓰는 사내의 얼굴에 희미한 웃음이 떠오른 것 같았다.

"당신은 단목 사형!"

육지평은 사내의 이름이 단목기(丹木奇)였다는 것을 비로소 떠올렸다. 주루에서 훔쳐보았을 때부터 어디서 본 듯한 얼굴이라고 생각은 했었지만, 턱을 가리고 돋아난 거친 수염 때문에 알아보지 못했던 것이다.

칼을 든 사내 단목기가 다시 고개를 끄덕였다.

"아직 이 사형을 잊지 않고 있었다니 기특하구나."

육지평은 오 년 전에 동정호(洞庭湖) 북쪽의 악군산 기슭에서 그를 만난 적이 있었다. 그때 단목기는 스무 살이었고, 육지평은 열여덟 살이었다.

유람이라도 하는 것이려니 여기고 사부를 따라나섰는데, 악군산에 이르자 눈앞의 단목기가 그들을 기다리고 있었다. 그때 단목기는 사부를 향해 공손히 머리 숙이고 사숙(師叔)이라고 불렀다. 육지평은 눈을 동그랗게 뜨고 그런 단목기와 사부를 번갈아 바라보았었다.

사숙이라면, 자신의 사부에게 달리 사형이 있다는 말이었다. 그러나 육지평은 한 번도 사부로부터 사형이 있다는 얘기는 들어본 적이 없었다.

"음, 많이 컸구나. 좋아 보인다."

단목기를 한번 훑어보고 턱을 끄덕인 사부가 육지평을 돌아보았다.

"네 사형 되는 아이다."

육지평은 얼떨결에 인사했었다.

"육지평입니다."

"단목기라고 한다."

사내의 말이 무뚝뚝하기 짝이 없었다. 육지평은 어리둥절하여 뭐가 뭔지 갈피를 잡지 못하고 멍하니 사부만 바라보았었다. 사부가 그런 육지평의 시선을 외면하고 악군산을 향해 돌아섰다.

"차차 알게 될 거다. 이곳에서 기다리고 있거라."

악군산의 수림 속으로 사부의 흰 옷자락이 스며들어 보이지 않을 때까지 육지평은 멍하니 서 있기만 했다. 단목기가 그런 육지평의 어깨를 쳤다. 단단하고 차가운 손이었다.

육지평이 깜짝 놀라 돌아보자 단목기가 단단해 보이는 턱을 몇 번 움직이고는 희고 가지런한 치아를 드러내며 씩 웃어 보였다.

"나에게 자네같이 잘생긴 사제가 있었다니 기분 좋은 일이군."

그때를 떠올리며 육지평은 긴장을 조금은 풀 수 있었다. 적어도 자신에게 해를 입히지는 않을 거라고 생각한 것이다.

"진작 단목 사형인 줄 알았더라면 한 잔 올릴 건데 그랬소."

주루에서 그를 알아보지 못한 데 대한 멋쩍은 변명이었다. 단목기가 차고 단단한 턱을 다시 좌우로 움직여 보고 나서 천천히 말했다.

"아직도 동안의 소년인 줄만 알았는데 오늘 보니 너 또한 강호의 관록이 녹록치 않게 붙어 있었구나."

육지평은 그가 자신이 흑림채의 수하들과 은밀히 만나는 모습을 낱낱이 지켜보았다는 것을 눈치 챘다. 그가 뒤를 따르는 것도 모른 채 방심하고 있었던 것이 부끄러웠다.

"사매는 잘 있느냐?"

단목기가 넌지시 물어왔다. 육지평은 의아해져서 단목기를 바라보았다. 사매라니? 그의 말을 알아들을 수가 없었다. 사부에게는 제자라고는 오직 자기 혼자가 있을 뿐이다. 그런데 난데없이 사매라니…….

육지평의 눈치를 살피던 단목기가 고개를 갸웃했다.

"내가 잘못 본 건가? 주루에서의 그 낭자 말이다."

"아하!"

육지평은 비로소 단목기가 누구를 두고 그렇게 말한 것인지 이해되었다.

"하하, 사형이 잘못 짚었소. 그녀는 나와 아무 사이도 아니오."

"그런가?"

단목기가 그래도 납득하지 못하겠다는 듯 말꼬리를 흐렸다.

"지난 낮에 우연히 길에서 만나 이곳까지 동행하게 되었을 뿐이라오. 그런데 사매라니? 소제에게 언제 사매가 있었소? 이건 놀랄 일이군. 대체 내가 사문에 대해 알고 있는 게 무언지 이제는 머리 속이 다 어지러울 지경이오. 내가 과연 사부님의 제자가 맞기는 맞는 건지……."

육지평은 단목기가 이처럼 은밀하게 자신을 뒤쫓아와 사매에 대해 묻는 것에 의혹을 느꼈다. 육지평의 기억 속에서 단목기는 차갑고 무뚝뚝한 사람이었다. 그런 그가 동창에 몸을 던졌다는 것은 자신에게 어울리는 일을 찾았다고 할 수도 있었다. 하지만 그가 말하는 사매와 자신과 그 사이에는 또 어떤 말 못할 일들이 얽혀 있는 건지 짐작할 수 없었다.

"네가 세상을 다 알 수 있는 건 아니다. 하지만 노력한다면 많이 알 수는 있겠지. 그게 바람직한 일이라고는 말할 수 없지만 말이야."

단목기가 들릴 듯 말 듯 한숨을 내쉬고 나서 음울하게 말했다. 육지평은 그런 단목기를 지그시 바라보며 엉뚱하게도 과연 사형이라는 이 사람이 얼마나 강할까를 생각하고 있었다. 좌우에 거느리고 있는 수하들의 솜씨가 보통이 아닌 것으로 보아 어쩌면 자신의 추측보다 더 강할지도 모른다고 생각했다.

사부로부터 배운 사문의 무공은 정심박대(精深博大)하기가 그 끝을 추측할 수 없을 지경이었다. 사부도 당신이 스스로 말하기를 사문의 무공을 열에 두셋 밖에는 얻지 못했다고 했다. 그럼에도 육지평이 생각하기에 당금 강호에서 사부를 능가할 만한 고수는 몇 되지 않을 것이었다.

단목기는 그런 사부의 사형 되는 사람에게서 일찍부터 무공을 배웠으니 그 성취가 어쩌면 자신보다 앞서 있을지 모른다고 생각했다. 강한 질투가 호기심이라는 탈을 쓰고 마음을 흔들었다.

"언제 소제에게 사백(師伯)을 뵈올 기회를 주시겠소?"

육지평이 은근하게 의중을 떠보았다. 그러나 단목기는 묵묵부답 말이 없었다. 그의 차가운 눈이 육지평의 마음 속을 꿰뚫어 보겠다는 듯 쏘아질 뿐이었다.

육지평은 사부의 얼굴을 떠올렸다. 오 년 전, 함께 동정호 북쪽의 악군산에 다녀온 뒤 육지평은 몇 번인가 자신이 알지 못하고 있던 사백의 존재에 대하여 사부에게 물어본 적이 있었다. 그때 자신을 바라보던 사부의 눈길도 지금 단목기의 그것과 크게 다르지 않았다.

사부는 한마디도 말을 하지 않았다. 다만 사백에 대하여 물을 때마다 얼굴에 은은한 두려움과 함께 어떤 알 수 없는 노기(怒氣)를 띠고 빤히 육지평을 바라보다가 한숨을 쉬고 외면했을 뿐이었다.

"때가 되면 자연히 알게 될 것이다. 그때까지는 아무것도 묻지 말고, 애써서 알려고 하지 말아라."

사부는 그렇게만 말했을 뿐, 다시는 대꾸하려고 하지도 않았다. 그 말을 지금 눈앞에서 단목기가 똑같이 되풀이하고 있었다.

"언젠가는 네가 피하려고 해도 저절로 뵙게 될 때가 있겠지. 그때까지는 잊고 지내라."

버릇인 듯, 다시 한 번 턱을 움직이고 난 단목기가 눈을 번쩍였다.

"너는 사숙에게서 어떤 것을 배웠나?"

사부로부터 배운 것은 잡다하게 많았지만 그것들을 다 묻는 건 아닐 것이었다. 그는 사문의 절기 중 무엇을 배웠는지 궁금해하는 것이다. 육지평이 망설이지 않고 대답했다.

"소제는 육화검(六化劍)을 배웠소."

단목기가 보일 듯 말 듯 고개를 끄덕였다.

"대성(大成)했겠군."

"그렇지 못하다오. 소제의 자질이 충분치 못하여 겨우 흉내나 낼 수 있을 뿐, 사부님의 진전을 물려받았다고 하기에는 아직 한참 멀었소."

손사래를 치며 애써 부정했지만 곧이곧대로 믿는 기색이 아니었다. 육지평은 이 기회에 사형이라는 이 사내에 대하여 좀 더 알아둬야겠다고 생각하고 한 걸음 나섰다.

"사형께서는 그럼 사백으로부터 무엇을 배우셨소? 물론 그 성취야 이 못난 아우가 따라갈 바가 아니겠지요?"

음, 하고 건성으로 대답한 단목기가 차갑게 말했다.

"별것없다."

"허……."

더 말하기 싫다는 단호한 의사를 전해오는 단목기의 얼굴을 보며 육지평이 어이없다는 듯 탄성을 발했다.

"그녀가 사매가 아니라니 실망이군. 그럼 다음에 또 보자."

그대로 돌아서는 단목기를 보며 육지평이 다급한 걸음으로 다가갔다. 이렇게 놓아 보내서는 안 된다는 생각이 그의 음성마저 높게 떠밀었다.

"사형은 어디로 가는 길이시오?"

단목기가 힐끔 육지평을 돌아보았다. 그 입가에 희미한 미소가 걸린 것도 같았다.

"남창부(南昌府)."

한 가지를 물었고, 한 가지에 대답을 해주었으니 이제 되었다는 듯, 단목기가 더 망설이지 않고 어둠 속으로 몸을 던졌다. 그와 함께 두 사내가 힐끔 육지평을 돌아보고는 둔덕을 박차고 쏘아져 나갔다. 그들의 모습은 눈 한 번 깜짝일 새에 이미 어둠에 가려져 보이지 않게 되었다.

"남창부……."

육지평이 굳은 얼굴로 별빛이 가득한 하늘을 올려다보며 중얼거렸다.

"이것이 과연 우연이란 말인가……?"

제2장

상처를 가지고 있는 사람들

상처를 가지고 있는 사람들

한때는 곤륜여협(崑崙女俠)으로 불리며 한 자루 검에 의지하여 풍진강호(風塵江湖)를 떠돌았던 날들도 있었다. 빼어난 아름다움과 차가운 성품 때문에 뭇 사내들의 가슴에 열병을 심어주기도 했지만, 결국 자신에게 돌아온 건 그로 인한 상처뿐이었다.

상관혜(上關慧)는 동경(銅鏡)에 비친 자신의 모습을 멍하니 바라보았다. 꽃다운 그 얼굴은 간 게 없고, 거울 속에서 빤히 마주 보고 있는 사람은 어느덧 이마에 주름이 지고 눈가가 처지기 시작한 낯선 얼굴을 하고 있었다. 그동안 애써 잊고 있었지만, 돌이켜 생각해 보니 오십의 나이를 몇 해 앞에 두고 있다는 것이 새삼스럽게 그녀를 놀라게 했다.

"호……."

상관혜는 마음속의 서글픔을 깊은 한숨으로 불어내고 무엇을 찾기라도 하듯 두리번거렸다. 그러나 방 안에는 자기 외에 아무도 없었다.

서둘러 방문을 열고 뜰에 내려섰다. 한낮의 텅 빈 적막이 그녀의 가슴 앞으로 왈칵 밀려들었다. 혼자였던 것이다.

'함께 갈 걸 그랬나 보다.'

풍향곡(風向谷) 밖을 멍하니 바라보는 그녀의 얼굴에 쓸쓸함이 어렸다. 소옥(素玉)이 곁에 없다는 것이 이처럼 깊은 공허와 고독감으로 다가올 줄은 미처 몰랐다. 그녀의 짜랑짜랑한 웃음과 투정 섞인 어리광과 맑은 콧노래 소리가 곧 잡힐 듯했다.

소옥을 찾기라도 하듯 수련(睡蓮)이 한창 연초록의 잎을 피워내고 있는 연못을 보고 몇 걸음 내딛었다. 하지만 뜰에 가득 울리는 건 자신의 적막한 발자국 소리뿐이었다.

"호······."

상관혜는 문득 멈추어 서서 다시 한 번 깊은 한숨을 내쉬었다. 소리쳐 부르면 어디에서인가 소옥이 낭랑하게 대답하며 달려올 것만 같았다. 눈에 밟히는 그 얼굴과 귀에 잠겨드는 그 음성 때문에 어지러워졌다.

상관혜는 연못가에 쪼그리고 앉았다. 맑은 수련 잎 사이로 금빛의 잉어 몇 마리가 한가롭게 앞서고 뒤따르며 노닐고 있었다. 그것들의 다정함을 부러워하며 앉아 있는 중에 어느덧 날이 저물고 있었다.

풍향곡으로 몰려들었던 바람들이 낮 동안 내내 숨을 죽이고 있더니, 어둠이 배를 깔고 밀려들자 그것에 쫓기듯 골짜기를 타고 달려 내려가고 있었다. 머리 위에서 구름 몇 조각이 보름달을 삼키고 뱉어내며 빠르게 흘러가고 있었고, 그 뒤를 따르는 바람 소리가 나뭇가지에 걸려 휘파람 소리를 냈다.

골짜기 위의 숲들이 무성한 머리채를 풀어헤치고 우우— 울며 넘어지고 일어서기를 계속하고 있었지만, 골짜기 안은 여전히 아늑하고 조용하게 가라앉아 있었다. 밖에서 아무리 거센 바람이 불어오고 불어가도 골짜기 안은 언제나 깊은 물속처럼 흔들림이 없었다.

보름달이 어느덧 상관혜의 그림자를 연못 위에 옮겨놓았다. 수련들이 어둠 속에서 더욱 은은하게 빛났다.

저녁을 먹을 생각마저도 잊은 채 상관혜는 굳어버린 돌덩이인 듯 그렇게 쪼그리고 앉아만 있었다. 텅 비어버린 모옥(茅屋) 안으로 들어가기가 겁나는 건지도 몰랐다. 그녀의 어깨 위에 서늘한 이슬이 소리없이 내려앉아 눅눅한 습기를 심어놓을 무렵이었다.

마치 이슬에 몸이 녹아버리기를 기다리기라도 하듯 꼼짝하지 않고 앉아 있던 상관혜가 조금 머리를 들었다. 잠시 무엇을 찾는 듯 멎었던 그녀의 시선이 아주 천천히 서쪽 벼랑을 향해 돌려졌다. 그리고 그 소리가 들려오기 시작했다.

먼 데서 스쳐 가는 바람 소리인 듯 약하고, 그대로 사라져 버린 듯 한참을 끊어졌다가 이어지는 소리였다. 학이 웅얼거리는 소리였고, 바람을 부르는 벽오동(碧梧桐)의 술렁임이기도 했으며, 달 그늘을 밟고 서서 수심(愁心)을 달래는 실연인(失戀人)의 탄식이기도 했다. 그것은 그렇게 아슴한 기억 저편에서 조금씩 살아나 다가오고 있었다.

퉁소 소리였다.

한줄기 퉁소 소리가 은은한 달무리와 어우러지며 이슬처럼 곱고 영롱하게 내려앉기 시작했다. 상관혜는 이제 일어서 있었다. 젖은 옷자락을 쥐고 멍하니 서서 벼랑 위를 바라보는 그녀의 눈이 자신도 모르게 젖어들고 있었다.

서쪽 벼랑 위, 늘어진 노송(老松)의 그늘 아래 한 사람이 서서 퉁소를 불고 있었다. 그의 옷자락이 바람을 쫓듯 펄럭였다.

달이 기울고, 드디어 먼 산맥 너머로 사라져 완전한 어둠이 하늘을 덮을 때까지 계속될 듯하던 퉁소 소리가 뚝 멎었다. 애잔한 그것의 여운이 바람이 되어 맴돌다 하늘 끝으로 멀어져 갔다. 그리고 사내가 아직도 살아 있는 목숨을 탓하듯 벼랑 끝으로 한 발을 내딛더니 스스로를 던졌다.

"아!"

상념에서 깨어난 상관혜가 입을 막고 놀람의 외침을 터뜨렸다. 살에 맞은 학이 날개를 퍼덕이며 떨어져 내리듯, 사내의 흰 옷자락이 펄럭거렸다. 그리고 그것은 곧 벼랑 아래의 울창한 참나무 숲 속으로 가라앉아 보이지 않게 되었다.

상관혜는 가슴속에 쿵 하고 떨어지는 무거운 소리를 들었다. 두려움이었고, 후회와 상심(傷心)으로 부딪쳐 오는 소리였다.

가슴을 움켜쥔 상관혜가 비틀거리며 숲을 향해 몇 걸음 옮겼을 때였다. 하하, 하고 가볍게 웃는 소리와 함께 숲에서 한 사람이 천천히 걸어나왔다. 백의에 백색 장포를 걸치고 유생건을 쓴 중년의 문사였다. 깨끗한 얼굴에 세 가닥 짧은 수염이 나 있었는데, 그것이 곧게 뻗어 있는 콧날과 잘 어울려 귀풍(貴風)을 더해주었다.

멀리에서 상관혜를 보고 포권하는 그의 손에 벽옥(碧玉)을 깎아 만든 퉁소 한 자루가 들려 있었다.

"사저(師姐), 그동안 편안하셨는지요."

놀란 가슴을 쓰는 상관혜의 손끝이 가늘게 떨렸다.

"그대, 그대였군……."

달빛 아래 상관혜의 얼굴이 보일 듯 말 듯 붉어졌다. 중년인을 바라보는 그녀의 눈 깊은 곳에 안타까움과 함께 씻기지 않을 수심이 어렸다.

"사제, 그대는 언제나 나를 놀라게 하는구나."

"그저 나무꾼처럼 저 골짜기를 터벅터벅 걸어 들어와 문을 두드리는 건 멋이 없지 않소?"

풍향곡 입구를 가리켜 보인 사내가 얼굴을 활짝 펴고 웃으며 다가왔다. 사십 대 중반의 나이였지만 아직도 삼십 대로 보이는 귀풍스런 얼굴이었다. 그런 사내를 보며 상관혜가 살짝 눈을 흘겼다. 곧 오십 고개를 넘어설 나이의 여인이라는 것이 믿어지지 않을 만큼 매혹적인 모습이었다.

잠시 멍한 얼굴로 상관혜를 바라보고 섰던 사내가 휴, 하고 탄식을 했다.

"그 아이는 갔소?"

소옥이 보이지 않는 것을 묻는 말이었다. 상관혜의 얼굴이 더욱 어두워졌다. 그녀를 바라보는 중년인의 얼굴도 덩달아 어둠에 젖어갔다. 서글픈 정회(情懷)가 잠시 두 사람 사이에 어색한 침묵의 벽을 쌓아 올렸다.

머리 위로 소리없이 날아간 밤새 한 마리가 저 멀리서 각적(角笛)을 부는 듯한 소리로 낮게 울었다.

기울어가는 달무리가 몽롱하게 물들어가는 하늘 아래 금어초(金魚草)가 학처럼 들어 올린 긴 목 위에 한창 붉고 희고 노란 꽃들을 피워 올리고 있었다. 낮은 곳에서는 한련화(寒蓮花)가 둥글고 넓적한 잎을 구름처럼 깔아놓고 그 위에 뾰족한 꽃망울을 내밀고 있었고, 연못가를 따라 심어져 있는 붓꽃은 벌써 반쯤이나 보랏빛 꽃이 벌어져 나오고 있었다. 키 큰 옥잠화(玉簪花)가 그것을 시샘하듯 매화림(梅花林) 앞에서 고개를 꼿꼿이 세운 채 방울진 흰 꽃들을 앞 다투어 터뜨리고 있는데, 그 위로 은은한 달빛이 내려앉아 꽃밭을 더욱 아늑하게 했다.

그 꽃밭 위에 한동안 머물던 중년인의 맑은 눈은 이제 정원을 스쳐 낮은 석대(石臺) 위에 구름처럼 번져 있는 작약(芍藥)을 바라보고 있었다. 탁자 위에 놓여진 찻잔이 식어가는 것도 잊은 듯 취해 있는 모습이었다.

"청전차(靑磚茶)는 식으면 맛이 떫어지고 향이 사라진다네."

그 모습을 바라보던 상관혜가 가볍게 한숨을 쉬고 말했다. 문득 정신이 돌아온 듯 한번 그녀를 바라본 중년인이 쓰게 웃었다.

"이미 청춘의 향기는 사라져 가고, 달콤했던 정은 어느덧 쓰디쓰게 쇠어가는데 그깟 떫은맛이 대수겠소?"

상관혜가 다시 한숨을 쉬고 꽃밭으로 눈길을 돌렸다.

"그대는 스스로를 너무 자학하지 말게. 사문의 정을 생각해서라도 이 못난 사저(師姐)를 이제는 그만 놓아줄 때도 되지 않았는가?"

중년인이 말없이 찻잔을 입에 대었다. 그의 눈 깊은 곳에서 한줄기 어두운 물결이 일어 출렁거렸다. 노을처럼 은은한 금빛과 자색(紫色)이 어우러진 차 빛이 아직 온기를 담고 살아 있었다. 한 모금 입에 머금자 순수한 향기와 부드러운 맛이 정신을 맑아지게 했다.

"좋군. 사저의 차 끓이는 솜씨는 여전히 배울 점이 많소."

"사제의 퉁소 소리가 변하지 않았는데, 내가 벌써 차 끓이는 법을 잊어서야 되겠는가."

중년의 사내가 말없이 웃고 소매 속에서 벽옥의 퉁소를 꺼내 쓰다듬
었다. 여인의 그것처럼 길고 마디가 고운 손을 바라보던 상관혜가 다
시 한 잔의 차를 따라주며 쓸쓸하게 웃었다.

"다시는 찾아오지 않겠다고 다짐하고 떠난 지가 이제 겨우 열다섯
해가 지났을 뿐이네. 그런데 이처럼 옛일을 잊은 듯 다시 왔으니 퉁소
를 불고, 차나 마시겠다는 뜻은 아니겠지?"

사내의 얼굴이 부끄러움을 감추지 못하고 붉어졌다.

"물론이오. 내가 어찌 중요한 일이 아니었다면 다시 사저를 볼 엄두
를 냈겠소?"

중요한 일이라는 말에 상관혜가 눈빛을 빛내며 똑바로 바라보았다.
턱 밑의 짧은 수염을 한번 쓸어본 사내가 천천히 입을 열었다.

"소 대인(蘇大人)에게 아무래도 화가 닥칠 것 같소."

순간, 상관혜의 얼굴이 핼쑥해졌다. 그녀가 사내를 향해 상체를 기
울이며 놀란 얼굴을 감추지 않고 다그쳤다.

"무슨 말인가? 그가, 그가…… 어째서……."

슬며시 그녀의 다급해하는 눈길을 피한 사내가 하늘을 보았다. 이제
달무리도 희미하게 스러져 가고, 곧 새벽이 찾아들 것이었다.

"남창부(南昌府)의 공기가 심상치 않다는 말을 들었소."

"누구에게서?"

상관혜의 얼굴이 점점 창백해져 가고 있었다. 그것을 바라본 중년인
이 탄식하고 천천히 말을 계속했다.

"위충현(魏忠賢)의 무리 중 간악하기로 이름 높은 왕융(王融)이 새로
이 포정사(布政使)로 부임해 왔다고 하오. 그를 따라온 환관 조양서(趙
陽瑞)가 또한 도지휘사(都指揮使)의 감군(監軍)이 되었다 하니 조만간

풍파가 일지 않겠소이까? 아마도 위충현이 그들을 멀리 강서성에 내려
보낸 건 그곳 동림당(東林黨)의 뿌리를 뽑겠다는 의도일 것이오."

만력제(萬曆帝)의 뒤를 이어 천계제(天啓帝)가 어린 나이로 등극하자
환관 위충현이 그를 등에 업고 권력을 행사하기 시작한 이래 그 폐해
는 이루 말할 수 없이 심각했다. 뜻있는 지사(志士)들은 도처에서 그들
을 규탄하고, 목숨을 건 탄핵과 비판을 멈추지 않았다. 세간에서는 그
들을 일러 동림당이라고 했으니, 이 시대에 살아 있는 마지막 양심이라
고 해도 과언이 아니었다.

그러므로 그들 동림당의 존재는 위충현에게 있어서 눈 속의 가시나
같았다. 그는 틈만 나면 어떤 구실을 만들어서든 동림당에 속해 있는
관리와 선비들을 제거해 나갔다. 이제 그 차례가 강서성에 미친 것이
다.

일 성(省)의 행정을 총괄하는 최고 관직에 위충현의 앞잡이인 왕융
이 부임했고, 환관 조양서가 성군(省軍)을 통솔하는 도지휘사사(都指揮
使司)에 감군으로 내려온 게 그 시작인 것이다.

"그 소식을 들은 게 언제인가?"

상관혜의 얼굴이 초조함으로 달아올랐다.

"닷새 전이니, 그들이 부임해 온 건 적어도 달포 전일 것이오."

"아―!"

상관혜가 창백해진 이마를 짚고 탄식을 뱉어냈다. 달포 전이라면 이
미 일이 벌어졌을지도 모르는 것이다.

"소옥 그 아이가, 그 아이가…… 지금쯤은 벌써 그곳에 가까이 이르
러 있을 텐데……."

상관혜가 무엇을 말하려는지 중년인은 잘 알고 있었다. 그가 바르르

떠는 상관혜의 손을 잡고 부드럽게 말했다.

"피할 수 없는 일이라면 스스로 극복해 내도록 하는 것도 좋은 방법이오. 그렇게 하고 나면 그 아이는 비로소 사문의 다음 대를 이을 완전한 한 사람의 문도(門徒)로 거듭나게 될 것이오. 그러나 거기서 꺾이고 만다면 일찌감치 손에서 검을 빼앗고 바느질 그릇을 안겨주는 게 나을 거외다. 사저가 그 아이를 혼자 내려보냈을 때는 이미 마음속에 그런 생각을 가지고 있었기 때문 아니겠소? 그러니 너무 걱정하지 마오."

"나를 막을 생각이었다면 그대는 무엇하러 이곳에 와 굳이 그런 소식을 전해주는 건가?"

중년인이 원망하는 눈으로 흘겨보는 상관혜의 손을 놓고 빙그레 웃었다.

"나는 단지 그가, 그가 혹시 이 일을 빌미로 사저에게 찾아오지 않을까 하여 급히 달려온 것이외다."

중년인이 누구를 말하고 있는지 상관혜는 알 수 있었다. 상관혜의 얼굴에 한줄기 두려움이 스쳐 지나갔다. 그건 말을 꺼내놓은 중년인도 마찬가지였다. 그들이 말하고 있는 사람 또한 소 대인과 무관한 관계가 아니었던 것이다.

상관혜와 중년인이 약속이라도 한 듯 동시에 무거운 한숨을 내쉬었을 때였다.

"셋째야, 너는 내가 그녀를 해치기라도 할까 봐 그게 걱정되었던 거냐?"

한소리 냉랭한 음성이 두 사람의 정수리를 싸늘하게 눌러왔다.

"억!"

중년인이 크게 놀라 벽옥소(碧玉籬)를 쥐고 벌떡 일어났고, 상관혜도 창백하게 질린 얼굴로 엉거주춤 일어섰다.

기울어가는 보름달을 어깨 너머에 두고 한 사람이 화원(花園)을 건너 천천히 다가오고 있었다. 남색 장포 자락이 가볍게 흔들릴 때마다 허리에 차고 있는 한 자루 고검(古劍)이 살짝살짝 드러나 보였다.

빗어 올려 상투를 튼 머리에 작은 비단 관(冠)을 썼고, 황금의 동곳을 꽂고 있었는데, 반듯한 이마 아래 부릅뜬 두 눈이 이글거리는 불을 담고 있는 듯 형형한 빛을 발했다. 큰 키에 체구마저 당당하여 보는 이로 하여금 절로 주눅이 들게 하는 초로(初老)의 인물이었다. 턱을 따라 무성하게 자란 검은 수염이 가슴 어림까지 늘어져 있어서 더욱 위엄이 높아 보였다.

실로 보기 드문 위풍을 지닌 자였다. 그 모습만으로도 만군을 호령하고 천하인 위에 군림하기에 부족함이 없어 보였다.

"사, 사형……."

그를 본 상관혜가 핼쑥해진 얼굴로 그렇게 말했고,

"대사형(大師兄)!"

중년인도 부르짖듯 터무니없이 큰 소리로 외쳤다.

음, 하고 고개를 한번 끄덕인 초로의 노인이 성큼 정자로 올라와 장포를 한번 떨치고 상석에 앉았다. 아직도 그 앞에 서서 어쩔 줄 몰라 하는 두 사람을 한번 바라본 노인이 껄껄 웃었다.

"무정풍소(無情風籬)라더니 여전히 그 퉁소를 가지고 다니는군. 지난 십오 년 사이에 왕 사제 너는 훨씬 헌앙(軒昂)해졌구나. 이제는 대가의 풍모가 엿보인다."

중년의 사내는 강호에서 한때 무정풍소(無情風籬)라는 별호로 불리며 그 귀풍스럽고 우수에 잠긴 미안(美顔)으로 무수한 방심(芳心)을 흔들고 다녔던 왕서륜(王瑞倫)이었다. 나이 스물에 강호에 첫 발을 내딛은 이래 십 년 동안을 한결같이 협행(俠行)을 해 청년 고수이자 기협(奇俠)으로 이름이 높았다. 그러던 그가 서른이라는 젊은 나이에 갑자기 강호를 등지고 모습을 감추어 버렸다.

그것은 상관혜 또한 마찬가지였다. 왕서륜과 함께 앞서거니 뒤서거니 하며 한 자루 검으로 종횡천하했을 때, 그들 사형제를 두고 강호인들은 곤륜(崑崙)이 배출한 최고의 기재(奇才)들이라고 감탄해 마지않았다. 그러나 상관혜도 왕서륜이 세상에서 종적을 씻어버린 것과 거의 동시에 모습을 감추어 버렸다.

강호인들은 그들의 은거를 두고 안타까워했지만 그 속내는 누구도 알지 못했다. 그리고 그들은 또 왕서륜과 상관혜에게 대사형이 있다는 것도 알지 못했다. 지금 두 사람 앞에 앉아 있는 남색 장포의 노인 구양목(具陽木)에 대하여는 아는 사람이 하나도 없었던 것이다. 그것은 지금도 마찬가지였다. 곤륜문하에는 다만 상관혜와 왕서륜이 있을 뿐이라고 세상은 알고 있는 것이다.

"구양 사형, 소제의 의중은 그런 것이 아니라……."

중년인, 왕서륜이 급히 안색을 바꾸며 무언가 말을 하려 했지만 구양목이 손을 저어 막았다. 구양목의 시선은 이미 왕서륜을 지나 상관혜에게 멎어 있었다.

"사매, 실로 오라간만이다. 그동안에도 너의 아름다움은 하나도 변하지 않았구나. 무상하다는 세월마저도 너만은 비껴가는 모양이다."

"훙, 그러면 뭐 해요? 이렇게 사형은 피할 수 없는데."

상관혜가 쌀쌀맞게 쿄웃음을 치고 비난했지만 구양목은 듣지 못한 듯 태연하게 웃고 있을 뿐이었다. 곁에서 그것을 지켜보는 왕서륜의 이마에 땀방울이 맺혔다.

구양목이 문득 왕서륜을 돌아보고 눈을 빛냈다.

"너는 그동안 얻은 게 적지 않았던 모양이군."

묻지 않아도 그가 무엇을 궁금해하고 있는 건지 알 수 있었다. 왕서륜이 두 손을 모아 쥐고 흔들며 급히 말했다.

"천만에, 천만에. 어찌 대사형이 얻은 것만 하겠소이까. 사형이야말로 이미 심득(心得)을 본 듯하니 소제가 우선 축하드리는 바올시다."

"흥!"

차갑게 코웃음치는 것으로 대신한 구양목이 다시 상관혜에게 눈을 맞추었다.

"사매 또한 적지 않은 진전이 있었던 모양이군."

"……."

"하, 그동안 이 못난 사형만 허송세월을 하고 있었던 것 같아 부끄럽기 짝이 없구나."

상관혜가 외면하고 반응을 보이지 않자 가볍게 탄식한 구양목이 고개마저 저으며 낯빛을 흐렸다.

"그게 무슨 상관이겠어요? 여전히 사형은 사형이고, 우리들이야 사형의 발꿈치에도 미치지 못하는 건 예전이나 지금이나 다를 게 없을 텐데 말이에요."

"그렇지 않다. 그렇지 않아."

상관혜의 쌀쌀맞은 대꾸에 구양목이 정색을 하고 손마저 내둘렀다.

"원래 사부님께서는 우리 사형제 중 사매를 가장 사랑하셨으니 장차 사매야말로 이 못난 사형을 대신해 사문의 이름을 사해에 떨치게 될 것이다.”

“과찬의 말씀. 소매는 감히 감당하지 못하겠어요.”

상관혜가 엄지손가락마저 치켜세우는 구양목의 말을 사양하듯 짐짓 옆으로 몸을 비켰다. 그런 상관혜에게 웃어 보인 구양목이 다시 형형한 눈길을 왕서륜에게로 향했다.

“또한 사부님께서는 우리 사형제 중 셋째의 자질을 가장 높이 치셨으니 머지않아 너 역시 이 못난 사형을 뛰어넘어 크게 사문을 빛낼 것이다.”

“과찬의 말씀. 소제는 감히 감당하지 못하겠소이다.”

왕서륜이 상관혜를 흉내 내며 비껴 앉아 손을 흔들었다.

희미하게 웃어 보이고 눈길을 돌린 구양목이 새벽빛 속에 은은히 반짝이고 있는 꽃밭을 바라보았다. 그들 사이에 무거운 침묵이 흘렀다. 한참 만에야 구양목이 다시 천천히 입을 열었다. 눈길은 여전히 꽃밭에 둔 채 혼잣말을 하듯 입 안에서 웅얼거리는 소리였다.

“그때 사부님께서는 태사조(太師祖)님의 심득(心得)을 왕 사제에게 전해주었지. 그리고 당신의 심득은 사매에게 물려주셨다.”

왕서륜과 상관혜의 얼굴에 긴장이 떠올랐다. 그들이 온 이목을 모아 구양목이 하는 말에 집중하고 있었지만, 구양목은 그것을 모르는 듯 태연한 얼굴로 여전히 혼잣말처럼 웅얼거렸다.

“내가 얻은 것이라고는 고작 사부님의 그 장법(掌法) 하나뿐이었다. 무엇 때문이었을까…….”

구양목의 얼굴이 고통으로 조금씩 일그러져 가는 것을 보던 상관혜가 떨리는 음성으로 그의 말을 막았다.

“그 장법에는 사부님의 모든 것이 들어 있어요. 그러니 사형은 사문의 모든 것을 물려받았다고 해야 옳아요."

"게다가 사형께서는 그것을 더욱 갈고닦아 사형만의 심득을 더해 오히려 크게 했으니, 머지않아 사문은 사형에게 계승되고, 영명(英名)이 사해(四海)에 드날리게 될 것이외다. 이제 강호에 누가 있어서 과연 사형의 십초지적(十招之敵)이 되겠소?"

왕서륜 또한 지지 않으려는 듯 상관혜의 말을 받아 재빨리 말했다. 마음이 흡족한 듯 그들을 바라보고 빙그레 웃던 구양목이 돌연 낯빛을 딱딱하게 굳혔다.

"바로 너희들. 무정풍소(無情風簫) 왕서륜(王瑞倫)과 곤륜여협(崑崙女俠) 상관혜(上關慧)가 있지 않느냐!"

왕서륜과 상관혜가 똑같이 크게 놀라 자리를 박차고 일어섰다. 그들의 얼굴이 창백해졌다. 왕서륜이 손을 들어 구양목을 가리키며 입술을 떨었다.

"사, 사형, 설마 당신은……."

그의 얼굴에 가득한 두려움을 본 구양목이 다시 안색을 풀고 미미하게 웃었다.

"하하, 아무려면 내가 사문의 정을 잊고 너희들에게 해를 입히기야 하겠느냐."

잠시 무엇을 생각하듯 침묵하던 구양목이 조금 더 짙어진 미소를 지으며 다시 다정하게 말했다.

"게다가 너희들은 이미…… 나에게 약속을 했으니 그럴 필요가 없겠지."

그가 무엇을 말하고 있는지 잘 알고 있는 왕서륜과 상관혜는 감히 대꾸하지 못하고 고개를 숙일 뿐이었다. 그들이 마음속에 품고 있는 생각을 알아야겠다는 듯 차가운 눈으로 한동안 바라보던 구양목이 옷 자락을 털고 일어섰다.

"참으로 오랜만에 너희들과 함께한 유익하고 즐거운 시간이었다. 어디에서든지 살아 있다면 다시 또 만나게 되겠지. 보중(保重)하기 바란다."

가볍게 포권해 보인 구양목이 장포 자락을 펄럭이며 올 때처럼 담담한 모습으로 정자를 떠나갔다. 구름을 밟듯 허허로운 모습으로 십여 걸음을 걷던 그가 문득 멈추고 상관혜를 돌아보았다.

"그런데, 진서(眞書)는 정말 너에게 없는 거냐?"

잊고 있었다는 듯 아무렇지 않게 물어보는 말에 상관혜가 움찔 어깨를 떨었다. 그녀의 얼굴에 다시 두려움의 그늘이 드리웠다.

"소매는 한 번도 사형에게 거짓말을 한 적이 없어요."

구양목이 고개를 끄덕였다.

"그렇겠지. 하지만, 그렇다면 좀…… 이상한 일이군……."

잠시 고개를 갸웃거리고 서 있던 그가 아무 일도 없었다는 듯 다시 걸음을 떼어 멀어져 갔다.

그의 모습이 화원을 건너 매화림을 지나 풍향곡에서 보이지 않게 되었지만, 그 뒤에도 한참 동안이나 왕서륜과 상관혜는 넋을 잃은 사람들처럼 서서 그가 사라진 곳을 보고 있었다.

"휴……."

길게 한숨을 내쉰 왕서륜이 무너지듯 의자에 주저앉더니 주전자를 들어 식어버린 차를 벌컥벌컥 마셔댔다. 지나친 긴장으로 가슴이 탔던 모양이었다. 빈 주전자를 내려놓고 손등으로 입가를 닦는 그의 얼굴이 일그러졌다.

"빌어먹을. 이 차는 정말 지독하군."

왕서륜의 욕설에 비로소 마음이 가라앉은 듯 상관혜가 굳어 있던 얼굴을 풀고 웃었다.

"말했잖아. 식으면 맛이 떫어진다고."

여전히 인상을 찡그리고 소맷자락으로 혀를 닦아내던 왕서륜이 무거운 얼굴이 되어 정색을 했다.

"내 생각이 역시 맞았군. 사형은 이곳에 찾아오고 말았소."

"그게 어쨌다는 거지? 사제도 찾아왔는데 그라고 오지 못할까?"

"휴, 아무튼 다행이오. 내 짐작 한 가지는 쓸데없는 것이었으니 맞추지 못한 것을 오히려 다행으로 여겨야지."

그가 상관혜에게 손을 쓰지 않고 곱게 물러간 것을 말하는 것이었다. 상관혜가 비로소 여유를 되찾고 배시시 웃었다.

"그는 절대로 사제나 나에게 손을 쓰지 못할 거야."

"어째서 그렇다고 생각하죠?"

"그에게는 장문인이 되겠다는 일념(一念)이 아직도 남아 있는 탓이지."

아, 하고 탄성을 발한 왕서륜이 고개를 끄덕였다.

"그렇군. 그가 장문 직을 계승한다면 우리야 당연히 그의 명을 듣지 않을 수 없을 테니까."

상관혜의 말에 동의하는 듯하던 왕서륜이 이번에는 고개를 저었다.

"그렇지 않소, 그렇지 않아. 그렇기 때문에 그는 더욱 우리를 없애려고 할 것이오. 이번에 그가 사저를 찾아온 것만 보아도 그렇소."

"하지만 그는 얌전히 돌아갔는데?"

상관혜가 의아하여 고개를 갸웃거리자 왕서륜이 가슴을 펴며 호기롭게 말했다.

"그것은 내가 함께 있었기 때문이라오. 그는 설마 내가 이곳에 먼저 와 있으리라고는 미처 생각하지 못했던 게 틀림없소."

"사제 때문에?"

"그렇소. 그가 그동안 무공이 아무리 높아졌다고 해도 아직 우리 두 사람을 한꺼번에 상대하기에는 어려움이 있을 거외다. 그는 그것을 잘 알고 있는 것이오. 만일 사저 혼자 이곳에 있었더라면 그는 그때처럼 망설이지 않고 손을 써서 사저를 핍박했을 것이오."

상관혜의 얼굴이 어두워졌다.

"그것, 그 진서 때문이란 말인가……."

"사저는 정말 그것을 지니고 있지 않은 것이오?"

왕서륜이 진지한 낯빛이 되어 물었다. 상관혜가 고개를 발딱 치켜들고 그런 왕서륜을 향해 눈빛을 빛냈다.

"사제도 그것에 관심이 있나?"

"아니, 아니, 난 그저 궁금해서……."

왕서륜이 깜짝 놀라며 무슨 말이냐는 듯 두 손마저 홰홰 내저었다. 상관혜의 얼굴에 씁쓸한 미소가 떠올랐다.

"하지만 난 정말로 그것을 지니고 있지 않다네. 그가 나를 죽이고 품속을 뒤졌다고 해도 찾아낼 수 없었을 것이네."

왕서륜이 고개를 끄덕였다.

"잘했소. 그것을 아무도 모르는 곳에 깊이 감추어두었으니 사저께서는 역시 선견지명(先見之明)이 있는 사람이오."

왕서륜의 말을 듣지 못한 듯, 상관혜의 얼굴에는 쓸쓸한 빛이 가득

했다. 그녀가 몽롱한 눈으로 새벽 여명에 물들어가고 있는 화원을 바라보며 한숨을 쉬었다.

골짜기를 타고 스멀스멀 밀려 들어온 안개가 매화림을 적시고, 이제는 화원에 이르러 우윳빛으로 몽롱한 제 살을 열고 있었다. 꽃과 잎들이 가라앉듯 그것에 안겨들고 있는 것을 멍하니 바라보고 있던 상관혜가 깜짝 놀라 일어났다.

급히 정자를 내려가 죽림 사이의 소로(小路)를 내달려 모옥(茅屋) 안으로 들어간 상관혜가 곧 한 자루의 검과 보퉁이를 들고 다시 바쁘게 달려나왔다. 그것을 본 왕서륜이 크게 놀라 낯빛마저 변한 채 상관혜의 앞을 막아섰다.

"사저, 지금 어디로 가시려는 거요?"

"비키게. 나는 한시라도 빨리 남창부(南昌府)로 가야 하네. 그것을 잊고 있었다니 나도 이젠 멍청해지는가 보다."

왕서륜이 서두르는 상관혜의 옷소매를 붙잡고 놓아주지 않았다. 그의 얼굴에 당황하는 기색이 가득했다.

"아직 사형이 이 근처에 있을지 모르오. 또한 그는 자신과의 약속을 들먹여 우리에게 경고한 바가 있소."

구양목이 정자를 떠나기 전 약속을 상기시키던 일을 떠올린 것이다. 그러나 상관혜는 왕서륜의 손을 거칠게 뿌리쳤다.

"내가 남창부로 간다고 해서 그와의 약속을 지키지 않는 건 아니다."

"그렇지 않소. 나쁜 일에 휘말리게 되면 사저는 어쩔 수 없이 그와의 약속을 깨뜨리게 될 거요. 그러면 그는 그때를 기다렸다는 듯 나타나 사저를 핍박할 거외다. 그렇게 되면 소제로서도 사저를 도와줄 명분이 없게 되오."

흠칫 어깨를 떤 상관혜가 흐리멍덩해진 눈으로 왕서륜을 바라보았다. 마음속에 가득한 근심과 초조함 위에 두려움이 더해져 그녀의 넋이 나간 것 같았다. 왕서륜이 상관혜의 옷깃을 잡고 마구 흔들었다.

"사저, 사저!'

깜짝 놀란 상관혜가 다시 정신을 차리고 풍향곡 밖을 바라보았다.

"소 대인(蘇大人)이, 그가…… 위험에 처해 있다면 나는, 나는……."

왕서륜이 이제는 상관혜의 손을 꽉 붙잡았다. 그의 얼굴에 당황해하는 빛이 가득했다.

"사저, 당신은 정말 그와의 약속을 깰 셈이오? 그때 그는 우리가 강호의 일에 다시는 상관하지 않겠다고 약속한 대가로 목숨을 붙여주었소. 소 대인의 일도 어떻든 강호의 일인 셈. 지금에 와서 약속을 깨고 사저가 그 일에 뛰어든다면 나는 정말 더 이상 어쩔 수가 없게 되오."

당황 중에도 간곡함을 더해 만류하는 왕서륜이었으나 이미 상관혜의 마음은 풍향곡을 떠나 있었다. 그녀가 들뜬 눈을 들어 왕서륜을 똑바로 바라보았다.

"그래도 나는 가야만 해."

*　　　　*　　　　*

비가 오고 나더니 깨끗하게 개인 하늘이 낮 동안 내내 오월의 쨍쨍한 햇빛을 쏟아 놓았다. 그리고 밤이 되었다. 손을 뻗으면 나뭇잎에 맺혀 있는 물방울이 떨어지듯, 금방이라도 와르르 쏟아질 것처럼 별들이 머리 위에서 흔들리고 있었다.

남색 경장에 남색 끈으로 질끈 머리를 묶어 반듯한 이마를 훤히 드러내고 있는 사내는 풀잎을 질겅질겅 씹으며 그 별들을 바라보고 있었다. 젖은 땅 위에 등을 붙이고 편하게 누워서 한 발을 다른 발 위에 포갠 채 가볍게 흔들고 있었는데, 마치 콧노래라도 부르고 있는 듯 평화롭고 한가로워 보이는 모습이었다.

동창에 몸을 담고 있는 무사들은 모두 그를 철혈도(鐵血刀)라고 부르며 두려워했다. 그는 확실히 모두가 꺼려할 만큼 무서운 사람이었다. 용서를 모르는 무정한 사람이었고, 자비를 모르는 비정한 사람이었으며, 두려움을 모르는 철혈의 사내였던 것이다.

그러나 지금 그 철혈도(鐵血刀) 단목기(丹木奇)는 하루 일을 끝마치고 양 떼를 우리에 몰아넣은 다음, 들에 나와 별을 헤아리고 있는 목동(牧童)처럼 보였다.

그는 불과 스물다섯의 나이에 동창의 두 조직 중 하나인 홍안령(紅眼領)의 장령(長領)이라는 막강한 자리에 올라 있는 사람이었다. 첩형(貼刑)이라는 직위로 불리기도 하지만, 동창 내에서는 그들을 영주(領主)라 하여 공경하고 두려워했다.

처음 단목기를 본 사람들은 누구나 새파랗게 젊은 사람이 첩형의 자리에 앉아 있다는 사실에 놀랐지만, 두 번째 그를 보고 나서는 누구도 그것을 이상하게 생각하지 않았다.

동창에는 제독태감(提督太監) 밑에 단목기가 거느리고 있는 홍안령(紅眼領)과 소면귀검(素面鬼劍) 팽가(彭稼)의 청안령(靑眼領)이라는 두 개의 조직이 있었는데, 그것이 동창이 가지고 있는 힘의 전부라고 해도 좋았다.

홍안령에는 갑(甲), 을(乙), 병(丙)의 삼 개 조(組)가 있었고, 청안령에는 풍(風), 수(水), 화(火)의 삼 개 조가 있었다. 각 조는 당두(檔頭)의 직함을 가지고 있는 조장(組長) 밑에 차수(次首)가 있고, 번역(番役)으로 불리는 열 명의 조원들이 있다. 따라서 영주(領主)는 세 명의 조장과 세 명의 차수, 그리고 삼십 명의 창위(廠衛)들을 거느리고 있는 것이다.

그러나 각 창위들은 다시 그들 개개인이 아직 번역에 입적하지 못한 동창의 무사 십 인을 부릴 수 있었으므로, 실제로 영주인 첩형이 거느리고 동원할 수 있는 무사들은 무려 삼백 명이 되는 셈이었다. 동창의 무사 삼백이라면 그들이 마음먹어 하지 못할 일이 없을 만큼 막강한 힘이었다.

북경성 내에서는 도독부(都督府)의 대장군(大將軍) 행렬과 마주쳐도 길을 비켜주지 않는 것이 동창에 있는 두 첩형의 위세였다. 그것을 생각해 볼 때 홍안령주 단목기가 이 먼 강서성에까지 와서 이처럼 젖은 땅 위에 벌렁 누워 있다는 것은 믿어지지 않는 일이기도 했다. 보통은 부(府)의 지부대인(知府大人)이거나, 더 나아가 안찰사(按察使)가 직접 달려와 영접을 해도 하나 이상할 게 없었던 것이다.

그가 문득 시선을 돌려 서너 장 떨어진 곳에 있는 수하들을 바라보았다. 지금은 모두 평복으로 갈아입고 있는 그들은 북경에서부터 대동하고 온 두 사람의 창위였다. 하나는 앉고 하나는 누워서 무어라 낮은 소리로 소곤거리고 있었는데, 가끔 낄낄거리기도 하는 것이 여자 얘기라도 하고 있는 모양이었다.

"흥, 여자란 말이지?"

다시 눈길을 하늘에 둔 단목기가 막 이마 위를 긋고 지나가는 유성의 궤적을 눈으로 좇으며 혼잣말을 했다. 처음 알게 된 그 사실이 그에게 묘한 흥미와 호기심을 가져다 주고 있었다.

앞으로 자신이 붙잡아 심문을 하고, 어쩌면 죽여야 할지도 모르는 자가 여자라는 것은 아무리 생각해도 의외의 일이었다. 상대가 여자라고 해서 인정을 베풀어줄 그의 칼이 아니었지만, 마음 한구석에 어딘지 개운치 못한 앙금이 남는 것은 어쩔 수 없었다.

사부는 자신에게 소양진(蘇陽進)의 집에서 한 부의 진경(眞經)을 찾아내라고 은밀히 지시했다. 소양진은 강서성 구석에 붙은 작은 소문현(昭文縣)의 현령에 불과했지만, 동림당의 일원으로 지목되었으니 결국 죽음을 면치 못할 것이었다. 문제는 어딘가로 떠나 있다가 삼 년마다 한 번씩 돌아오곤 한다는 그의 딸이었다.

남창부에서 동원한 관병들은 이번 기회에 자신들의 충성심을 과시해 보이기라도 하려는 듯, 단목기가 보기에도 무자비하리만큼 과하게 소양진의 가솔들을 죽이고 그를 묶어갔다. 그런 뒤 단목기는 은밀하게 집 안을 샅샅이 뒤져 보았지만 사부가 말한 진경은 찾아내지 못했다.

단목기는 남창부로 압송되어 간 소양진을 취조하기 전에 먼저 그의 여식을 붙잡아 다그칠 작정을 했다. 그녀가 다녀간 지 삼 년이 지났고, 이제 며칠 뒤면 다시 돌아올 날이 된다는 것을 알았기 때문이다.

어쩌면 그처럼 은밀한 행사를 하고 있는 그의 딸이야말로 진경의 행방을 알고 있을 확률이 높았다. 그리고 남창부의 뇌옥에 갇혀 있는 소양진을 닦달하는 것보다 그 딸을 붙잡아 다그치는 것이 더 편한 일이었다. 진경에 대해서는 아는 사람이 없는데, 많은 눈들 앞에서 소양진에게 그 일을 물어보기란 아무래도 껄끄러운 것이다.

사부 역시 그가 북경을 떠나기 전에 따로 불러 이 일은 은밀히 처리해야 한다고 몇 번이나 말했다. 그래서 그는 남창부로 돌아가지 않고 이곳에 수하 두 명과 남아 소양진의 딸을 기다리고 있는 중이었다.

소곤거리던 소리가 뚝, 멎었다. 수하들이 흘리기 시작한 가벼운 긴장이 물결처럼 번져 왔다. 그러나 단목기는 여전히 풀잎을 씹으며 하늘만 바라보고 누워 있었다. 그는 이곳에 와서 한 일과 앞으로 해야 할 일들을 벌써 열 번도 넘게 곱씹어 보고 있는 중이었다.

그가 데리고 온 갑조(甲組)의 창위들은 당두(檔頭)인 벽력흑모(霹靂黑貌) 위추경(魏錘庚)의 지휘 아래 감군(監軍)으로 부임해 온 조양서(趙陽瑞)를 따라 도지휘사사(都指揮使司)에 가 있었다. 그들은 이 시간에도 강서성에 주둔하고 있는 십만 황군(皇軍)들 중에서 동림당(東林黨)의 무리를 가려내고 있을 것이었다. 이 조용하고 평화로운 밤에도 어딘가에서는 곧 피를 몰고 올 바람이 꿈틀거리고 있는 것이다.

단목기가 갑조를 거느리고 직접 나선다고 했을 때, 동창 내의 모든 사람들이 놀라 눈을 부릅떴었다. 영주가 몸소 수하들을 이끌고 선두에 서서 성 밖으로 나가는 일이란 극히 드물었기 때문이다.

단목기는 위추경을 먼저 수하들과 함께 은밀히 무창부로 보내고 자신은 차수(次首)인 염동서(廉東瑞)와 조원들 중 눈과 발이 빠른 자로 알려진 이전성(李田盛)만을 대동한 채 유람이라도 하는 사람인 것처럼 유유히 남하해 왔었다. 그리고 뜻하지 않게 오랫동안 보지 못하고 있던 사제(師弟) 육지평(陸知坪)을 만나기도 했다.

'그놈…… 귀염조자(貴艶賊子)란 말이지?'

단목기의 입가에 희미한 미소가 떠올랐다. 이제 겨우 두 번 보았을 뿐이지만, 그놈은 역시 여전히 어려운 놈이라는 생각이 들었다. 그 칠흑 같은 어둠 속에서도 불쑥 쳐 나온 이전성의 쾌검을 가볍게 비껴내던 유연한 몸놀림과 만만치 않은 눈빛으로 쏘아보던 기세가 눈에 선

했다.

'많이 컸어.'

오 년 전 악군산(岳群山)에서 처음 보았을 때도 그의 성취(成就)를 남몰래 추측해 보며 자신과 비교해 보고 내심 머리를 흔들었다. 두 살이 어린 사제라고 했으나 결코 만만히 여길 수 없었던 것이다.

단목기에게는 그것이 자극이 되기도 했다. 그는 더욱 열심히 사문의 공부를 수련했다. 그리고 오 년이 지난 뒤 다시 만났다. 하지만 역시 여전히 만만해 보이지 않는 사제였다. 게다가 어느새 귀염적자(貴艶賊子)라는 그럴듯한 외호(外號)까지 얻고 있다는 것이 대견스럽게 생각되었다.

'나의 사문은 최강이다!'

단목기는 사문에 대한 뿌듯한 자부심으로 가슴을 부풀렸다. 그 최강의 사문에 뿌리를 같이하고 있는 사제였으니 약할 수가 없는 것이다. 약한 자였다면 사제로 인정하지도 않았을 것이었다.

'그리고 사문의 최강은 바로 나다!'

자기 자신에게 그렇게 외쳐 주었다. 언젠가는 기필코 사부님을 능가하는 최고의 고수가 되고 말겠다는 것이 그가 마음속에 품고 있는 꿈이었고 열망이었다.

어금니를 꾹 물고 천천히 몸을 일으키는 그의 눈에 언덕을 바삐 올라오고 있는 사람들이 보였다. 두 명의 수하가 가벼운 긴장을 내보이며 가까이 다가와 섰다.

"그들이 이제야 오는가 봅니다."

차수(次首)인 염동서(廉東瑞)가 나타난 자들에게서 눈길을 떼지 않으며 가만히 말했다. 그사이에 가까이 다가온 자들이 일제히 멈추어 섰다. 황색 경장을 차려입은 여섯 명의 건장한 자들이었는데, 병기는 지니고 있지 않았다.

장한들을 헤치고 귀골로 생긴 청년 한 명이 앞으로 나섰다. 단목기는 그의 눈을 보았다. 이글거리는 눈빛 속에 오만한 자부심이 감추어져 있는 자였다.

"소생은 상필지라 하외다."

청년이 포권한 손을 절레절레 흔들며 묵직한 음성으로 인사를 건네왔다.

단목기는 그가 누구인지 이내 알아차렸다. 상가장(商家莊)의 소장주(小莊主)인 남면옥호(南面玉豪) 상필지(商弼知)인 것이다.

그는 장주 상경문(商京門)의 독자(獨子)이면서 동정호 일대에서는 물론 강서 무림에서 제법 후기지수(後期之秀)로 이름이 높은 자였다. 화산파(華山派)의 속가제자라고도 했다.

단목기가 보일 듯 말 듯 고개를 끄덕이는 걸로 인사를 대신하자 상필지의 안색이 약간 흐려졌다. 단목기는 내심 비웃음을 흘렸다. 이자는 강호에서 자신이 얻은 조그만 명성에 대한 자부심이 지나칠 만큼 큰 자라는 걸 알 수 있었다. 아니면 제 아비와는 달리 동창에 대한 감정이 좋지 않은 건지도 몰랐다.

다시 낯빛을 공손히 한 상필지가 짐짓 단목기의 시선을 외면하며 입을 열었다.

"벌써 사흘째 은밀히 지키고 있지만 아직 아무도 찾아오지 않았습니다. 어쩌면 더 시간이 필요한 건지도……."

힐끔 단목기의 안색을 살피는 그의 눈빛이 서늘했다. 단목기는 눈앞의 상필지가 품고 있는 생각을 그의 스쳐 가는 눈빛 속에서 예민하게 잡아냈다.

'잘난 척하는 너의 추측이 틀렸을 수도 있어. 그렇다면 그건 고소한 일이지. 비록 그것 때문에 우리가 고생하고 있긴 하지만 말이야.'

단목기의 입가에 차가운 웃음이 스쳐 갔다. 누군가에게 적의를 품는다는 건 좋은 일이라고 생각하는 그였다. 들끓는 질투와 증오를 잘 다스린다면 끊임없는 활기와 의욕을 가져다 주는 힘이 되기 때문이다.

단목기는 마음속에 항상 증오하여 무찔러 버리고 싶은 자 하나쯤은 담아두고 있는 게 좋다고 여기고 있었다. 그것이야말로 끊임없이 투지를 키우고 자신의 능력을 높여주는 자극제가 되는 것이다. 그러므로 증오는 젊음이 누릴 수 있는 특권이라고 해야 할 것이었다. 노인에게는 아무래도 증오보다 되돌아보는 회한(悔恨)이 더 많을 것이기 때문이다.

단목기는 상필지의 증오를 조금 더 구체적인 것으로 키워주고 싶다는 충동을 느꼈다. 그가 이글거리는 눈으로 상필지를 똑바로 바라보았다.

머리끝에서부터 발끝까지 훑어보는 그의 눈길에 상필지는 자신의 온몸을 불의 혀가 핥고 있는 듯한 끔찍함을 느꼈다. 그가 단전에 불끈 힘을 주고 집중해서 단목기의 눈길에 대항하기 시작하자 기다리고 있었다는 듯 단목기가 시선을 풀며 묘한 웃음을 입꼬리에 매달았다. 상필지의 얼굴에 당황하는 빛이 스쳐 갔다. 기세의 싸움에서 그는 자신이 결코 단목기의 상대가 되지 못함을 느껴야만 했다.

"네가 상가(商家)의 숨겨진 용이라지? 하지만 아직 멀었다. 하긴, 이 촌구석에서 그만하기도 어렵지."

차가운 단목기의 말이 가슴에 비수가 되어 박혀들었다. 상필지는 이제 창백해진 얼굴로 입술을 굳게 깨물고 있었다. 그런 그에게 단목기의 매정한 한마디가 지울 수 없는 화인(火印)이 되어 새겨졌다.

"네 아비가 전하라고 한 말이 있을 텐데?"

기껏해야 같은 또래로 보일 뿐, 아무리 보아도 결코 연장자는 아니었다. 그런 자로부터 들어야 하는 말치고는 견디기 힘들만큼 모욕적이지 않을 수 없었다. 상필지는 언제 누구로부터이든 이런 투의 말을 들어본 적이 없었다.

한동안 거친 숨을 고르던 그가 간신히 입을 열었다. 그의 입술에 악물린 이빨 자국이 선명하게 드러나 보였다.

"대인을 모셔오라고 하셨소. 노구(老軀)를 이끌고 몸소 장원 문밖에 나와 한나절을 기다리고 서 계시오."

특히 노구(老軀)라는 말에 힘을 주어 전하는 상필지의 눈에서 불길이 이는 듯했다. 나이 든 부친이 대문 앞에서 기다리고 있다는 그 사실이 안타까움을 넘어 치욕스럽게 여겨지고 있는 게 분명했다.

상가장(商家莊)은 평수현(平水縣)은 물론 인근에서 가장 큰 세력을 자랑하는 곳이었다. 장주인 상경문(商京門)이 십여 년 전부터 품어오고 있는 야심이 그의 장원을 그렇게 키운 것이다.

단목기가 웃으며 수하들을 돌아보았다.

"너희들로 충분할 것이다. 가서 잘 먹고 잘 쉰 다음에 돌아오너라."

상경문 따위를 직접 상대할 몸이 아니라는 뜻이었다. 상필지의 얼굴이 하얗게 질려갔다.

"하오나 이슬이 차가운데……."

염동서가 불안한 얼굴로 바라보며 말꼬리를 흐렸다. 영주를 이슬 아래 내던져 두고 수하들이 기름진 음식과 술로 놀아나는 일이란 상상해

볼 수도 없는 것이다. 단목기가 상필지의 시선을 무시한 채 웃어 보였다.

"쉬려고 마음먹었다면 남창부로 갔을 게다."

그랬다면 남창부를 책임지고 있는 동지대인이라는 자가 몸소 달려나와 엎드렸을 것이었다. 새로 포정사(布政使)로 부임해 온 왕융(王融)도 거들먹거리며 나타나 한껏 생색을 내려 들 게 분명했다. 직급의 고하를 떠나서 단목기에게 밉보여서는 언제 트집이 잡혀 관복을 벗는 일이 생길지 알 수 없는 것이다.

염동서는 자신이 모시고 있는 이 젊은 영주의 속마음을 짐작할 수 없었다. 그것이 그를 불안하게 했다. 염동서가 무의식적인 듯, 단목기의 손에 들린 칼을 힐끔 바라보았다. 한번 잘못하면 당장 머리 위에 저것이 떨어질 것이었다. 그는 용서를 모르는 무정한 사람인 것이다. 복명을 해야 할지, 자신도 이곳에 남아 있겠노라고 해야 할지 언뜻 판단이 서지 않았다.

단목기가 웃으며 그런 염동서의 어깨를 두드렸다.

"나는 이곳에서 자유롭게 있고 싶다. 내 대신 네가 상 장주의 영접을 받고 오는 거다. 다른 건 없다."

염동서의 얼굴에 비로소 안도하는 빛이 어렸다. 단목기가 귀찮다는 듯 상필지에게 손을 내저어 보이고 다시 맨땅을 이부자리 삼아 벌렁 드러누웠다.

호안노경(虎眼老勍) 상경문(商京門)은 늙은 나이에도 불구하고 욕심이 많은 자였다. 그는 강서성의 이권을 손에 넣고 싶어하고 있었다. 그가 남창부중에서만 운영하고 있는 전장(錢場)이 두 개, 도박장이 세 개

에 이르렀고, 뒤를 보아주는 홍루(紅樓)와 청루(靑樓)만도 예닐곱 곳이
나 되었다. 그러나 그것만으로는 강서성의 이권을 손에 넣었다고 할
수 없었다. 청홍방(靑洪幇)과 초양문(硝陽門)의 세력이 오히려 상가장
을 앞지르고 있었고, 소림(小林) 강서분원(江西分院)의 후광을 업고 있
는 두타결(頭陀結)의 도전도 최근 들어 그의 머리를 아프게 하고 있었
던 것이다. 게다가 그들은 모두 제각기 관(官)에 무시할 수 없는 줄을
대고 있어서 성질대로 함부로 대적할 수도 없었다.

상경문은 자신의 야심을 실현시키는 데 필요한 배경으로 동창의 힘
을 택했다. 그가 추파를 브내자 기다렸다는 듯 동창이 손을 뻗어왔고,
상경문은 앞뒤 생각할 겨를도 없이 덥석 그것을 붙잡았다.

동창으로서는 강서성에서 자신들의 손과 발을 대신하여 궂은 일들
을 처리해 줄 방수(傍手)를 둘 수 있었고, 상경문은 당대에 가장 막강한
배경을 얻을 수 있게 된 것이다.

그렇게 야합이 이루어지면서 상경문은 나날이 사업을 확장해 나갈
수 있었다. 관에서도 그의 배경을 익히 아는지라 웬만한 일들은 모르
는 척 외면해 버리곤 했다. 그 대가로 그는 해마다 그가 얻은 이문 중
일부를 동창에 상납했다. 그것은 막대한 양의 은자였다.

동창의 위세 덕을 톡톡히 브고 있는 상경문의 얼굴에 지금은 실망하
는 빛이 가득했다. 홍안령주가 직접 내려왔다기에 잔뜩 기대를 하고
있던 참이었는데, 영주는 모습을 보이지도 않고 그의 수하라는 자 둘만
달랑 상필지를 따라온 때문이었다. 하지만 그들도 엄연한 동창의 창위
였고, 염동서는 그중 차수라는 신분이었으므로 상경문으로서는 홀대할
수 없는 사람들이었다.

아들이 못난 탓이라고 여긴 노 장주가 아직도 창백한 얼굴빛을 풀지

못하고 있는 상필지를 무섭게 한번 흘겨주고는 곧 만면에 가득 웃음을 띠고 염동서와 이전성을 극진히 모셔갔다. 차수인 염동서만 해도 그 콧김이 무창부의 동지대인을 쩔쩔매게 할 만큼 센 것이다.

그들이 상가장에서 미인의 나긋나긋한 수발을 받아가며 마음껏 먹고 마시고 있을 때, 단목기는 여전히 풀잎을 씹으며 이슬에 옷을 적시고 있었다. 하늘의 별들을 다 세기라도 하려는 듯 그의 눈길이 내내 별 떨기들 사이에 못 박혀 떠날 줄을 몰랐다.

단목기는 다시 한 번 창백한 얼굴로 입술을 악물던 상필지를 떠올리고 피식 웃었다. 오늘 얻어간 모욕을 잊지 않고 증오를 키워간다면 다음에 다시 만났을 때 그는 훨씬 강한 자가 되어 있을 것이었다. 스스로에 대한 자부심과 오기가 있고, 굴복하기 싫어하는 근성이 있는 자라는 것이 마음에 들었다.

그런 자라면 어떤 방면으로 나가든지 한껏 스스로를 키우는 게 좋은 일이라고 생각했다. 대협(大俠)이면 어떻고, 세상을 어지럽히는 큰 악당이 된들 또 어떤가. 그것이 자신의 신념과 욕망에 충실한 것이라면 그것으로 가치가 있다. 자신의 행위 속에서 한껏 자유와 기쁨을 느끼는 것보다 더 좋은 일은 없는 것이다.

누구든 그가 타고난 그릇만큼 자기 자신을 채울 수 있다. 그렇지 못한 자는 게으르다는 비난을 받아야 옳았다.

세상은 언제나 스스로 균형을 맞추어가기 마련이었다. 정의와 선이 높아지면 불의와 악 또한 그 무게만큼 뿌리가 깊어지는 것이다. 마찬가지로 악이 크게 드러나면 그 비중만큼 선이 고양(高揚)된다는 것이 단목기가 가지고 있는 확고한 믿음이었고, 세상을 보는 눈이었다. 그러므로 어느 한쪽만을 지나치게 강조하는 것은 옳지 못했다.

그는 사람들이 자기 앞에서는 갖은 아첨과 비굴함으로 굽실거리지만, 돌아서서는 위충현의 개라고 침을 뱉는다는 것을 잘 알고 있었다. 그러나 그게 어떻단 말인가? 단목기는 스스로에게 그렇게 물음을 던지고 다시 피식 웃었다.

사례감(司禮監)의 태감(太監) 위충현(魏忠賢)은 그의 생각에도 분명히 악(惡)이었다. 그러나 그가 있기에 동림당(東林黨) 같은 선(善)의 역할을 하는 자들이 우뚝우뚝 일어서고 있다. 위충현의 도전이 있기에 지사(志士)들의 정기가 더욱 빛을 발하는 것이다. 그리고 그들은 오랜 세월 기억될 것이고, 그들이 세운 대정지기(大正之氣)가 명이 망한 후에라도 한족(漢族)을 번창하기 하는 힘이 되어줄 것이었다. 그렇다면 위충현은 나름대로 자신의 역할을 지금 충실히 하고 있는 것이라고 할 수도 있었다.

역할은 역사가 정해준 것이고, 그것에 충실한 자만이 당대는 물론 후대에까지 아름다운 것이든, 추한 것이든 이름을 남길 수 있다.

단목기는 자신의 역할은 강한 자가 되는 것이라고 여기고 있었다. 그는 강한 것을 추구했다. 강한 자만이 아름다울 수 있고, 영광을 얻을 수 있는 것이다. 강한 자만이 최상의 선에 도달할 수 있는 것이다.

그것은 육체의 구속에서 벗어나 스스로 자유로워지고자 하는 열망이기도 했다. 그래서 단목기는 언제나 자신의 강함을 바라보았다. 오늘보다 내일은 더 강해야 하고, 다음날에는 더 강해져야 하는 것. 그것이 그의 목표였고 의지였다.

결국 자신은 최상의 정점에 홀로 우뚝 설 것이라고 믿었다. 그것이 자신에게 주어진 역할에 충실하는 길인 것이다. 강한 자가 되어야 한다는 그 명제(命題) 앞에서 자신의 몸이 지금 동창에 머물러 있거나 아니거나가 중요한 것이 아니었다.

'그렇다면 나는 지금 어느 길을 택하여 가고 있는가?'

단목기는 스스로에게 심각하게 물어보았다. 그리고 조금 생각한 후 스스로에게 확고한 답을 던져 주었다.

'상관없다.'

자신이 바라보고 있는 것은 선이 아니면 악일 것이었다. 하지만 그런 것은 아무래도 좋았다. 눈앞의 상필지가 어느 방면으로 나아가든 관심이 없듯, 단목기는 자기 자신의 성향에 대해서도 애써 관심을 가지려 하지 않았다. 스스로 끊임없이 강해지기를 원하고, 그것을 이루면 충분한 것이다.

'나는 사부보다도 강해질 것이다.'

그가 그렇게 스스로에게 다시 한 번 다짐해 주었을 때 젖은 풀잎 위를 가볍게 스치는 바람 소리가 났다. 단목기는 잠시 자신의 생각을 접었다.

"속하 팔호(八號)입니다."

어둠 속에 한 사내가 불쑥 모습을 드러내더니 곧 젖은 땅 위에 엎드렸다. 단목기는 여전히 입에 풀잎을 문 채 드러누워 포개놓은 한쪽 다리를 건들거리고 있었다. 그의 하명을 기다리듯 사내는 숨마저도 죽인 채 얼굴을 들지 않았다. 한참이 지나고 나서야 단목기의 입에서 느릿느릿한 말이 흘러나왔다.

"지켜보고 있다가 네가 나서서 구해주어라."

"……?"

사내가 단목기의 말을 잘 알아듣지 못했다는 듯 언뜻 얼굴을 들었다가 다시 숙였다.

"어쩔 수 없다면 서너 명쯤 희생시켜도 할 수 없겠지."

그들에게도 그것이 자극이 될 수 있다고 생각했다. 그러면 상가장의 노장주 상경문은 수하들을 더욱 다그칠 것이고, 그들 또한 강해질 것이었다. 그리고 결정적인 순간에 아무도 모르게 소양진의 딸을 빼돌린다면 자신은 사람들의 눈을 속이고 더욱 은밀하게 그녀를 다그칠 수가 있었다. 사람들은 누군가 조력자가 나타나 그녀를 구해갔다고 여기게 될 것이기 때문이다.

그것이 단목기가 상가장의 힘을 빌어 소양진의 딸을 기다리게 했으면서도 자신은 멀찍이 떨어져 한가롭게 빈둥거리고 있는 이유이기도 했다.

소양진의 여식이 비록 고수라고 하더라도 여자 혼자의 몸으로 여러 명의 장정들을 상대하기란 어려울 것이었다. 더구나 그들은 일반의 건달들이 아니라 상가장에 있으면서 제대로 무공을 수련하고 공력을 닦은 자들이었던 것이다. 어쨌든 그녀가 겪게 될 위기가 크면 클수록 좋았다.

비로소 단목기의 말을 확실히 알아들었다는 듯 사내가 젖은 땅에 이마를 한 번 찧었다.

"위추경(魏錘庚)의 일은?"

갑조 조원들을 이끌고 도지휘사사(都指揮使司)에 가 있는 그의 일 처리도 챙겨야 했던 것이다.

"순조롭게 진행되고 있습니다. 동림당의 혐의가 있는 자들을 가려내어 명단을 작성했습니다. 금명간에 위 조장이 몸소 움직일 것입니다."

생살부(生殺簿)가 만들어졌다면 이제 잡아들이거나 죽이는 일만 남

은 것이다. 그런 일에는 벽력흑모(霹靂黑貌) 위추경(魏鎚庚)만큼 마땅한
자가 없었다. 그는 자신 못지 않게 비정하고 무정한 자인 것이다. 단목
기가 흡족한 미소를 떠올렸다. 그의 갑조 중 두 명의 조원을 빼냈지만
남은 여덟 명만으로도 충분하고 남을 것이었다.

"좋아."

단목기의 대답을 들은 팔호가 조심스럽게 얼굴을 들었다.

"하온데……."

단목기가 문득 눈살을 찌푸렸다. 수하들은 그를 공경하면서도 두려
워했다. 풀어줄 때는 미련없이 풀어주지만, 다그칠 때는 인정사정이
없다는 것을 잘 알고 있기 때문이다. 단목기는 수하들의 그런 마음에
만족하고 있었다. 수하들로부터 공경과 두려움을 함께 받는다는 것은
바람직한 일인 것이다.

턱을 한번 움직이고 난 그가 차가워진 눈길로 수하를 바라보았다.

"말해라."

"정체를 알 수 없는 자들이 주위를 엿보고 있습니다."

"그래?"

단목기가 천천히 몸을 일으켜 앉았다. 그의 단단한 뒷등을 보는 팔
호의 얼굴에 긴장이 떠올랐다.

"이건 재미있군."

다시 턱을 한번 움직이고 나서 팔호를 돌아보는 단목기의 입가에 차
가운 미소가 걸렸다. 일에는 언제나 예상치 못한 변수가 따르기 마련
이었다. 그건 일을 해 나가는 재미를 더해주는 양념 같은 것이다. 그렇
지 않고 예상한 대로 모든 것이 착착 진행되고 이루어진다면 무슨 재
미가 있겠는가.

단목기는 부쩍 흥미를 느꼈다. 소양진(蘇陽進)은 덕망 높은 유생인지는 모르지만 기껏해야 파양호(鄱陽湖) 남쪽의 작은 성읍인 소문현(昭文縣)의 현령(縣令)에 불과했다. 정칠품(正七品)의 품계(品階)를 받고 있는 하급 지방관인 것이다. 그런 그가 주제를 모르고 황제께 올린 한 장의 상소(上疏)는 먼저 위충현의 손에 들어갔고, 그것이 가솔의 몰살(沒殺)이라는 며칠 전의 참극을 불러왔다.

그는 지금쯤 소문(昭文)과 현치(晛治), 곡성(曲城), 하군(河君) 등 사개 현에서 잡아들인 동림당들과 함께 남창부중의 뇌옥(牢獄)에 갇혀 칼을 쓴 채 죽어가고 있을 것이었다.

단목기는 보잘것없는 지방관인 그가 이 모든 움직임의 중심에 놓여 있다는 것이 왠지 실감되지 않았다. 하지만 자신이 갑자기 동창의 수하들을 휘몰고 이곳에 내려오게 된 것이 실은 소양진 때문이라는 것을 생각할 때, 그자는 확실히 이 혈풍의 주인공이었다.

*   *   *

"얼마나 와 있는 거야?"

카랑카랑한 음성이 숲 속의 어둠을 흔들고 흘러나왔다.

"열댓 놈인지 아닌지 그건 나도 모른다네. 그놈들이 우리가 몇 놈인지 모르는 거나 마찬가지라네."

숲 머리에서 두 다리를 쭉 뻗고 들을 삼켜 버린 어둠을 바라보며 한가롭게 앉아 있던 장한이 노래를 하듯 읊조렸다. 그의 곁에는 큼직한 나무통 한 개가 실려 있는 수레가 있었는데, 수레 곁에 다시 세 명의 장한들이 앉아서 흐린 달빛 아래 무슨 일인지를 두고 저희들끼리 손짓을 해가며 다투고 있었다.

"쯧쯧……."

가볍게 혀를 차는 소리가 들리고 조금 더 날카로워진 음성이 장한의 뒤통수를 찔러왔다.

"장난할 때가 아니다. 어디 놈들이던가?"

장한이 이제는 발가락마저 까닥여 박자를 맞추며 여전히 노래를 하듯 흥얼거렸다.

"여기도 강서 땅이니…… 그 후레아들 놈들이 상가장 개구멍으로 나온 놈들이라고 해서 뭐가 이상하리요."

"쳇, 빌어먹을 놈 같으니…… 다른 건 없냐?"

"없다면 없고, 있다면 있지. 지나가던 구경꾼일 수도 있고, 여우를 노리는 늑대일 수도 있다네. 세 놈인데 지금은 없다네."

흥얼거리는 가락에 간간이 콧소리까지 섞여서 알아듣기 힘들 지경이 되었다. 그러자 숲 속에서 돌멩이 하나가 뒤통수를 노리고 날아왔다. 장한이 흥얼거리기를 멈추지 않은 채 돌아보지도 않고 목 뒤로 손을 뻗었다. 뒷목을 긁기라도 하듯 가볍게 움직인 그의 손아귀에 어느새 돌멩이가 잡혀 있었다.

"빌어먹을 놈은 종일 땡볕 아래서 벌레 먹은 대추알에 쉰 탁주며 노리개를 파느라 죽을 맛인데, 팔자 좋은 놈은 서늘한 그늘에 누워서 꿩 잡겠다고 팔매질이나 하는구나."

한참이 지났지만 숲 속에서는 이제 대꾸가 없었다. 장한이 목에 두르고 있던 수건으로 코를 한번 팽, 풀고는 일어섰다. 그러자 그때까지도 투덕거리며 다투던 자들이 언제 그랬느냐는 듯 일제히 일어나 수레를 밀고 끌며 흐린 달빛을 빌어 장한을 뒤따르기 시작했다.

"빌어먹을 놈. 감히 이 어르신을 얕본단 말이야. 언젠가는 단단히 골탕을 먹여주고 말 테다."

분한 듯 씩씩거리며 부지런히 어두운 골짜기를 타고 올라가는 자는 흑림채(黑林寨)의 소두령인 취태보(取太保) 장초신(張焦信)이었다. 차가운 개울물이 여울을 만들며 급하게 돌아 내려가고 있는 모퉁이를 돌자 저 멀리 높은 벼랑 위에 조각달을 이고 위태롭게 서 있는 낡은 사당이 보였다.

개울물을 훔쳐 이마의 땀을 닦고 일어선 장초신이 주위를 두리번거려 보고는 가볍게 땅을 박찼다. 수면을 낮게 스쳐 나르는 제비처럼 경쾌하고 날렵한 신법이었다. 몇 번 바위를 차고 쓰러진 나무 그루터기를 뛰어넘자 그는 곧 사당의 옆면 벼랑 밑에 이를 수 있었다.

탁한 숨을 내뱉고 가슴 가득 시원한 숲의 기운을 한번 들이킨 장초신이 힘껏 땅을 굴렀다. 그의 몸이 단번에 삼 장여를 뛰어올랐다. 몸이 떨어지기 전에 두 발을 번갈아가며 벼랑을 서너 번 차고 무려 십여 장에 이르는 가파른 그것을 거뜬히 뛰어넘었다. 날랜 원숭이라고 하더라도 흉내 내지 못할 재빠른 돋놀림이었다.

장초신이 망설이지 않고 사당의 무너진 벽 틈을 비집고 들어가자 모닥불을 가운데 두고 편하게 기대앉거나 누워 있던 세 명의 사내들이 벌떡 몸을 일으켰다. 불 그림자가 벽 위에서 크게 일렁거렸다.

"염병할 놈아, 기척 좀 내라. 누구 간 떨어뜨릴 일 있냐?"

구레나룻의 사내 풍적호아(風賊豪兒) 노걸(盧杰)이 눈을 부라리며 으르렁거렸지만 장초신은 뉘 집 개가 짖느냐는 듯 들은 척도 않고 열심히 이곳저곳을 두리번거리기만 했다.

“아니, 공자님은 또 어디로 갔소? 제기랄, 한시도 얌전히 있지를 못하는군. 그러기에 자고로 철 안 든 더벅머리 아이하고 망아지는 어쩔 수가 없다니까. 아랫것들이야 뭘 하든 도대체 관심이 없으니 원…….”

모닥불가에 털썩 주저앉은 그가 입으로는 투덜거리며 손으로는 술병을 더듬어 잡아갔다. 노걸이 그 손등을 철썩 때리고 다시 눈을 부라렸다.

“그러는 네놈 눈에는 이 노 대가가 보이지도 않느냐?”

“어? 거기 있었수?”

비로소 보았다는 듯 능청을 떤 장초신이 노걸의 손을 뿌리치고 술병을 잡아 벌컥벌컥 들이킨 다음에야 헤헤, 웃었다.

“빌어먹을 놈. 도대체 누가 두령이고 누가 졸개인지 알 수가 없으니 이건 원…….”

부리부리한 눈에 잔뜩 힘을 주고 아래위로 흘겨보았지만 장초신은 태평스럽기만 했다.

“노 대가가 두령이지 설마 내가 두령이겠소? 뻔한 걸 가지고 뭐 그리 인상을 쓰고 그러시오? 가뜩이나 구겨진 얼굴인데 거기서 더 구겨진다고 얼마나 더 무서워지겠소?”

“허…….”

기가 막힌다는 듯한 얼굴로 입만 딱 벌리고 있던 노걸이 한숨을 쉬고 말았다.

“그곳 사정이나 풀어놔 봐라.”

“상가장 놈들이 무려 열댓 놈이나 웅크리고 있소. 하나같이 녹록치 않아 보이는 놈들이오.”

“그것뿐이냐?”

"모습을 드러내지 않고 호시탐탐 노리는 자가 세 명이 더 있는데, 지금은 씻은 듯 보이지 않지만 여간 신경 쓰이는 자들이 아니랍디다."

조금 전 숲 속에서 전혜 들은 장한의 말을 가지고 이것저것 상황을 추측하여 보고하는 데 막힘이 없었다. 나뭇가지로 불을 뒤적이던 노걸이 심각한 얼굴이 되어 고개를 끄덕였다.

"상가장의 열댓 놈이라면 쉽지가 않은데…… 게다가 정체를 알 수 없는 세 놈이라…… 꿩 잡는 게 매라고, 그놈들 혹시 구경만 하고 있다가 쌀이 익어 밥이 될 때쯤 불쑥 나서서 솥단지째 훔쳐 달아나려는 건 아닐까?"

"그런데 대체 우리가 무엇 때문에 이미 망해 버린 그 집구석이나 지켜보고 있어야 하는 거요?"

한쪽에서 술에 취해 조는 듯 고개를 떨구고 묵묵히 앉아만 있던 자가 웅얼거리듯 말했다. 그러자 곁에서 마른 포를 찢고 있던 자가 한 조각을 입에 넣고 우물거리며 핀잔을 주었다.

"이놈아, 언제는 우리가 일할 때 앞뒤 사정을 다 가리고 했냐? 위에서 시키면 하는 거고, 시키지 않아도 스스로 알아서 하는 거지."

"이미 망한 집구석에 뭐 훔쳐 갈 거나 있겠소? 이건 남의 집 지켜주는 개도 아니고……."

노걸이 혀를 차며 투덜거리는 장한을 노려보았고, 그 곁에서 장초신은 그자의 말에 공감한다는 듯 고개를 끄덕였다.

"귀신을 잡겠으면 도사를 데려다 놓을 것이지, 이게 무슨 고생이람."

그 시간에 투덜거림은 뒤 울의 무성한 대나무 숲 속에서도 들려왔

다. 작은 토담으로 둘린 다섯 칸의 정갈한 집이 어둠 속에 흐릿한 윤곽
으로 서 있었는데, 바람이 불 때마다 대나무 잎들이 서로 몸을 비벼대
는 소리가 을씨년스럽게 들려왔다.

그 집이 마주 바라보이는 어둠 속에도 몇 쌍의 눈이 숨어 있었다.

집을 둘러싸고 있는 괴괴한 적막과 바람 소리 속에서 풀벌레들이 울
어댔다. 희끄무레하게 드러나 보이는 황톳길을 타고 아래 논에서 와글
거리는 개구리들의 울음소리도 밀려왔다.

"대체 언제까지 이렇게 쥐새끼 놀음을 하고 있어야 되는 거야?"

대들보 위의 먹빛 어둠 속에서 억눌린 소곤거림이 흘러나왔다.

"곧 결판이 나겠지. 사흘 동안 참아왔는데 며칠을 더 못 참겠어?"

"젠장, 뒷덜미가 자꾸 서늘해진단 말이다. 귀신이라도 나와 있는 것
같아."

아직도 희미하게 피비린내가 떠돌고 있었다. 짙은 어둠 속이라 보이
지는 않지만, 벽이며 기둥에는 여기저기 지워지지 않은 선혈의 흔적이
생생하게 남아 있었다. 며칠 전 이 집에서 비참하게 죽은 자가 세 명이
나 되는 것이다.

대청에는 아직도 그들의 주검이 거적에 덮인 채 방치되어 있었다.
부패하기 시작했는지, 바람결을 타고 음습한 냄새가 실려왔다. 어쩌면
그들의 원혼이 저승길을 찾아가지 못하고 집 안에 남아 떠돌고 있을지
도 몰랐다.

그것을 두려워하면서도 상가장에서 온 장정들은 자리를 떠나지 못
하고 곧 찾아올 한 사람을 기다리고 있었다. 소양진의 딸이라는 그녀
는 삼 년마다 이맘때쯤이면 왔었다니, 다녀간 지 삼 년째 되는 올해도
역시 마찬가지일 것이었다. 그러면 그녀를 잡아 장원으로 끌고 가면

되는 일이다.

간단하고 손쉽게 끝날 그 일을 위해서 이처럼 몇 날 며칠을 기다리는 게 지겹고 짜증날 뿐이었다.

"동림당이라면서 왜 관병들이 아니고 우리가 대신해서 이 고생을 해야 하는 거야?"

누군가가 어둠 속에서 다시 불만을 터뜨렸다.

제3장

호구(虎口)

호구(虎口)

희끄무레한 달빛 아래 드러난 강물이 갈색으로 빛나고 있었다. 소옥은 그 강가에 서서 건너편의 어둠을 바라보았다. 검은 산과 검은 들이 깊은 적막 속에 잠겨 있는데, 여울지며 빠르게 흘러가고 있는 강물의 으르렁거림만 살아서 가슴에 부딪쳐 왔다.

그리운 집에 가까워질수록 기쁨과 설렘 대신 알 수 없는 불안이 그녀를 답답하게 했다. 소옥은 그것이 스승님과 함께 있지 않기 때문이라고 생각했다. 혼자 먼 길을 왔고, 그리고 지금 혼자서 이 어두운 강을 건너려고 하는 것이다.

스승님은 언제나 새벽닭이 울기 전의 가장 짙은 어둠을 택해 소옥을 데리고 집에 들어갔었다. 아직 시간이 이르면 집을 눈앞에 두고도 산자락에 숨듯이 웅크리고 앉아서 그 시간이 되기를 기다리곤 했다. 남의 눈에 띄기 싫어하는 탓이라고 여기면서 어느새 소옥도 그런 스승의 습성을 닮아 있었다.

이 강을 건너 눈앞에 보이는 어두운 산마루를 넘으면 그 아래 그리운 부모님과 동생들이 기다리고 있는 집이 있었다. 부지런히 걸으면 새벽닭이 울기 전의 시간에 맞추어 집에 도착할 수 있었다.

두리번거리는 소옥의 눈에 사공의 작은 모옥이 보였다. 자신이 길을 잘못 찾아오지 않았다는 안도감이 소옥으로 하여금 불안감 속에서도 배시시 웃을 수 있게 해주었다.

문을 두드리자 한참이 지나서 불이 켜지고 늙은 사공이 초롱을 들고 눈을 비비며 얼굴을 내밀었다.

"급한 일입니다. 강을 건네주시면 사례를 하겠습니다."

잠을 깨운 죄송함을 머리 숙여 사과했다. 초롱 불빛을 빌어 가만히 소옥을 바라보던 늙은 사공이 무어라고 알아들을 수 없는 말로 투덜거리며 신을 찾아 신었다.

소옥은 사공 대신 초롱을 들었고, 낡은 배에 노를 찾아 끼운 노인이 소옥에게 손짓을 했다. 버드나무에 매어놓은 삼줄을 벗겨 들고 배에 오르자 노인이 곧 배를 강 복판으로 밀어갔다.

여울이 급하고 폭이 좁은 강이었다. 비스듬히 물살에 떠밀리며 흘러가는 배가 위태롭게 흔들렸다. 그때마다 소옥은 점점 커지며 다시 찾아드는 불안 때문에 얼굴이 창백해져 갔다.

강 언덕에 배가 닿자, 소옥은 들고 있던 초롱불과 함께 은자 한 냥을 노인의 손에 쥐어주고 배에서 뛰어내려 빠른 걸음으로 달려갔다. 곧 그녀의 모습이 어둠에 묻혀 사라졌다.

멀리 죽은 듯 고요하게 잠들어 있는 마을이 보였다. 흐린 달빛을 의

지하고 서서 이마의 땀을 닦으며 그것을 내려다보고 있는 소옥의 얼굴이 상기되었다.

마을에서 조금 떨어진 언덕 위에 무성한 대나무 숲이 있었고, 그 아래 꿈에도 그리워하며 보름 넘게 거친 길을 달려 찾아온 집이 있었다. 그러나 그것을 바라보며 기쁨으로 반짝여야 할 그녀의 눈은 무겁게 가라앉았다.

'이상한 일이다.'

까닭없이 두근거리는 가슴의 고동에 귀 기울이며 그렇게 속삭이자 혈관의 피들이 조금씩 거칠게 일어서는 듯한 흥분으로 살갗이 파르르 떨렸다. 소옥은 가만히 자신의 가슴을 눌렀다. 개 짖는 소리가 산 메아리를 타고 다가왔다. 깊이 심호흡을 한 소옥이 조심스럽게 숲을 헤치고 마을을 향해 다가가기 시작했다.

곧 새벽닭이 울 것이었다. 마을을 왼쪽에 끼고 멀리서 돌아 집으로 다가가는 소옥의 걸음이 그 어느 때보다 조심스러웠다. 점점 가까워질수록 마당에 있는 커다란 오동나무가 굵은 가지를 뻗어 지붕을 가리듯 덮고 있는 모습이 뚜렷이 보였다.

어둠 속에 웅크리고 있는 집이 낯설어 보이기만 했다. 소옥은 다시 한 번 이상한 일이라고 생각했다. 어째서 불을 모두 끄고 있는 건지 알 수 없었다. 적어도 아버님의 방에만은 불이 밝혀져 있어야 했다.

등잔에 불을 밝혀두고, 옷을 모두 갖추어 입은 채 언제라도 달려나갈 준비를 하고 잠에 드시는 것. 그것이 삼 년에 한 번씩 이 무렵이면 찾아오는 자신을 기다리고 있는 아버님의 모습이었던 것이다.

대문 앞에서 문을 두드리려고 손을 들어 올렸던 소옥은 잠시 멈칫거리고 다시 손을 내렸다. 살며시 밀어보자 빗장이 걸려 있지 않았던 듯 그것은 쉽게 틈을 벌려주었다. 조심스럽게 마당으로 들어서는 자신의 모습이 우스웠다. 내 집에 들어오는데, 마치 도둑 같다는 생각이 들었다.

오동나무 아래 서서 잠시 그것을 올려다보았다. 자신이 사부님의 손에 이끌려 집을 떠날 때 아버님이 손수 어린 묘목을 구해와 심은 나무였다.

—이 나무가 잎이 무성한 큰 나무가 되었을 때, 너도 큰 사람이 되어서 돌아오너라.

아버지는 다섯 살 난 어린 딸의 머리를 쓰다듬으며 그렇게 일렀었다. 그때가 벌써 십오 년 전이었다. 나무는 이제 둘레가 두어 자는 되게 굵어졌고, 뿌리가 땅속 깊이 뻗어 무성한 가지를 차양(遮陽)처럼 드리운 큰 나무로 자라 있었다.

집에 왔을 때마다 나무를 바라보며 저것이 얼마나 커야 나도 다시 부모님과 함께 살 수 있는 걸까 하고 생각하며 서글퍼지곤 했다.

이제 나무는 컸고, 자신도 집으로 돌아왔다. 두 달이 지나면 한밤중을 틈타 살짝 찾아와서, "이제 그만 가자."라고 말하던 사부도 오지 않을 것이었다. 원한다면 이곳에서 부모님과 동생들을 날마다 보며 살아도 되는 것이다.

당연히 기쁨과 설레임으로 뛰어야 할 가슴이었다. 그러나 소옥은 그 기쁨 대신 가슴을 채워오는 알 수 없는 불안 때문에 선뜻 방문을 열고 뛰어들지 못하고 있었다. 기척을 내야 할 것인지, 말 것인지 한동안 망설이던 소옥이 조심스럽게 뜰을 건너 아버지의 방으로 향했다.

“아버님.”

낮게 불러 보았다. 아무런 응답이 없었다.

“아버님, 소옥입니다.”

다시 불러보았지만 여전히 무거운 침묵만이 어둠을 두르고 가로막아 서 있을 뿐이었다. 살짝 방문을 밀자 그것이 소리없이 열렸다. 소옥은 깜짝 놀라 한 걸음 물러섰다. 가슴이 사정없이 두근거리며 이마에 땀이 배어 나왔다.

한번 심호흡을 하고 성큼 들어서자 침상을 가리고 있는 휘장이 펄럭였다. 비어 있는 것 같았다. 품에서 화섭자(火攝子)를 꺼낸 소옥이 심지를 뽑아 들었다. 팍, 하는 가벼운 소리와 함께 매캐한 유황 냄새가 퍼지고 심지가 타 들어가며 불꽃이 피어 올랐다. 탁자 위의 등잔에 옮겨 붙이고 다시 심지를 통에 꽂아 넣었을 때였다.

후두둑—

머리 위에서 옷자락 날리는 소리가 났다. 놀란 소옥이 머리를 들자 차갑고 무거운 경기(勁氣) 한 가닥이 곧장 그녀의 이마를 눌러왔다.

“웬 놈이냐!”

소옥이 날카롭게 외치며 몸을 비틀어 미끄러지듯 물러섰다.

꽝—!

요란한 소리와 함께 탁자가 산산이 부서져 무너졌다.

눈앞에 황색 경장을 입은 대한 한 명이 우뚝 서 있었다. 소옥은 가슴이 크게 떨려왔다. 내가 집을 잘못 찾아왔단 말인가? 하고 당황하는 새에 다시 후두둑거리는 소리들이 들려오고, 어느새 네 명의 사내들이 더 떨어져 내려 그녀를 에워쌌다.

"흐흐…… 이제야 오다니 네년은 이 도련님들께서 눈이 빠지게 기다리고 있다는 것을 잊었단 말이냐?"

일격으로 탁자를 박살낸 자가 음충맞게 웃으며 이죽거렸다. 소옥은 내가 언제 이자들과 만날 약속을 했었나? 하고 의아하게 생각했다. 장한의 말이 그만큼 천연덕스러웠던 것이다.

"지금이라도 왔으니 되었다. 자, 가자."

뒤에서 다가온 자가 냉큼 팔을 뻗어 어깨를 붙잡아왔다. 소옥은 비로소 정신이 퍼뜩 들었다. 낯선 자들이 집을 지키고 있었다는 것은 아버님과 어머님, 그리고 두 동생들에게 무언가 좋지 않은 일이 생겼다는 의미였다.

갑작스럽게 몸을 튼 소옥이 그자의 손을 뿌리치며 팔꿈을 힘껏 돌려 턱을 강하게 올려쳤다. 빠악! 하는 격타음과 함께 팔꿈을 통해 저르르한 충격이 전해져 왔다. 눈살을 찌푸리는 소옥의 눈앞에서 장한이 피를 내뿜으며 나가떨어지고 있었다.

"엇?"

"저년이!"

주위에서 놀람의 외침들이 터져 나왔다. 여자라고 얕보고 있다가 졸지에 당한 자를 보자 부쩍 경각심이 든 자들이 앞뒤 가리지 않고 일제히 소옥을 덮쳐 왔다. 사방에서 쳐오고 잡아오는 손 그림자와 경풍들이 눈을 어지럽게 했다.

소옥은 이와 같은 실전은 처음 겪어보는 터였다. 사부님을 상대로 하여 투로(套路)를 익히던 것과는 달라도 한참이나 달랐다. 예상할 수도 없고, 한가로울 수도 없었다.

상대의 수법을 미처 살펴볼 여유조차 가질 수 없게 된 소옥이 한 발을 축으로 삼아 맴돌며 정신없이 권과 장을 내뻗고 아래위로 팔을 휘둘러 몸을 가렸다.

퍽, 퍽, 퍽—!

소옥의 몸을 둘러싸고 든탁한 소리들이 연달아 터져 나왔다. 사방에서 정신없이 쏟아져 들어오는 다섯 번의 주먹질과 세 번의 발길질을 쳐내고 막아낼 때마다 그녀의 몸이 거센 힘에 조금씩 밀려났다.

"너희들은 웬 놈들이지? 왜 아버님의 방에 숨어 있던 거냐?"

당황 중에도 궁금함을 스리쳐 물었다. 그러나 대답은 머리통을 갈겨 오는 무지막지한 권력(拳力)이 대신했다. 이를 악문 소옥이 내력을 부쩍 끌어올리며 주먹을 불끈 쥐고 마주쳐 나갔다.

꽝—!

거친 울림과 함께 사나운 경기가 사방으로 흩어졌다. 억! 하는 비명을 터뜨린 자가 부러진 손목을 붙잡고 물러섰다. 팔을 털어 어깨에 밀려드는 무거운 충격을 흩치며 눈살을 찌푸리는 소옥의 뒤에서 다시 두 놈이 황소처럼 닥쳐 들어왔다.

"요상한 년!"

"제법 믿는 구석이 있었구나!"

장한들이 내뿜는 거친 숨결이 뒷덜미에 닿았다. 소옥은 등 뒤의 습격자들은 무시한 채 이를 악물고 발끝에 힘을 주어 측면에서 틈을 노리고 있는 놈을 향해 몸을 날렸다. 간발의 차이로 뒷덜미를 스치고 지나가는 암경(暗勁)에 머리 속이 서늘해지는 느낌이었다.

미끄러지듯 곧장 달려들던 그녀의 몸이 좌우로 흔들리는 것 같더니 거짓말처럼 눈앞에서 꺼져 버렸다. 막 두 손에 기를 모아 마주 때려가려고 벼르고 있던 자가 눈을 휘둥그레 떴다.

어느새 소옥의 몸은 허깨비처럼 비껴나 그자로부터 서너 걸음이나 떨어진 곳에 우뚝 서 있었다. 지겹도록 되풀이하여 익힌 사문(師門)의 운룡대팔식(雲龍大八式) 중 용형구환(龍形九還)이라는 신법(身法)이었다. 그것은 진퇴가 아리송하고, 굽히고 펴고 눕고 맴도는 수법이 절묘하게 상응해서 상대의 눈을 현혹시키고 나의 움직임을 지켜주는 묘용이 있는 절기였다.

한 놈은 턱이 부서진 채 아직도 정신을 차리지 못하고 길게 누워 있었고, 또 한 놈은 손목이 부러져 더 이상 싸움에 뛰어들 엄두를 내지 못하고 있었다. 이제 눈앞에 남아 있는 건 세 놈뿐이었다. 그들의 얼굴에 당황함과 놀람이 가득 떠올라 있었다.

각자 등에 검과 도를 지고 있었지만, 굳이 손으로 때리고 낚아채 오는 것이 자신을 산 채로 잡으려는 의도임을 알 수 있었다. 소옥은 입술을 깨물었다. 이자들이 어디에서 온 누구인지, 왜 자신을 잡으려고 하는 건지 궁금하기 짝이 없었다. 그러나 지금은 그보다도 아버지와 어머니, 그리고 두 동생에 대한 안위를 아는 것이 더 급했다.

“곱게 말한다면 무사히 돌려보내 주마. 내 가족들은 어떻게 되었지?”

“죽일 년.”

눈을 부라린 놈이 이를 갈았다.

“감히 우리들 상가(商家) 오호(五虎) 앞에서 오히려 큰소리를 치다니.”

“우리는 네년을 아무래도 곱게 돌려보내지 못하겠다. 그러니 순순히 손을 내밀어라!”

이얍! 하는 기합을 터뜨리며 두 놈이 다시 정면으로 달려들었고, 한 놈은 재빠르게 몸을 틀어 측면에서 어깨를 부딪쳐 왔다. 힘으로 밀어 중심을 잃고 넘어지게 하려는 수작이었다. 소옥은 쉽게 해결할 수 없는 일이라는 것을 알았다. 그렇다면 빠르게 이들을 제압하고 나서 직접 알아보는 수밖에 없었다.

"흥!"

차갑게 코웃음 친 소옥이 두 손을 활짝 편 채 허리를 약간 숙이고 앞발을 내밀어 하체를 안정시켰다. 앞으로 마주쳐 나갈 듯하다가 중심을 뒤로 옮기자 측면에서 부딪쳐 오던 자가 목표를 잃고 한쪽으로 쏠렸다. 재빨리 그자의 팔뚝을 낚아챈 소옥이 몸을 비틀며 힘껏 밀었다. 비틀거리며 퉁겨진 자가 정면에서 달려들던 자들의 진로를 막았다.

"이런 병신!"

욕설이 튀어나왔다. 멈칫거리는 그 잠깐의 순간을 잡고 훌쩍 뛰어오른 소옥의 발끝이 한 놈의 얼굴을 찍었다. 픽, 하는 소리와 함께 코뼈가 무너진 자가 선혈을 내쏟으며 물러섰다. 허공에서 발끝에 걸린 탄력을 빌어 몸을 둥글게 말고 맴돌아 방향을 트는 그녀의 몸놀림이 그 긴박한 와중에도 아름답기만 했다.

몸을 쭉 펴자 시의를 떠난 살처럼 쏘아진 그녀의 신형이 이미 다른 한 놈의 머리 위에 다가와 있었다. 어어, 하고 놀라는 놈의 미간을 사정없이 차버린 소옥이 다시 공중제비를 돌며 마지막 놈의 정면으로 부딪쳐 갔다.

물러서지 않겠다는 듯 이를 악물고 마주 달려오며 두 주먹을 번갈아 뻗어 연주호격(聯走虎擊)으로 쳐 오는 놈의 기운이 거세고 날카로운 것이 제법 틀이 잡혀 있었다. 제대로 권법(拳法)을 배운 자임이 분명했다.

처음 놈들의 기습을 받았을 때는 당황하여 손발이 어지러웠지만, 몇 번 손속을 나누고 뜻한 대로 기력과 초식이 따라주자 어느 정도 자신이 생겼다. 마음이 가라앉자 소옥의 머리 속에 번개같이 사부와 함께 연마하던 투로들이 선명히 떠올랐다.

그녀의 몸이 뚝 떨어지며 곤륜파(崑崙派)의 절기(絶技) 중 하나인 육양수(六陽手)의 솜씨로 두 손을 거듭하여 뻗고 후려치는 동시에 한 발을 낮게 들어 쓸었다.

육타비소(六打飛掃)의 고절한 수법에 걸린 자가 손을 써볼 새도 없이 어깨가 잡히고 발목을 차여 허공에 떠올랐다. 연주호격이 사납고 신속하게 계속되는 속공이었지만, 소옥이 여섯 번 때려낸 주먹에 그 권로(拳路)가 하나하나 격파당하고 기어이 견정혈(肩井穴)을 단단히 잡히고 만 것이다.

억! 하는 비명과 함께 내던져진 사내가 한쪽 벽에 강하게 부딪치고 주저앉았다.

한번 펼쳐지기 시작하자 소옥의 솜씨는 한 점 터럭도 없이 잘 닦여진 거울 같았다. 사부로부터 전해 받은 사문의 절기를 충분히 습득하고 이해한 것이 분명했다.

십오 년 간 몸에 익힌 투로(套路)에 따라 초식을 펼쳐 내고, 기력을 뻗고 거두는 데에 조금의 망설임도 의혹도 없었다. 깨끗하고 절도있는 그 모습이 아름답기까지 했다. 백 번 되풀이하게 해도 여전히 똑같은 동작과 호흡을 보여줄 것이 분명했다.

투로에 충실한 것이 마치 그렇게 움직이도록 만들어진 인형의 기계적인 모습을 보는 듯했다.

서너 번 몸을 움직이고 손을 써서 다섯 명의 장한들을 주저앉힌 소옥이 방문을 박차고 나갔다. 손목이 꺾여 망설이고 있던 자가 곧 품에서 호각을 꺼내 불었다.

소옥이 두 번째로 뛰어든 곳은 넓은 대청이었다. 문을 열고 들어서자 단단히 잠긴 어둠 속에서 역겨운 냄새가 와락 끼쳐 왔다. 처음 맡아 보는 지독한 냄새였다. 소옥이 다시 품에서 화섭자를 꺼내 들었다. 통에서 불씨를 뽑아내자 팍, 하고 갑자기 눈앞이 밝아졌다.

정면으로 마주 보이는 불꽃을 피하려고 고개를 돌린 소옥은 벽을 타고 크게 일렁이는 자신의 그림자에 깜짝 놀랐다. 등줄기가 서늘해지며 식은땀이 주르륵 흘러내렸다.

그것이 자신의 그림자라는 것을 알고 가슴을 쓸어 내리는데, 비로소 그 아래 누워 있는 세 구의 주검이 눈에 들어왔다. 불빛을 비추어보자, 막 부패해 가기 시작하고 있는 얼굴들이 불 그림자에 붉게 일렁이며 드러났다.

커다랗게 부풀어 있어서 괴이하고 공포스러운 모습이었지만, 소옥은 단번에 그것이 누구의 얼굴인지 알아볼 수 있었다. 두려움과 놀라움, 비통과 공포, 절망과 원한이 한꺼번에 솟구쳐 올라 그녀의 머리 속을 어지럽게 했다.

"악—!"

목청껏 비명을 지르며 자신도 모르게 화섭자를 던져 버렸다. 상상도 하지 못했던 끔찍한 충격이 목을 꽉 조여왔다.

소옥은 숨을 쉴 수도 없었고, 몸을 움직일 수도 없었다. 통나무처럼 뻣뻣이 굳어버린 채, 그 세 구의 처참하게 변해가고 있는 주검을 바라볼 뿐이었다. 눈길을 돌릴 수도 없었다.

그것이 어머니였고, 두 동생들의 모습이라는 것을 믿을 수 없었다. 믿고 싶지 않았다. 어째서 그들이 저런 모습으로 저기 누워 있어야 하는 건지, 어째서 그들은 아무 말도, 아무 표현도 하지 못하고 저렇게 부릅뜬 눈으로 자신을 바라보고만 있는 건지. 아니, 어째서 자신이 지금 이곳에 서 있는 건지조차도 혼란스럽기만 했다.

화섭자에서 퉁겨져 나온 불길이 거적을 태우더니 점점 커지며 늘어진 휘장으로 옮겨가기 시작했다. 불길이 크게 살아나 일렁일 때마다 커다랗게 부풀어 오른 얼굴과 그 속에 파묻히듯 박혀 있는 새까만 눈동자가 소옥의 영혼 속으로 스며들었다. 그것이 불빛을 받아 번쩍이고 있다는 것이 더욱 충격적이었다.

"아악―!"

그녀가 두 손으로 얼굴을 감싸고 주저앉으며 자신도 모르게 다시 비명을 터뜨렸다. 그리고, 마치 그것을 신호로 삼기라도 한 듯, 꽝! 하는 커다란 소리와 함께 삼면의 벽이 터져 나갔다.

불길 아래 자욱한 흙먼지가 날렸다. 번쩍이는 칼빛이 무지개처럼 허공을 그으며 머리 위에 떨어져 내렸다. 그러나 소옥은 표정이 없었다. 멍한 눈길로 갑자기 뛰어든 세 명의 대한들을 바라볼 뿐, 이것이 현실인지 가위눌리는 무서운 꿈속인지 알지 못하고 넋이 나가 있는 사람처럼 보였다.

막 칼빛이 의식의 끈을 놓고 있는 그녀의 어깨에 찍히려는 순간이었다. 부서진 벽의 바깥쪽 어둠 속에서 날카롭게 번쩍이는 빛 한줄기가 뻗어와 칼 몸을 때렸다.

땅―!

맑고 경쾌한 소리가 크게 울렸다. 강한 충격에 손목을 부르르 떤 자가 헛바람을 들이키며 물러섰고, 동시에 다시 두 개의 싸늘한 칼빛이 충천하는 화광(火光)을 뚫고 떨어져 여전히 소옥의 어깨와 다리를 찍어 왔다. 그리고 머리 위에서 우지끈! 하는 큰 소리가 터져 나왔다.

두 토막으로 부러진 들보가 무너져 내리며 정수리 위에 떨어지자 놀란 한 놈이 재빨리 칼을 거두고 물러섰다. 그와 함께 벼락처럼 떨어져 내린 검은 그림자가 다른 놈의 손목을 걸어차고 몸을 굽혀 소옥을 낚아챘다. 아직 두 발이 땅에 닿기도 전이었다.

"웬 놈이냐!"

"감히 어르신들의 일을 방해할 셈이냐!"

뜻밖의 암습에 놀라 물러섰던 자들이 일제히 외치며 달려들었다. 한 손으로 여전히 소옥을 허리춤에 단단히 틀어쥔 자가 재빨리 물러서며 검을 뽑아 어지럽게 휘둘렀다.

쨍, 쨍, 쨍―!

세 번의 맑은 쇳소리가 일렁이는 불길을 흔들어댔다. 사내의 손에 들린 검이 창백한 몸을 꿈틀거리며 세 곳을 동시에 찍고 눌러갔다. 사납게 뻗어 나가는 기세가 거칠 것 없어 보이는 통쾌한 검격(劍擊)이었다.

"헛!"

정면에 있던 자가 놀라 칼을 거두며 급히 물러섰고, 그보다 조금 늦은 자가 으악, 하는 비명을 터뜨렸다. 그자의 가슴을 꿰뚫고 빠져나오는 검신을 따라 혈화(血花)가 짙게 퍼져 번들거리더니 불빛 속으로 선명한 자국을 남기며 뿌려져 허공에 걸렸다.

한 발로 땅을 차고 훌쩍 뛰어오른 사내가 피를 털어내듯 검을 뿌렸다. 한줄기 차가운 검기(劍氣)가 다시 등줄기를 잡아오는 불길을 뚫고 쏘아져 나갔다.

"으악—!"

처절한 비명이 땅에 떨어졌다. 목이 반 넘게 잘려진 자가 건들거리다가 불길 속에 엎어지자, 콸콸 쏟아져 나오는 피가 치직거리며 잠시 불길의 기세를 늦추었다. 역하고 비린 냄새가 연기에 섞여 확 퍼져 나왔다.

이제는 집 전체를 불길이 휘감고 있었다. 뜨거운 열기가 온몸을 태워왔다. 그 불길 속에서 두 명의 동료를 잃고 당황하던 마지막 한 놈이 무너지는 벽을 안고 쓰러지며 처절한 비명을 질러댔다. 그것을 두고 사내가 급히 몸을 날렸다.

다시 지붕을 뚫고 숫구친 사내가 용마루 위로 늘어져 있는 오동나무 가지를 한 손으로 붙잡았다. 크게 휘어졌다 퉁겨져 오르는 그것의 탄력을 빌어 또 한 번 가볍게 숫구치는 신법이 바람을 차는 솔개같이 날렵하고 가벼웠다.

사내가 지붕을 뚫고 숫구쳐 올라와 소옥을 옆구리에 낀 채 어둠 속으로 사라져 갈 때, 담 밑의 어둠 속에서 달려나온 세 명의 또 다른 사내들은 더 이상 집 안으로 뛰어들지 못한 채 주춤거리고 있었다. 뜨거운 불길이 망설이고 있는 노걸과 그의 수하들의 앞자락을 태울 듯 혀를 날름거리며 쏟아져 나왔다.

소옥을 옆구리에 끼고 한참을 달려가던 사내가 산비탈에 이르러 잠시 걸음을 멈추었다. 소옥은 아직도 정신을 차리지 못하고 있었다. 이제 멀리 내려다보이는 그녀의 집은 주위를 밝혀주는 커다란 횃불처럼

변해 있었다. 불을 끄기 위해 몰려든 마을 사람들이 이리 뛰고 저리 뛰
는 모습이 이글거리는 불빛 속에 낱낱이 드러나 보였다.

주위를 두리번거린 사내가 소나무 밑에 소옥을 내려놓고 버티고 섰
다. 눈가를 타고 늘어진 검상(劍傷)이 뺨 어림까지 뻗어 있어서 자못 살
벌해 보이는 인상이었다. 사내의 눈이 어둠 속에서 불빛을 담고 이글
거렸다.

그 눈 속에 재빠르게 언덕을 달려 올라오는 자가 보였다. 사내는 그
자가 불타는 소옥의 집을 빠져나온 직후부터 집요하게 뒤를 따르고 있
다는 것을 알고 있었다. 언덕을 단숨에 뛰어 올라온 자가 뜻밖이라는
듯, 억! 하고 놀라며 멈추어 섰다. 취태보(取太保) 장초신(張焦信)이었
다.

"정체가 뭐냐?"

사내가 한 손으로 검자루를 쥔 채 억눌린 목소리를 위협적으로 던졌
다. 이곳에서 꼬리를 떼어버리기로 단단히 작정을 한 모양인 듯, 가볍
게 흔들고 있는 두 어깨에서 살기가 스며 나오고 있었다.

장초신의 눈이 재빠르게 주위를 훑었다. 사내 혼자뿐이라는 것을 확
인하고, 소나무 아래 놓여져 있는 소옥을 확인한 그의 얼굴에 느긋한
여유가 깔렸다.

"정체가 뭐냐?"

그가 사내를 향해 앵무새처럼 똑같은 말을 똑같은 억양으로 되돌려
주었다. 사내의 눈에 서늘한 한기가 어렸다.

"쥐새끼 같은 놈."

와락 몸을 기울인 것 같았는데 사내의 허리춤에서 창백한 빛이 번쩍
이며 쏟아져 나갔다.

"헛!"

다급한 숨을 들이킨 장초신의 몸이 팽이처럼 맴돌았다. 눈 깜짝할 사이에 다섯 번이나 발을 바꾸어 딛고, 세 번 몸의 위치를 옮기며 일장을 미끄러지듯 물러서는 그의 신법이 놀라웠다. 그러나 더 놀라운 건 사내의 눈부신 쾌검(快劍)이었다.

그는 손에 강철의 검을 들고 있는 것이 아니라 낭창거리는 회초리를 들고 있는 것 같았다. 이리저리 자유롭게 꺾이고 휘어지는 검봉이 허공 가득 눈부신 빛을 뿌리며 현란하게 움직이고 있었다. 팔굽을 불쑥 내밀고 손목을 비틀어 뿌릴 때마다 창백한 검기가 비단처럼 부드럽게 휘어지며 어둠을 가늘게 찢어놓았다.

"이상한 놈이다!"

놀란 장초신이 크게 외치며 그의 필생의 절학인 선풍보(旋風步)를 십이성 떨쳐 사내의 주위를 미친 듯 맴돌았다. 그가 어깨를 틀고 몸을 흔들 때마다 가닥가닥 쪼개진 검기가 아슬아슬하게 스치고 지나갔다.

"제법이다. 과연 솜씨가 있는 놈이었군."

한 호흡 사이에 이십사검(二十四劍)을 소나기처럼 쳐낸 사내가 차가운 미소를 띤 채 물러섰다. 그를 바라보는 장초신의 이마에 땀방울이 맺혀 번들거렸다. 휴, 하고 한숨을 쉬고 난 장초신이 사내를 가리켰다.

"대체 정체가 뭐냐? 그 검법은 또 어떻게 된 거지? 나는 정말 죽는 줄 알았다."

"웃기는 놈이군."

사내가 피식 웃으며 검을 털듯 몇 번 뿌려보고 나서 다시 불끈 힘주어 잡았다.

"네놈의 허깨비 춤 같은 신법도 대단했다만 오래 구경할 시간이 없는 게 아쉽다."

사내가 검을 늘어뜨린 채 한 걸음 다가서자 장초신이 기겁을 하고 세 걸음 물러서며 손을 내저었다.

"잠깐, 잠깐만. 협상을 하자. 그게 너한테도 이로울 거다."

사내가 걸음을 멈춘 채 의아한 눈으로 장초신을 바라보았다. 장초신이 짐짓 여유를 부리며 뒷짐을 지고 어슬렁거렸다.

"그 낭자를 내게 넘겨라. 그러면 이 어르신도 너에게 그 못지 않은 한 가지를 주지."

"궁금하군. 우선 그게 무엇인지 들어본 다음에 결정하마."

사내가 관심을 보이자 장초신이 더욱 느긋해졌다. 그가 소나무 밑에 쓰러져 꼼짝하지 않고 있는 소옥을 가리키며 딴청을 부렸다.

"설마 죽은 건 아니겠지?"

"저대로 오래 놔둔다면 그렇게 될지도 모르지."

사내의 말에 동감한다는 듯 심각한 얼굴로 고개를 끄덕인 장초신이 다급한 얼굴로 서둘렀다.

"우선 내가 그녀의 상태부터 좀 봐도 되겠지? 원래 흥정이란 서로의 물건을 확인하고 나서 하는 게 가장 좋은 거니까. 물건이 상했으면 값이 떨어져."

사내의 동의 따위를 기다리고 있을 여유가 없다는 듯 장초신이 소옥을 향해 성큼 걸음을 떼어놓았다.

"쓸데없는 짓!"

날카롭게 외친 사내가 검을 뻗어 장초신의 앞을 막았다.

"시간을 끌자는 수작은 소용없다."

멀뚱히 사내를 바라보던 장초신이 피식 웃고 물러섰다.

"보기보다 눈치가 빠른 놈이로군. 그럼 우선 내가 주겠다는 물건부터 보거라."

품속에 손을 넣은 장초신이 재빨리 사내를 향해 무엇인가를 던졌다. 그럴 줄 알았다는 듯, 차갑게 코웃음을 친 사내가 검을 휘둘러 눈앞에 날아드는 시커먼 덩어리로 쪼갰다. 그러자 팍, 하는 소리와 함께 파란 빛이 쏟아져 나왔다.

"으헛!"

크게 놀란 사내가 물러서며 더욱 재빠르게 검을 휘둘러 덮쳐드는 불덩이들을 쳐냈다. 사내의 검에 부딪칠 때마다 팍, 팍, 하는 경쾌한 소리를 터뜨리며 불덩이들은 오히려 더욱 그 수가 늘어나 이제는 수십 개의 작은 불꽃이 되어 사내의 온몸에 덮쳐들었다.

"비황석(飛黃石)!"

사내가 비로소 그것이 무엇인지 알아채고 놀람의 외침을 터뜨렸다. 그것은 잘 갠 백토(白土)에 유황(硫黃)과 초석(硝石)을 염초(焰草)와 함께 버무려 바싹 건조시킨 것으로, 조금만 충격을 주면 폭발과 함께 강한 불꽃을 일으키는 물건이었다.

재료를 구하기가 쉽지 않을 뿐더러 만드는 방법 또한 까다로운 것이어서 흔히 볼 수 있는 물건은 아니었다. 게다가 강호에서는 그런 류의 물건으로 암습하는 것을 비열한 짓으로 여겨 꺼려했으므로 사용하는 자가 더욱 드물었다.

사내가 놀라 다시는 검으로 그것들을 쳐낼 생각을 하지 못한 채 팔을 휘둘러 소매 바람을 일으켜 떨쳐 내며 이를 갈았다. 그러나 이미 수십 개의 작은 불덩어리로 화한 비황석들을 다 날려보낼 수는 없었다. 그중 몇 개가 사내의 몸 여기저기에 달라붙어 불길을 옮겨놓았다.

"비열한 놈!"

사내가 욕을 하면서도 두 손을 바쁘게 움직여 불똥을 털어내느라고 쩔쩔맸다. 그러나 한번 옮겨 붙은 불길은 좀체 수그러들 줄을 몰랐다. 유황과 초석의 강한 화력이 바람을 맞아 더욱 질기고 거세져 갈 뿐이었다.

"하하, 원래 이 어르신께서는 그런 욕을 얻어먹는 게 취미라네. 그러니 꺼려하지 말고 밤새 계속허도 되네."

느긋하게 이죽거린 장초신이 소나무를 향해 몸을 돌리다가 깜짝 놀라 눈을 부릅떴다.

"어? 어디 갔지?"

그곳에 쓰러져 있어야 할 소옥이 보이지 않았다. 여전히 몸에 달라붙은 불길을 털어내느라고 바쁜 사내의 얼굴에도 당황하는 빛이 가득했다.

"죽일 놈. 네놈을 갈가리 찢어 나무에 걸어놓고야 말 테다!"

이제는 비명을 지르듯 고함을 터뜨리는 사내의 온몸이 불길에 휩싸여 있었다. 그가 더 견디지 못하고 쓰러져 몸부림을 치더니 급기야 언덕 아래로 데굴데굴 굴러 떨어져 갔다. 터럭과 살이 타 들어가는 매캐한 냄새가 허공에 남았다.

잠시 그 모습을 바라보며 쯧쯧 하고 혀를 차던 장초신이 다시 얼굴을 온통 일그러뜨리고 소나무 밑으로 달려갔다. 소옥이 쓰러져 있던 곳의 풀잎들은 아직도 그녀의 온기를 담고 눌려 있었다. 눈을 크게 뜨고 사방을 두리번거렸지만 대체 어느 놈이 감쪽같이 채갔는지 알 수가 없었다.

소나무 아래를 한 바퀴 맴돌고 난 그가 허둥대며 언덕에 이어져 있는 산을 바라보고 있는 힘껏 내달리기 시작했다.

갑작스러운 정적이 찾아왔다. 여기저기 젖은 땅에 떨어져 불타던 비황석 조각들도 이제는 제 힘을 잃은 채 사그라져 갔고, 새벽의 습기에 젖은 바람이 불어왔다. 그리고 그것의 꼬리를 잡고 매달려 오기라도 하듯 세 명의 건장한 사내들이 언덕 위로 뛰어 올라왔다. 파풍도(破風刀)를 꺼내 들고 있는 풍적호아(風賊豪兒) 노걸(盧杰)과 그의 수하들이었다.

잠시 주위를 둘러본 노걸이 혀를 찼다.

"그 쥐새끼 같은 놈이 또 이따위 못된 장난을 했구나!"

주위에 흩어져 있는 비황석의 흔적을 보고 대뜸 그것이 장초신의 짓이라는 걸 알아챈 것이다. 다시 한 번 주위를 훑어본 노걸이 이맛살을 찌푸렸다.

"이놈의 자식이 낭자를 업고 어느 음침한 곳으로 튄 거야? 하여튼 잠시라도 눈을 뗄 수 없는 놈이라니까."

콧김을 내뿜은 노걸이 산을 바라보고 내달리자 수하들이 그 뒤를 따라 우르르 몰려갔다.

기척없이 찾아온 새벽빛이 어느새 이마를 물들이고 있었다. 높은 소나무 가지 사이에 웅크리고 앉아 마을을 바라보고 있는 소옥의 볼에 말라붙은 눈물 자국이 길게 남았다. 이제 더 이상 울지 않겠다고 몇 번이나 다짐했지만, 흐느낌은 여전히 미열(微熱)처럼 남아 가슴을 아프게 했다. 간간이 목을 막고 차 오르는 딸꾹질이 그때마다 소옥의 마음속에 불덩어리 하나를 오르내리게 했다.

멀리 내려다보이는 집은 새벽 내내 타오르던 불길로 무너져 형체조

차 남지 않았다. 파르스름한 연기 한 가닥이 높이 오르다가 서서히 누우며 북쪽 하늘에 긴 자취를 남기고 흩어졌다. 소옥은 그것을 보며 어머니와 동생들의 영혼이 하늘에 오르는 거라고 생각했다.

어머니, 하고 가만히 불러보자 가슴속 가득히 차 오르는 서러움을 뚫고 한줄기 소름이 살갗을 들뜨게 하며 돋아 올랐다. 언뜻 보았던 그 모습, 거적에 덮여 있던 그 무서운 모습이 떠오른 것이다. 그러자 다시 딸꾹질이 나왔다. 몇 번을 거듭되며 가슴을 뜨겁고 답답하게 달구다가 기어이 눈물이 되어 쏟아지고 마는 그런 딸꾹질이었다.

"울지 않을 거야."

흐느끼면서 소옥은 자기 자신에게 그렇게 말해 주었다.

언덕에서 싸우던 두 사람들 중 누군가는 그 불길 속에서 자신을 구해 이곳까지 도망쳐 온 사람이고, 다른 한 사람은 그 뒤를 쫓아온 자일 것이었다. 그러나 누가 은인이고, 누가 적인지 알 수 없었다. 어쩌면 눈에 보이는 자들 모두가 자신을 붙잡고 해치려고 하는 자들일지도 모른다는 생각이 들었다.

사부로부터 강호가 험한 곳이라는 말은 귀가 아프도록 들어왔지만, 막상 당하고 보자 대체 뭐가 어떻게 된 건지 영문을 알 수 없었다. 어째서 내 어머니와 동생들이 그처럼 처참하게 죽임을 당했고, 어째서 알지도 못하는 자들이 자신을 해치려고 하는 건지 이해할 수 없었던 것이다.

아직 자신은 강호에서 아무런 은혜도, 원한도 맺은 적이 없다. 그렇다면 아버님과 가족들이 누군가와 어떤 원한을 맺었단 달인가? 하고 스스로에게 물어보았지단 곧 머리를 가로저었다.

아버님은 돈후(敦厚)하고 정이 많은 분이셨고, 어머님은 인자하고 자애로웠다. 누구에게나 베풀고 도와주기를 좋아하신 두 분이었지, 원한 따위를 맺으며 사실 분들이 아니었던 것이다.

소옥은 자신에게 닥친 이 불행을 이해하고 받아들일 수 없었다. 이건 뭔가 큰 오해가 있거나, 잘못된 일이 분명하다고 여겼다.

지난 새벽녘에 벌어졌던 그 일들을 더듬어 기억해 보며 소옥은 비로소 자신이 아직 죽지 않고 살아 있다는 것을 실감했다. 그러자 서러움과 분노와 공포가 범벅이 되어 다시 걷잡을 수 없이 밀려들었다. 온몸이 와들와들 떨렸다.

문득 집 안에서 습격해 왔던 자들 중 누군가가 자신들을 상가(商家)의 다섯 호랑이라고 말했던 게 떠올랐다. 그렇다면 그 상가(商家)가 원수일 수 있었다.

상가장(商家莊)은 제법 위세를 떨치는 곳이므로 소옥도 잘 알고 있었다. 먼저 그곳에 찾아가 전후 사정을 묻고 따져 보리라고 생각한 소옥이 몸을 일으켰다.

*   *   *

"팔호가 죽었습니다."

염동서(廉東瑞)가 제단 위에 편하게 걸터앉아 있는 단목기를 바라보며 조심스럽게 보고했다. 단목기의 눈썹이 꿈틀, 하고 움직였다.

"비황석(飛黃石)에 당한 것 같았습니다. 온몸이 불에 타 끔찍했습니다."

"상대는?"

힐끔 등 뒤의 관공(關公) 상(像)을 바라보고 난 단목기가 무표정한 얼굴로 물었다.

"찾지 못했습니다."

염동서의 얼굴에 두려움이 떠올랐다. 그것을 외면한 채 지그시 무너진 사당의 판자 벽 너머만 바라보던 단목기가 다시 억양없는 음성으로 물어왔다.

"그럼 그 계집은?"

염동서가 이마의 땀을 닦고 나서 조금 떨리는 음성으로 대답했다.

"뒤따라온 자들에게 빼앗긴 것 같습니다."

음, 하고 낮게 신음을 흘린 단목기의 눈이 번쩍이며 빛나기 시작했다. 염동서는 감히 똑바로 바라보지 못하고 고개를 숙였다.

"되었다. 너희들은 이 길로 위추경(魏錘庚)의 휘하로 돌아간다."

이전성(李田盛)과 함께 갑조(甲組)로 복귀해 동림당 색출 임무에 동참하라는 명령이었다. 염동서가 놀란 듯 얼굴을 들었다.

"하오면, 이 일은 어떻게……."

"나 혼자 한다."

다시 놀라 한 걸음 물러서는 염동서를 힐끔 바라보고 시선을 돌린 단목기가 혼잣말처럼 중얼거렸다.

"이제 이것은 내 개인적인 길이다. 그리 알도록."

염동서는 비로소 눈앞의 이 젊은 영주가 무언가 감추고 있다는 것을 느꼈다. 그러나 감히 그것을 캐물을 수는 없는 일이었다.

그가 개인적인 일이라고 한 이상 이제 동창의 힘은 필요없다는 것이고, 그것은 또 더 이상 상가장의 손을 빌리지 않겠다는 것이었으며, 그러한 것을 제독태감(提督太監)에게 보고하든 말든 알아서 하라는 뜻이기도 했다.

"하오면 경사(京師)에는 언제 돌아가시려는지요."

어쩌면 단목기가 동창으로 복귀하지 않으려는 건지도 모른다는 생각이 문득 들었다. 염동서의 등에 식은땀이 흘렀다. 제독태감의 허락 없이 멋대로 이탈한다는 것은 그가 아무리 첩형(貼刑)이며 영주의 신분이라고 해도 용서받을 수 없는 일인 것이다.

단목기가 담담하게 가라앉은 음성으로 대답했다.

"모른다. 돌아간다면 태감이 묻기 전일 것이오, 그렇지 않고 태감이 이미 물어왔다면 나는 돌아갈 수 없게 된 것이다."

지그시 염동서를 바라보던 단목기가 다시 혼잣말처럼 중얼거렸다.

"그때 네가 대신 나의 사직(辭職)을 보고해 올려라."

무슨 일인지는 모르지만, 염동서는 단목기가 하고자 하는 일이 그에게 있어서 극히 중요하다는 걸 느꼈다. 그의 말은, 일이 순조롭게 끝난다면 태감이 의심하기 전에 북경에 돌아가겠지만, 그렇지 못하다면 언제가 될지 알 수 없고, 어쩌면 영영 돌아가지 못하게 될 수도 있다는 의미였다.

염동서는 문득 눈앞의 이 강하기만 한 사내가 어울리지 않게 죽음을 각오하고 있는 건 아닐까, 하는 생각이 들었다. 대체 무슨 일이기에 철혈도(鐵血刀)로 이름 높은 영주가 죽기까지 각오하고 있는 건지 궁금해졌다. 하지만 그것보다 먼저 영주를 위험 속에 혼자 있게 할 수 없다는 충성심이 고개를 들었다.

"무슨 일인지는 모르나 비직(卑職)이 곁에서 모시면 안 되겠습니까?"

염동서를 지그시 바라보던 단목기가 칼을 집어 들고 일어섰다. 염동서는 성큼 제단을 뛰어 내려와 말없이 곁을 스쳐 밖으로 나가는 단목기에게서 더 이상 어찌할 수 없는 완고함을 느꼈다. 그가 한번 그렇게 하기로 마음먹은 이상 아무도 막거나 거들어줄 수가 없는 것이다.

등 뒤에서 쨍그랑, 하고 영패(領牌)가 떨어지는 소리가 들렸다.

"이제는 혼자다."

문득 걸음을 멈춘 단목기가 하늘을 올려다보고 그렇게 중얼거렸다.

하긴 언제나 자신은 혼자였다고 생각했다. 수하들을 거느리고 있을 때도 혼자였고, 무리들 속에 섞여 웃고 떠들며 술을 마실 때도 혼자였다. 계집을 품고 침상에 들었을 때도 방사(房事)가 끝나고 나면 그 나른함에 묻어 찾아오는 것은 혼자라는 적막감이었다. 어쩌면 살아간다는 일 자체가 그렇게 혼자일 수밖에 없는 건지도 모른다고 생각했다.

조금은 가슴이 아려오는 쓸쓸함과 조금은 낯선 자신의 모습을 돌아보게 된다는 것. 그리고 또 조금은 심심해진다는 것. 그것이 혼자라는 느낌이 가져다 주는 모든 것이었을 뿐, 아무것도 달라지는 건 없었다.

단목기는 깊이 숨을 들이마셨다. 차고 신선한 아침 공기가 폐를 가득 부풀리며 정신마저 맑아지게 했다.

산을 내려온 단목기가 향하고 있는 곳은 불에 타버려 재만 남았다는 소양진(蘇陽進)의 집이었다. 그곳에서부터 다시 하나씩 더듬어 나가려는 것이다.

소양진의 집터에는 아직도 서성이고 있는 몇 명의 마을 사람들이 있었지만, 누구도 감히 단목기를 막으려는 자는 없었다. 소양진의 일에 동창이 개입했다는 것을 알고 있는 관에서도 누구 하나 내보내 조사하게 할 엄두를 내지 못했다. 소양진과 그의 가족, 그리고 그의 집은 철

저하게 버려진 것이다.

잿더미를 바라보고 서 있던 단목기가 불에 타고 그슬려 흉한 몰골로 둥치만 남아 버티고 서 있는 오동나무를 한번 바라보고는 쯧쯧, 혀를 차고 돌아섰다. 이처럼 숯덩이가 되어버려서야 무엇 하나 건질 게 없었던 것이다.

다음으로 단목기는 팔호가 그 소가(蘇家) 계집을 끼고 내달렸다는 언덕길을 천천히 더듬어 올라갔다. 언덕 아래 흉하게 그슬려 있는 자리가 있었다. 그가 멍청하게 불에 타 숨진 곳이었다. 누가 치웠는지 시체는 이미 보이지 않았다. 굶주린 산짐승이 슬며시 물어갔는지도 모르는 일이었다.

느릿느릿 언덕 위로 올라가는 단목기의 뒷모습이 한가로워 보이기만 했다. 언덕 위에는 아직 지난 새벽의 격전을 치른 흔적이 여기저기 남아 있었고, 비황석의 불똥이 튀어 그슬린 자국도 넓게 흩어져 있었다. 잠시 그것을 바라보다가 다시 한 번 혀를 찬 단목기가 몸을 돌려 높이 솟아 있는 거송(巨松)을 바라보고 그 주위를 천천히 둘러보았다.

소나무를 올려다보고 훌쩍 몸을 솟구쳐 무성한 가지들 속으로 뛰어올라간 그가 이번에는 찬찬히 주변을 살피며 조심스럽게 위로 올라가기 시작했다. 그러다가 어느 한 지점에서 그의 움직임이 뚝, 멎었다. 잔가지들이 몇 개 꺾이고 깔려 있었던 것이다. 그것들의 방향을 따라 등을 대고 걸터앉자 나뭇가지들 사이로 발 아래의 언덕은 물론 멀리 마을도 잘 내려다보였다.

고개를 끄덕인 단목기가 자신이 앉아 있는 주위를 세밀히 살펴보았다. 그는 곧 꺼칠한 나무껍질에 붙어 있는 길다란 머리카락 한 개를 찾아낼 수 있었다. 불에 그슬려 끝이 오그라져 있는 그것을 코에 대 보자 희미한 향기가 맡아졌다.

"역시 이곳에 숨어 있었군."

머리카락을 바람에 띄워 보내며 그렇게 중얼거리는 그의 얼굴에 싸늘한 웃음이 매달렸다.

다시 소나무를 내려온 단목기가 어디론가 느릿느릿 걸어 사라져 가던 그 시간에 마을 어구에 있는 유일한 주루인 화화루(花化樓)의 구석진 방 안에는 여섯 명의 사내들이 둘러앉아 있었다.

창문을 닫아걸고 휘장마저 내려서 어둠침침한 구석을 등지고 침상 위에 걸터앉아 있는 사내는 귀염적자(貴艶賊子) 육지평(陸知坪)이었고, 낡은 탁자에 둘러앉아 숨을 죽인 채 육지평을 바라보고 있는 자들은 풍적호아(風賊豪兒) 노걸(盧杰)과 취태보(取太保) 장초신(張焦信)을 비롯한 정강령의 산적들이었다.

"글쎄 그놈은 동창의 창위 놈이었다니까."

장초신이 이마에 핏대를 세우며 낮게 소리쳤다. 노걸이 홍, 하고 코방귀를 뀌었다.

"창위가 눈이 멀었나 보다. 그러기에 네깐 놈의 그런 얄팍한 수에 넘어가 통구이가 됐겠지."

노걸의 비아냥거림에 장초신이 눈을 흘기며 투덜댔다.

"쳇, 그럼 노 대가가 한번 해볼 걸 그랬지? 노 대가 같았으면 그놈의 쾌검을 세 번도 받지 못하고 온몸에 구멍이 숭숭 뚫려 지금쯤 그리로 구더기들이 들락거리고 있을걸?"

"일을 망쳐 놓은 주제에 뭘 잘했다고 주둥이질이야!"

노걸이 떡메 같은 주먹을 들어 올리며 눈을 부라렸지만, 장초신은 뻣뻣이 치켜든 고개를 숙이지 않고 여전히 대들었다.

"망치긴 누가 망쳐? 불 구경하느라고 꾸물댄 게 누군데? 진작에 달려 올라왔으면 그 창위 놈도 붙잡고, 고양이 같은 계집도 놓치지 않았을 거 아니오!"

"이놈이 터진 주둥아리라고 함부로…… 혼자서도 문제없다고 큰소리 땅땅 친 건 어느 놈이냐?"

"그만들 하시오!"

보다 못한 육지평이 짜증을 내자 그제야 노걸과 장초신이 서로를 흘겨보며 입을 다물었다.

"어떻게 생겼소?"

육지평의 물음에 장초신이 우물쭈물했다.

"그게, 그러니까…… 갸름한 얼굴에 제법 예쁘장하게 생긴 것 같았는데, 확실히 보지 못했단 말씀이오. 게다가 달도 없는 새벽이고 멀리 떨어져 있어서…… 그러니까, 내 생각에는……."

"모르겠다 이 말 아니야!"

육지평이 답답함을 참지 못하고 빽 소리를 질렀다. 그러자 깜짝 놀라 그를 한번 바라본 장초신이 겁먹은 얼굴로 재빨리 가슴에 턱을 파묻고 눈길을 떨구었다.

혀를 찬 육지평이 이번에는 노걸과 다른 수하들을 바라보았다.

"당신들도 그렇소?"

"그러니까 그게…… 달도 없는 새벽이었고……."

"그만두시오, 그만둬!"

그들도 장초신과 똑같은 말로 변명을 하려 하자 육지평이 한 손으로 이마를 짚은 채 다른 손을 홰홰 내저었다.

"이건 당최 누구 하나 믿고 일을 맡길 수가 없으니…… 휴, 사부님께는 뭐라고 고한단 말이오."

노걸이 발끈하여 육지평을 노려보았다.

"아니, 그럼 그게 다 우리 때문이란 말씀이오? 공자님은 그럼 그 시간에 어디서 뭘 하느라고 코빼기도 뵈지 않았소?"

"무엇이?"

어금니를 질끈 물고 매섭게 째려보는 육지평의 눈길이 사나웠다. 노걸이 슬그머니 외면하고 헛기침만 해댔다.

육지평은 그 시간에 우장촌(牛腸村)으로 들어오는 고개를 지키고 있었다. 사람들이 우현(牛峴)이라고 부르는 그 고개는 소문현(昭文縣) 남쪽에 있었는데, 우장촌으로 향하는 유일한 관도였다. 그러나 소옥은 관도를 버리고 산길을 택해 마을을 멀리 돌아 집으로 향했으니 당연히 육지평이 그녀를 발견할 수가 없었던 것이다.

뒤에 그는 마을에서 치솟는 불길을 보고 나서야 자신이 틀렸다는 것을 알고 부리나케 달려갔지만 이미 늦은 뒤였다.

—소문현의 지현(知縣)인 소 대인(蘇大人)을 찾아오는 여자가 있을 것이다. 그의 여식(女息)이다. 너는 두 달 동안 너를 드러내지 말고 그녀를 지켜보아라.

열흘 전, 정강령 아래의 연화현(蓮化縣)에서 남창부의 일과 동창의 무리들에 대해 장초신을 시켜 사부에게 보고하고 하회(下回)를 기다린 적이 있었다. 그때 사부가 장초신을 다시 내려보내 이르던 말이 귀에 울렸다. 사부의 명을 듣고 육지평은 노걸 일행을 대동한 채 급히 달려온 것이다.

소 지현과 사부가 어떤 관계인지는 알 수 없었다. 사부로부터 한 번도 그에 대한 이야기를 들어본 적이 없었던 것이다. 그러나 사부의 말 속에는 그녀가 혹시라도 위험에 처하게 된다면 도와주라는 의미가 숨겨져 있었다. 그것도 이해할 수 없었다. 왜 자신이 생전 보지도 못한 사람의 여식을 위해 두 달 간이나 고생을 해야 한단 말인가.

'혹시 사문에 관계된 일이 아닐까?'

육지평은 문득 그런 생각을 해보았다. 연화현에서 오랫동안 보지 못했던 사형인 단목기를 만났고, 그가 동창에 몸을 담고 있으며, 같은 방향으로 가고 있다는 것도 의외였다. 그리고 남창부에 들어서자마자 동림당에 대한 대대적인 숙청이 있었다는 소식을 들었다. 동창이 직접 나서서 일을 주도했다는 그 말을 듣고 제일 먼저 떠오른 게 단목기의 차가운 눈이었다.

서둘러 우장촌으로 달려온 그에게 기가 막힐 일은 또 있었다. 소 대인(蘇大人)도 동림당인 게 발각되어 부중으로 압송되어 가고, 그의 식솔들은 모두 처참하게 죽임을 당했던 것이다. 이건 뭔가 일이 꼬이고 있다는 생각이 들었다. 그러나 그것이 무엇인지 자신은 하나도 아는 게 없었다.

"빌어먹을, 뭐 하나 제대로 아는 게 없으니……."

자기 자신에 대한 불만을 터뜨리자 노걸과 장초신이 입을 삐죽거렸다. 자신들을 두고 하는 소리라고 들은 것이다.

*　　　　*　　　　*

상가장(商家莊)의 크고 작은 전각(殿閣)들이 내려다보이는 바위 틈에 쪼그리고 앉아서 소옥은 이를 악물었다. 한낮의 뜨겁던 태양이 벌써 서산 너머로 뉘엿뉘엿 저물어가고 있었다. 곧 밤이 찾아올 것이다. 그러면 담을 넘어 들어가 장주인 호안노경(虎眼老勁) 상경문(商京門)을 만날 작정이었다.

같은 시간에 단목기 도한 맞은편 산기슭에 벌렁 누워 밤을 기다리고 있었다. 이마 위에 걸린 고운 노을을 바라보는 그의 눈빛이 공허하게 가라앉아만 갔다.

적막이 점점 깊어졌다. 어둠이 주위를 감싸고 눈에 보이던 사물들을 하나씩 삼켜갈 때마다 다음속에 가라앉아 있던 두려움이 조금씩 고개를 들었다. 무릎을 안고 있는 소옥의 두 손이 와들와들 떨려왔다. 밤이 깊어지고, 머리 위의 성좌(星座)가 하나둘 북쪽 하늘로 달려가 멀어질수록 두려움은 더욱 커져서 그녀의 온몸을 흔들어댔다.

소옥은 지금 자신이 기다리고 있는 것이 사부와의 익숙한 비무(比武)가 아니라는 것을 잘 알고 있었다. 지난 새벽, 집에서는 얼떨결에 권장(拳掌)을 휘두르며 상가(商家)의 장한들에게 대항해 싸웠지만, 지금은 스스로가 싸움을 각오하고 그 때를 기다리고 있는 것이다.

누구와 싸운다는 것은, 그것도 목숨을 걸어야 하고, 어쩌면 상대를 죽이게 될 수도 있는 싸움을 해야 한다는 것은 두렵기 짝이 없는 일이었다. 하지만 이 바위 틈을 벗어나 달려 내려가면 그것을 피할 수 없었다.

소옥은 거적에 싸여 누워 있던 어머니와 동생들의 주검을 떠올렸다. 그것들은 부패하여 심한 악취를 풍기고 있었다. 그 부풀어 오른 얼굴과 짓물러가는 살덩이 속에 까맣게 박혀 있던 눈동자를 떠올리자 다시 증오와 분노, 그리고 슬픔과 두려움이 범벅이 되어 몸서리가 쳐졌다.

죽음이란 그런 것이라는 생각이 소옥의 발을 무겁게 붙잡고 놓아주지 않았다. 누가 죽든 그런 모습을 하고 누워 있는 걸 본다는 것은 견딜 수 없는 일이었다. 그것이 나의 모습이 된다면, 하고 생각하자 이제는 걷잡을 수 없을 만큼 두렵고 끔찍해졌다.

'하지만……'

소옥은 입술을 악물었다. 그것이 다른 사람이 아닌 어머니와 동생들의 모습이었다는 건 정말 참을 수가 없었다. 두려움과 분노 사이에서 마음의 갈피를 잡지 못하고 망설이던 그녀의 눈이 점점 차갑고 싸늘하게 가라앉아 갔다.

"이제는 나 혼자뿐이다!"

소옥은 자기 자신에게 그렇게 외쳐 주고 벌떡 일어섰다. 이제 남은건 자기 혼자뿐인 것이다. 그들의 죽음의 이유를 밝혀내고, 복수를 해줄 사람도 자기 혼자뿐이라는 것을 깨달았다. 그것이 그녀에게서 두려움을 씻어내고, 그 자리에 증오와 원한을 더 크게 채워 넣었다.

한달음에 산을 달려 내려온 소옥은 상가장의 대문을 바라보고 섰다. 두터운 문은 굳게 닫혀 있었고, 수문(守門)하는 자의 모습도 보이지 않았다. 괴괴한 적막에 잠겨 있는 장원이 마치 버려진 귀가(鬼家)인 듯 을씨년스러웠다.

이런 일에 경험이 없는 소옥은 문을 두드리고 당당하게 들어가야 할 것인지, 담을 넘어 숨어 들어갈 것인지를 두고 잠시 망설였다. 그러다가 그녀는 후자를 택하기로 했다. 좋은 뜻을 가지고 찾아온 게 아닌데, 처음부터 장원 안의 사람들과 마주쳐서 이로울 일이 없다고 판단한 것이다.

높은 담을 따라 살금살금 걷던 그녀가 그중 만만해 보이는 곳을 찾아내고 몸을 웅크렸다. 후원 쪽인 듯, 다른 어느 곳보다도 어두웠고 조용한 곳이었다. 차가운 담에 귀를 대고 잠시 그 안의 기척을 살피던 소옥이 불쑥 몸을 일으켰다. 무릎을 쭉, 편 것 같았는데 그녀의 몸이 가볍게 담장 위로 솟구쳐 올랐다.

기와 끝을 잡고 허공을 발로 차며 한 번 몸을 비틀어 담과 일직선이 되게 한 소옥이 납작 엎드렸다. 혹시라도 담 아래 매복해 있는 자가 있다면 쉽게 몸을 피하기 위해서였다. 다시 한동안 기척을 살피고 나서 슬며시 몸을 일으키며 발끝으로 기왓골을 한 번 찍자 그녀의 신형이 어둠 속으로 쏘아져 나갔다.

파초(芭蕉)가 가득 심어져 있는 화원 속에서 소옥은 젖은 땅바닥에 배를 깔고 엎드려 숨을 죽이고 있었다. 그녀의 등과 어깨를 덮고 있는 넓은 파초 잎들이 바람에 일렁이며 그늘을 더욱 어둡고 깊게 만들어주었다.

후원 깊숙한 곳에 들어오도록 눈에 뜨이는 자들이 없었다는 것이 마음에 걸렸다. 하지만 내친걸음이었다. 그녀는 한 채의 아담한 전각을 뚫어져라 바라보았다.

전각의 창문으로는 밝은 불빛이 흘러나오고 있었는데, 잘 가꾸어진 주변의 정갈한 분위기로 보아 여자가 기거하는 곳인 듯했다. 그리고 장원 안에서 이처럼 독립된 전각에 머무는 여자라면 그것이 누가 되었든 높은 신분일 것이 분명했다.

소옥은 남자보다 여자와 마주치게 된다면 다행한 일이라고 생각했다. 쉽게 장주인 상경문의 거처를 알아낼 수도 있을 것이기 때문이다.

다시 한 번 전각 주위를 살펴본 소옥이 두 손으로 땅바닥을 밀고 발끝에 힘을 모아 걷어찼다. 여전히 땅에 배를 붙이듯 한 그녀의 몸이 물 위를 스쳐 날아가는 제비처럼 낮게 가라앉아 쏘아져 나갔다. 그녀가 스치고 지나간 곳의 풀잎들이 바르르 떨며 이슬방울을 떨구었다. 사문의 정교한 경신 공부 중에서도 익히기 까다로운 용미초풍(龍尾招風)이라는 절기였다.

단숨에 정원을 건넌 소옥이 망설임없이 전각의 문을 박차고 뛰어들었다. 탁자 위에 앉아 수를 놓고 있던 아리따운 소녀가 소옥을 바라보고 놀란 눈을 동그랗게 떴다. 소옥은 등 뒤로 문을 닫으며 재빨리 실내를 훑어보았다. 넓은 대청 한쪽에 비단 휘장을 두른 침상이 있었고, 벽에는 산수화 몇 폭이 걸려 있을 뿐, 장식이라고는 찾아볼 수 없는 소박한 방이었다.

놀란 얼굴로 소옥을 멍하니 바라보던 소녀가 아! 하는 탄성을 발했다. 소옥은 방 안에 그녀 외에 아무도 없다는 것을 확인하고 마음이 놓였다.

"놀라게 했다면 미안해요."

보통의 여자 같았으면 찢어지도록 비명부터 질렀을 것이나, 방의 주인으로 보이는 소녀는 놀랍도록 침착했다. 그녀가 서늘한 눈으로 소옥을 머리끝부터 발끝까지 한차례 훑어보고는 고개를 저었다.

"당신은 많은 고생을 한 모양이군요."

그녀의 말에 문득 자신의 모습을 내려다본 소옥이 쓰게 웃었다. 옷에는 군데군데 불똥이 튀어 구멍이 뚫려 있고 여기저기 흙이 묻어 있었는데, 땀과 이슬로 젖어서 후줄근해 보이기 짝이 없었다. 지난 하루

동안의 일들이 얼마나 험했는지를 다시 느끼게 해주는 몰골이었다.

소옥은 자신의 머리카락도 불에 그슬려 보기 흉하게 변했다는 것을 알고 있었다. 얼굴이야 더 말할 것도 없을 것이었다.

휴, 하고 한숨을 쉰 소옥이 소녀를 바라보았다. 단정하게 손질된 머리와 정갈한 옷차림이 희고 윤기있는 살결과 잘 어울려 그녀를 더욱 돋보이게 해주었다. 소옥은 문득 그녀에 대한 질투와 분노의 감정을 느꼈다.

"당신은 상씨(商氏) 성을 쓰겠죠?"

차갑게 묻자 소녀가 놀란 얼굴을 조금 풀며 고개를 끄덕였다.

"그래요, 나는 첩영(疊瑛)이라고 해요. 당신은 누구죠?"

"나는 소씨(蘇氏) 성을 써요. 그러면 알겠지요?"

첩영이라고 스스로를 밝힌 소녀가 고개를 저었다.

"이상하군요. 내가 아는 사람 중에 소씨 성을 쓰는 사람은 없어요. 게다가 당신은 그런 모습으로 갑자기 나타났으니…… 설마 나에게 좋지 않은 뜻을 품고 있는 건 아니겠지요?"

소옥은 눈앞의 소녀가 침착한 것에 오히려 당황했다. 조금도 두려워하거나 위축되는 기색 없이 담담한 중에 은은한 기품까지 내보이는 것이 수양이 깊은 아가씨가 틀림없었다. 마음속으로 감탄하며, 이와 같은 소녀와 원수가 되어야 한다는 건 안타까운 일이라고 생각했다.

"당신은 그럼 상 장주(商莊主)와 어떤 사이죠?"

"그분은 나의 부친이시랍니다."

무심결에 대답하고 난 첩영이 눈살을 찌푸렸다.

"당신은 원래 아버님을 찾아온 거였군요. 혹시 그분과 원한이 있어서인가요?"

"그래요. 어쩌면 나는 당신의 부친과 씻을 수 없는 원한을 맺게 된
건지도 몰라요."

어금니를 질끈 문 채 스산하게 말하는 소옥을 물끄러미 바라보던 첩
영이 휴, 하고 한숨을 쉬었다.

"그렇다면 당신은 잘못 찾아왔어요. 아버님이 계신 곳은 동쪽 연풍
각(然風閣)이랍니다."

"이제 그건 상관없어요. 그가 어디에 있든 찾아갈 필요없이 그 스스
로 나를 찾아오게 될 테니까."

"아!"

차가운 소옥의 눈길을 받고 깜짝 놀란 소녀가 주춤 어깨를 떨었다.

"당신…… 언니는 지금 나를 인질로 삼으려는 거로군요?"

첩영으로부터 언니라고 불리자 소옥은 마음이 흔들리고 말았다. 그
녀는 언니라는 말을 처음 들어본 것이다. 게다가 이처럼 단정하고 예
쁜 소녀로부터 그런 말을 듣자 그만 마음이 묘하게 움직이며 가슴마저
두근거렸다.

'하지만…….'

소옥은 자기 자신의 그런 마음에 놀라며 입술을 깨물었다. 어쩌면
서로가 한 하늘을 이고 살 수 없는 원수인지도 모르는 것이다.

마음을 모질게 먹은 소옥이 한 걸음을 내딛었다. 첩영이 움찔거리며
물러서려고 하였지만 미끄러지듯 다가온 소옥이 내뻗은 손을 피할 수
는 없었다. 아, 하는 사이에 첩영의 손목은 소옥의 손에 단단히 잡히고
말았다.

소옥이 내력을 운기하여 지그시 힘을 주자 한줄기 서늘하고 시원한

기운이 손목 안쪽의 신문(神門)과 태릉혈(太陵穴)을 통하여 첩영의 가슴으로 밀고 올라갔다. 첩영은 온몸이 나른해져서 더 이상 서 있기가 힘든 듯 가만히 소옥의 어깨에 기댔다.

소옥은 문득 그녀의 처지가 가엽게 여겨졌다. 과연 내가 이 순진한 소녀에게 이처럼 모질게 대해야만 하는 것일까 하는 생각도 들었다. 사부로부터 무공을 배울 때는 사문의 의발(衣鉢)을 전해 받고, 자신도 강호에 나가 사부처럼 협행을 하여 이름을 높이고 싶었다.

사문의 명예를 위해서 싸우고, 나의 의로움을 지키기 위해서 검을 잡고 싶었던 것이다. 그런데 지금은 아무것도 모르는 한 연약한 소녀를 인질로 삼아 자신의 목적을 이루겠다는 생각을 해야 할 만큼 무섭게 변해 버리고 말았다. 불과 하루 사이에 자신의 마음이 이렇게 변했다는 것에 소옥은 깜짝 놀랐다.

'어쩌면 나의 마음속에는 나도 모르는 비정함이 숨어 있었던 게 아닐까?

소옥은 그렇게 생각할 수밖에 없었다. 사부는 언제나 착하고 여리기만 한 자신을 보며 걱정을 했었다.

—강호는 무정한 곳이다. 마음을 모질게 하고, 손을 씀에 있어서 과감해지지 않는다면 너는 네 자신을 지킬 수도 없을 것이다.

사부가 늘 해주던 말이 떠올랐다. 그러나 그 말이 끝나면 사부는 또,

—하지만 너는 본성이 착하고 바르니 어려움이 있더라도 하늘이 도와 줄 것이다. 이 사부하고는 또 다르지.

언제나 이렇게 말하고 한숨을 쉬곤 했다.

소옥은 문득 사부의 그 말들을 떠올리고 자신의 모진 손속에 대하여 스스로 자위했다. 이렇게 하지 않으면 부모님과 동생들의 원수를 갚을 수 없을 것이라고 생각하자 첩영에 대한 미안함은 이내 적의로 바뀌었다.

"미안하지만 당신은 나의 뜻에 따라야겠어요. 함부로 반항하지만 않는다면 해치지 않겠어요."

"저는 이미 언니의 손에 잡혀 있는데 어떻게 반항을 하겠어요? 그러니 걱정하지 말고 언니 하고 싶은 대로 하세요."

첩영이 이미 체념한 듯 억지로 웃으며 애처롭게 말했다. 소옥은 다시 마음이 흔들릴 뻔했으나 첩영의 손목을 더욱 단단히 움켜쥐는 것으로 스스로의 약해지려는 마음을 다잡았다.

"우선 상 장주(商莊主)가 있는 곳으로 나를 안내해요."

그녀가 첩영을 끌고 나가려 할 때였다.

"그럴 것 없다."

냉랭한 소리와 함께 몇 사람이 문을 박차고 들어섰다. 선두에 서서 눈을 부릅뜨고 있는 자는 흑색 경장에 한 자루 검을 손에 들고 있는 남면옥호(南面玉豪) 상필지(商弼知)였다. 그 뒤를 따라서 장주인 호안노경(虎眼老勁) 상경문(商京門)이 싸늘하게 굳은 얼굴로 들어섰고, 다시 그 뒤를 장원의 고수들인 듯한 다섯 명의 흑의인들이 따랐다.

"아, 오라버니, 아버님!"

첩영이 반갑게 소리치고 앞으로 나가려 하였으나 소옥에게 잡혀 있는 한 팔 때문에 그럴 수 없었다. 그녀가 약간 눈썹을 찌푸리며 고개를 숙여 보였다.

"소녀가 인사를 드릴 수 없군요. 용서해 주세요."

그런 첩영을 본 상필지의 눈에서 불길이 일었다. 그가 곧 검을 뽑을 듯한 모습으로 검자루를 움켜쥔 채 성큼 나서며 소옥을 매섭게 노려보았다.

"낭자는 누구이기에 감히 장원에 뛰어들어 난동을 부리려고 하는 것이오? 어서 그 아이를 놓아주고 할 얘기가 있다면 나하고 해봅시다."

상필지를 바라본 소옥은 그가 만만치 않으리라는 것을 알았다. 그녀가 여전히 한 손으로는 첩영의 손목을 움켜쥔 채 한 손을 검자루에 올려놓고 턱을 치켜들었다.

"당신은 이름이 뭐죠? 당신도 상가인가요?"

"그렇게 묻는 아가씨는 그럼 소 낭자이시겠군."

상필지의 얼굴에 차가운 비웃음이 스쳐 지나갔다.

"당신들은 이미 알고 있었군요."

소옥이 입술을 악물자 장주인 상경문이 상필지를 밀치고 앞으로 나섰다.

"물론이오. 노부는 아가씨가 이렇게 찾아올 줄 알고 기다리고 있었다오."

상경문은 육십을 넘긴 노인이었지만 살집이 단단해 보였고 허리가 곧았으며, 눈빛에 힘이 가득 실려 있는 것이 사십 대의 장한 못지 않았다.

그는 소옥이 자신의 수하들을 물리치고 누군가의 도움을 받아 무사히 탈출했다는 보고를 받고 곧 그녀가 장원으로 찾아오리라고 예상하고 있었다. 그래서 일급 고수들만을 선발하여 장원 곳곳에 매복을 심어 두는 한편, 몸소 나선 것이다.

상경문은 자신의 오랜 경험으로 미루어보아 소옥이 만약 월장해 든다면 이곳 후원 쪽이 될 것이라고 생각했다. 장원 내에서 가장 인적이 드문 곳이고 은밀한 곳이어서 누구든 몰래 숨어들려고 마음먹은 자라면 열에 아홉은 그곳을 택할 것이었다.

그는 소옥을 끌어들이기 위하여 후원 쪽에 특별히 신경을 썼다. 불을 모두 끄게 한 후 자신과 상필지, 그리고 호장 무사들 중 가장 실력이 출중한 다섯 명의 고수들을 배치한 채 숨마저 죽이고 있었던 것이다.

그의 예상대로 소옥이 담을 넘어 들어왔다. 상경문은 제일 먼저 그녀를 발견하고 그 날렵하고 기민한 신법에 놀랐다. 한낱 쓸모없는 문사(文士) 나부랭이요, 고작 작고 외진 현의 수령에 불과한 소양진(蘇陽進)에게 저와 같이 출중한 신법을 가진 여식이 있다는 것은 의외였다. 게다가 그녀가 화원을 가로질러 가던 그 신법은 상경문으로서도 평생에 처음 구경하는 놀라운 것이었다.

그것이 곤륜이 자랑하는 운룡대팔식(雲龍大八式) 중에서도 상승의 수법인 용미초풍(龍尾招風)이라는 것을 알 리가 없는 그의 눈에는 소옥이 마치 무슨 사술(邪術)을 쓰는 듯 보이기까지 했다. 배를 땅에 깔듯이 한 채 한줄기 바람을 타고 낮게 스쳐 날아가는 그런 수법이 있다는 것은 들어본 적도 없었던 것이다.

그것을 본 상경문의 가슴 한구석에 문득 서늘한 바람이 불어갔다. 어쩌면 소옥이 생각보다 훨씬 대단한 고수일지도 모른다는 생각이 들었던 것이다. 하지만 그보다 그녀를 저렇게 가르쳐 놓은 사부가 또 있으리라는 것이 그를 두렵게 했다.

나이 어린 여자라고 깔보고 함부로 대해서는 안 되겠다는 마음을 굳힌 상경문이 애써 낯빛을 온화하게 하며 미소를 지어 보였다.

"낭자의 뛰어남은 노부의 눈을 크게 뜨게 해주었소. 고절하기 짝이 없는 몇 가지의 경신 공부만으로도 낭자가 명가(名家)의 훌륭한 가르침을 제대로 받은 고수라는 것을 인정하는 바요. 노부는 진심으로 감복했소이다."

포권한 손을 절레절레 흔들며 말하는 상경문의 얼굴에는 진심으로 놀라고 탄복했다는 빛이 가득했다. 소옥은 그들이 처음부터 자신의 행동을 낱낱이 지켜보고 있었다는 것을 알고 부끄러워졌다. 어리석게도 그러한 것을 조금도 눈치 채지 못한 채 혼자서 날뛴 꼴이었던 것이다. 그것을 보며 이들이 얼마나 재미있어했을 것인가 하고 생각하자 이제는 부끄러움이 화가 되어 그녀의 숨결을 거칠어지게 했다.

"괜찮다면 노부가 낭자의 사문과 사부님의 존성대명(尊姓大名)을 물어도 되겠소?"

더욱 은근한 얼굴로 둘어오는 상경문을 바라보는 소옥의 눈에 쌀쌀함이 가득했다.

"내 사문과 사부님의 함자(銜字)를 들으면 당신이 놀라 명이 단축될까 봐 함부로 말하기 어렵군요."

소옥의 지독한 비아냥거림에 상필지가 눈썹을 꿈틀거렸으나, 상경문은 여전히 웃음을 지우지 않은 채 온화하고 부드러운 얼굴로 그녀를 바라볼 뿐이었다. 그는 아두래도 소옥의 사문과 사부가 마음에 걸렸다. 이런 일일수록 처리하기가 까다롭다는 것이 그가 강호에서 몸으로 배우고 터득한 처세술이었다.

대체로 혈기가 왕성한 젊은 사람들은 오만하고 두려움이 없었다. 그들이 명사를 스승으로 모셨고, 훌륭한 사문에 적을 두고 있으며, 몸에 절기를 지니고 있다면 더욱 그랬다. 더구나 그것이 강호에 첫발을 내딛은 풋내기라면 지나치다고 할 정도이기 일쑤였다. 그들의 가슴속에는 사문이나 스승에 대한 자부심과 함께 스스로 명성을 떨치고 싶다는 호승심만 가득 차 있기 때문이다.

그런 풋내기들일수록 다루기도 쉬웠지만, 잘못하여 죽이거나 다치게 한다면 그 뒷일을 감당하기가 어려웠다. 어쩔 수 없이 그들의 사문이나 사부와 원한을 맺게 되는데, 명문세가(名門勢家)나 명문대파(名門大派)와의 갈등은 물론이지만, 특히 그들의 사부와 맺게 되는 원한을 풀기가 어려웠다.

그런 자의 사부들은 강호의 명숙(名宿)들이거나 은거하고 있는 고인들이 많았고, 그들은 자신의 명성에 대하여 누구보다 완고하고 편협한 사람들이었다. 그들과의 원한 때문에 스스로를 망치고 마는 자들을 많이 보아온 상경문은 더욱 조심할 수밖에 없었다.

그가 눈앞의 소옥을 어떻게 대해야 할까, 망설이고 있는데 더 참지 못하겠다는 듯 상필지가 옷소매를 떨치며 나섰다. 상경문은 눈살을 찌푸렸다. 자신의 자랑이자 상가장의 미래이기도 한 이 하나뿐인 아들 또한 아직 풋내기의 틀에서 벗어나지 못하고 있다는 것 때문이었다.

상필지는 강호의 명문대파인 화산파의 진전을 받았다는 자부심과 오만함으로 한껏 기세가 살아 있는 청년이었다. 어느새 남면옥호(南面玉豪)라는 그럴듯한 명호를 얻은 것에서도 알 수 있듯이 강남의 무림에서는 제법 청년 고수로 인정받고 있었고, 특히 강서 무림에서는 후기지 수(後期之秀)로 꼽히는 신성(新星)인 것이다.

그러나 노회(老獪)한 상경문의 눈으로 보았을 때는 아직도 멀었고, 위험하기 짝이 없는 철부지였다. 그가 등에 업고 있는 화산파의 위용 때문에 사람들이 한 걸음 양보해 주고 있기에 망정이지, 그렇지 않다면 언제 어디서 낭패를 당할지 알 수 없는 것이다.

잠깐 동안 상필지가 나서는 것을 말릴까, 말까 하고 저울질해 본 상경문은 모르는 척하기로 했다. 자신이 있고, 장원의 다섯 고수들이 버티고 있으니 만약을 위한 대비는 충분하다고 여긴 것이다. 어쩌면 상필지로 인하여 저 무례한 낭자의 내력을 알아낼 수 있을지도 모르는 일이었다.

그런 생각으로 상경문이 물러서자 상필지가 더욱 의기양양하여 소옥에게 두어 걸음 다가섰다. 상필지는 자신의 화산 검학에 대한 자부심이 대단했다. 함께 검을 겨룬다면 눈앞의 어린 여자쯤은 단번에 제압해 버릴 자신이 있었다.

"어서 그녀를 놓아주고 순순히 포박을 받으시오. 그것이 낭자의 명을 유지하는 유일한 길이외다."

그가 눈을 부라리며 저 법 점잖게 으름장을 놓았으나 상필지를 노려보는 소옥의 눈은 오히려 더욱 싸늘해질 뿐이었다.

"당신은 머릿수로 나의 항복을 받아내겠다는 건가요? 그렇다면 그건 너무 뻔뻔하군요."

소옥은 사부로부터 강호의 협사라면 우세한 숫자를 빌어 남을 위협하는 것을 가장 수치스럽게 여긴다는 말을 들은 적이 있었다. 그 말을 떠올리고 상대의 의중을 떠본 것이다. 과연 상필지의 얼굴에 난처해하는 기색이 어렸다.

상필지가 한동안 대꾸할 말을 찾지 못하고 쩔쩔매자, 뒤에서 그것을 지켜보던 상경문이 혀를 차고 나섰다. 그는 마음속으로 이 아들이 강호에서 제대로 제 한몫을 해내려면 아직 한참 멀었다고 탄식했다. 강호는 험한 곳이라 실력보다는 임기응변의 술수와 교활한 속임수가 더 잘 통할 때가 많았던 것이다.

"그것은 낭자가 저 아이를 인질로 잡고 있으니 어쩔 수 없는 일 아니겠소?"

부친의 훈수에 비로소 정신이 번쩍 든 듯, 상필지가 득의의 미소를 띠고 소옥을 바라보았다.

"나도 사문의 떳떳한 가르침을 받은 터라 여러 손을 빌어 낭자를 어렵게 할 생각은 추호도 없소. 이렇게 합시다. 낭자와 내가 당당하게 세 번을 겨루는 거요. 그래서 매 번마다 패자는 승자의 요구 한 가지를 들어주기로 합시다. 그게 어떻소?"

오라버니의 말을 들은 첩영의 얼굴에 당황한 기색이 스치고 지나갔다. 그러나 그것을 눈치 챈 사람은 아무도 없었다. 소옥 역시 자신에게 팔목을 잡혀 있는 첩영이 무엇인가 의사를 전달하려고 손가락을 꼼지락거리는 것에 신경을 쓰지 못했다. 정신이 오직 상필지에게 집중되어 있는 탓이었다.

상필지의 말은 일종의 비무(比武)를 하자는 뜻이었지만, 소옥은 그것이 상필지가 자기가 남자라는 것을 한껏 내세워 여자인 자신을 얕보는 것임을 알았다. 사내대장부인 내가 연약한 여자를 상대로 죽기 살기로 검을 휘두를 수야 있느냐, 한 수 가르쳐 줄 테니 자신이 있으면 나서 봐라. 그의 속뜻이 바로 그렇다는 것을 눈치 챈 소옥이 흥, 하고 코웃음을 쳤다.

하지만 소옥은 상필지의 제안에 손해 볼 것이 없다고 생각했다. 사문의 공부로 눈앞의 교만한 자를 한껏 혼내주고, 덧붙여 알고 싶은 것들을 알아낼 수 있다면 그보다 속이 후련해지는 일은 없을 것이었다.

소옥의 속셈과는 달리 상경문도 아들의 말을 듣고 속으로 흡족하게 생각하고 있었다. 그가 소옥을 충동질하여 첩영을 놓고 나서게만 한다면 일은 다 된 거나 다름없다고 여긴 것이다. 여차하면 자신과 수하들이 모두 달려들어서라도 소옥을 잡아버리면 그만이었다. 상경문은 그래도 몇 해 강호의 물을 먹었다고 말귀를 이처럼 빨리 알아듣는 아들이 대견스럽기도 했다.

상경문이 장원의 수하들을 데리고 한쪽으로 물러서자 상필지가 검을 뽑아 들고 눈으로 재촉했다. 소옥은 그때까지 잡고 있던 첩영의 손목을 놓았다. 비로소 풀려나게 된 첩영의 얼굴에 기쁨 대신 어둠이 드리워졌지만 소옥은 그것마저 신경을 쓰지 못했다.

호, 하고 한숨을 쉰 첩영이 뒤로 물러서는 것을 기다렸던 소옥이 한 발을 번쩍 들어 탁자를 걷어찼다. 그것이 얼음판에 미끄러지듯 주르륵 밀려나 벽 한쪽에 붙었지간, 탁자 위에 놓여 있던 찻잔과 화병은 조금도 흔들리지 않았다.

넓어진 공간에 소옥과 상필지가 마주 보고 섰다. 서로를 탐색하는 두 사람의 눈빛이 한 치의 양보도 없이 부딪혀 주위의 공기마저 서늘하게 했다.

"그럼 먼저……."

상필지가 선수를 양보하겠다는 듯 왼손으로 검결(劍訣)을 짚고, 검을 들어 올려 가슴 앞에 수평으로 세우며 한 발을 뒤로 뺐다. 화산파가 자

랑하는 매화검(梅花劍) 삼십육식(三十六式) 중 기수식(起手式)에 해당하
는 월강선매(月降仙梅)의 자세였다. 매끄럽고 깨끗한 모습과 산뜻한 기
운에서 과연 명가의 사사를 받은 풍모가 여실히 드러났다.

잠시 그것을 바라보던 소옥이 검을 뽑아 들었다. 쨍, 하는 경쾌한 소
리와 함께 보검의 서늘한 빛이 방 안을 가득 메우며 퍼져 나갔다.

"허, 좋은 검이오."

탄성을 발하는 상필지의 눈에 부러워하는 빛이 크게 일렁였다.

"그럼 그대는 조심하도록 하세요."

한번 매섭게 노려본 소옥이 곧 검을 휘둘러 쳐들어갔다. 곧장 찔러
들어가는 듯하던 검봉이 상필지의 가슴 앞에 이르러 크게 휘어지며 두
가닥 예리한 검기를 쏟아냈다.

소옥의 검봉을 뚫어지게 주시하던 상필지의 얼굴이 굳어졌다. 매섭
고 날카롭기가 예사롭게 보이지 않았던 것이다.

상필지의 검이 무겁고 느리게 움직여 마주쳐 오자, 다시 소옥의 검
봉이 경쾌하게 흔들리며 상필지의 두터운 검세를 갈랐다. 두 가닥이던
검기가 순식간에 네 가닥으로 흩어지며 일제히 가슴 앞 기사(氣舍)와
옥당(玉堂), 중부(中府), 제문혈(臍門穴) 등을 찔러가는데, 모두가 치명
적인 요혈들이었다.

상필지의 얼굴이 놀람으로 크게 일그러졌다. 그는 설마 소옥의 검이
이처럼 재빠르고 신묘하게 움직여 기선을 제압해 올 줄은 모르고 있었
던 것이다. 게다가 솜씨가 매정하고 사정이 없어서 저절로 가슴이 서
늘하게 떨렸다.

"악독한 수법이다!"

크게 외친 상필지가 정신없이 검을 휘둘러 두터운 검막(劍幕)으로

가슴을 보호하면서 사문의 수신보법(守身步法)인 사십구로(四十九路) 제운보(提雲步)를 밟아 어지럽게 몸을 움직였다. 그의 그림자가 방 안에 가득 일렁이는 중에 허와 실이 교묘하게 뒤섞여 보는 사람들의 눈을 어지럽게 했다.

그러나 소옥은 금방 그 안에 감추어져 있는 이치를 꿰뚫어 볼 수 있었다. 상필지의 보법이 자신의 사문인 곤륜의 용봉대구식(龍鳳大九式) 중 신묘하기로 으뜸이라는 칠보연환분심(七步連環分心)의 요결(要訣)과 유사한 바가 많은 때문이었다.

그것은 칠성(七星)의 배열을 응용하여 천추(天樞), 천선(天璇), 천기(天璣), 천권(天權), 옥형(玉衡), 개양(開楊), 요광(搖光)의 별자리들을 머리 속에, 그리고 그것을 밟아가는 것에서 시작되었다. 그리고 일 보에 다시 일곱 가지씩의 변화를 두었는데, 그 근본은 역시 칠성의 방위를 전후좌우로 나누어 배열하고 때로 뒤섞어놓은 데에 있었다. 그리하여 칠성(七星)이 북신(北辰:북극성)을 중심으로 하여 원을 그리며 맴돌듯, 매 걸음마다 시선(視線)의 정점(頂點)에 상대를 두고, 그를 휩싸듯 움직여 가는 것이다. 상대가 위치를 바꾸면 자연히 나의 위치 또한 그것에 맞추어 변하므로 한번 보법이 발동되면 쉽게 부수고 들어가 잡기가 어려웠다.

소옥은 이미 그것들의 정수를 깨우치고 있었는데 비하여 상필지의 공부는 그렇지 못했다. 그는 비록 사문의 제운보를 익숙하게 익혀 실전에 충분히 사용할 수 있을 만큼 터득하고 있었으나, 아직 정심(精深)한 지경에 이르러 요체(要諦)를 관통(貫通)하는 심득(心得)의 경지에는 미치지 못하고 있었던 것이다. 그것이 소옥과 상필지 사이에 놓여져 있는 보이지 않는 커다란 차이였다.

아무리 변화무쌍(變化無雙)하고 기오막측(奇奧莫測)한 절기라 하더라도 그 원류(原流)를 거슬러 올라가면 궁극의 이치는 서로 맞닿아 있는 법이었다. 그래서 〈만류귀종(萬流歸宗)〉이라는 말이 있는 것이다. 그러므로 한 가지의 무학에 대성하여 이치를 훤히 꿰뚫어 볼 수 있는 경지에 이르게 되면 전혀 다른 듯 보이는 무학을 보았을 때도 쉽게 이해되고 흉내 낼 수 있게 되기 마련이었다.

자기 자신은 아직 모르고 있었지만, 소옥은 이미 사문의 공부를 충분히 익혀 그 정수(精髓)를 꿰뚫는 경지에 들어 있었다. 그것이 사부인 곤륜여협(崑崙女俠) 상관혜(上關慧)가 사문의 보물이라고 할 수 있는 난화선자(蘭花仙子)의 풍향검(風向劍)을 소옥에게 선뜻 물려준 이유였다.

그러한 소옥에게 지금 부족한 것은 실전에 대한 경험이었다. 그것은 사문의 공부에 충실한 것만으로는 얻을 수 없는 것이었고, 말이나 글로 전해줄 수도 없는 개인적인 깨우침이었다. 스스로 부대끼고, 역경과 험로(險路)를 헤쳐 나가며 조금씩 체득(體得)하게 되는 감각이고, 요령이었던 것이다.

투로(套路)에 익숙하고, 형(型)과 법칙(法則)에 충실한 것은 배우는 자가 반드시 지켜야 할 도리였다. 그러나 실전에서는 그러한 도리 외에 임기응변과 변화와 응용이 더욱 중요했다. 그렇지 못하고 투로를 연습하듯 실전에 임하여 초식을 답습한다는 것은 딱딱한 나무 막대기로 구부러진 구멍을 뚫으려는 것이나 다름없이 무모하고 어리석은 짓일 뿐인 것이다.

그런 면에서 상필지는 상관혜보다 뛰어나다고 해야 할 것이었다. 하지만 결과적으로 그는 자신의 말로 자신의 함정을 판 꼴이 되어 있었다. 승자에게 돌아갈 대가를 걸고 비무를 제안한 것이 소옥으로 하여금 무경험의 열세를 덮어두게 해준 것이다.

비무는 목숨을 걸고 싸우는 실전과는 또 다른 겨룸의 방법이었다. 죽이기 위한 것이 아니라, 서로가 익힌 사문의 초식과 공부의 깊이를 재보는 적극적인 수단인 것이다. 그런 면에서 소옥의 정교함과 능숙함은 상필지를 능가했다. 비로소 그것을 깨달은 상필지가 당황할 때, 소옥의 검은 이미 그의 옷깃을 뚫고 가슴의 맨살에 닿아 있었다. 상필지의 얼굴이 사색이 되었다.

"내가 이겼군요."

소옥의 한마디가 상필지의 귀에 천둥소리가 되어 울렸다. 그는 아직 소옥의 초식 속에서 그녀가 익힌 것이 무엇인지조차 파악하지 못하고 있었다. 그런데 소옥은 자신의 제운보(提雲步)를 간단히 흩치고 쫓아 들어와 검을 찔러 넣은 것이다. 그녀가 손목에 조금만 힘을 준다면 가슴이 그대로 꿰뚫려 버리고 말 상황이었다.

"아!"

그것을 지켜본 첩영의 입에서 놀람의 탄성이 터져 나왔고, 상경문도 억! 하는 비명을 지르며 눈을 부릅떴다. 그들은 모두 상필지가 소옥의 일초지적도 되지 못했다는 것을 믿을 수 없었다. 눈앞의 상황을 뻔히 보고 있었으면서도 마치 소옥이 무슨 사술을 쓰기라도 한 듯 생각되어졌다.

한동안 눈을 부릅뜨고 소옥을 노려보던 상필지가 떨리는 음성으로 겨우 말했다.

"그대가 이겼소. 약속대로 한 가지 요구를 들어주겠소."

"좋아요. 당신은 제법 강단이 있는 사내인 것 같군요. 나는 당신에게 물어볼 게 하나 있어요."

소옥이 그을음이 잔뜩 묻어 험한 얼굴에 한줄기 시원한 웃음을 피워 올리고 검을 거두어들였다.

"내 어머니와 동생들을 누가 죽였죠?"

상경문의 얼굴이 잔뜩 일그러졌다. 그것을 힐끔 돌아본 상필지가 매우 난처한 듯 이맛살을 찌푸렸다. 하지만 그 또한 협의(俠義)를 표방(標榜)하는 화산파라는 명문정파에서 십여 년 동안을 엄한 훈도(薰陶)를 받으며 심신을 단련해 온 자였다. 그는 화산의 제자라면 누구나 지켜야 할 사문의 문규(門規) 중 다섯 번째가 〈이로움을 탐내 눈앞의 의를 저버리지 말라〉는 것임을 떠올렸다.

휴, 하고 한숨을 쉰 그가 애써 마음을 담담하게 가지며 입을 열었다.

"그것은 동창(東廠)의 명을 받은 남창부의 병사들이 한 짓이오."

"동창!"

소옥이 크게 놀라 주춤 물러섰다. 그와 함께 긴장하여 바라보고 있던 상경문의 얼굴에 낙심하는 기색이 역력히 떠올랐다. 그는 아들이 곧이곧대로 대답해 준 것에 대해 몹시 실망했다. 자신 같았으면 모른다고 말했을 것이었다. 그랬으면 그만인 것이다. 모른다는데, 그것이 정말인지 거짓인지 속을 갈라놓을 수도 없으려니와 갈라놓았다고 해도 여전히 증명해 낼 수 없는 것이다.

'멍청한 놈.'

상경문은 노안(老顔)을 일그러뜨리며 속으로 아들을 욕했다. 융통성이라고는 조금도 없는 저런 쑥맥이라니…… 하고 탄식하는데, 상필지가 불끈 검을 쥐고 다시 나서고 있었다.

"다시 해봅시다."

한 번 졌고, 한 가지 요구를 들어주었으니 약속을 지킨 것이다. 상필지는 이번에야말로 반드시 소옥을 이겨서 잃어버린 체면을 되찾으려고 단단히 마음먹었다. 그런 상필지의 마음을 아는지 모르는지, 소옥은 멍하니 허공을 바라본 채 움직임을 잊고 있었다. 그녀의 머리 속에는 동창에서 왜 아버님을 잡아갔고, 가족들은 또 왜 그렇게 처참하게 살해당했는지에 대한 의문과 분노만이 가득할 뿐이었다.

"조심하시오!"

상필지가 다시 한 번 외치며 검을 휘둘러 소옥을 찔러갔다. 다시 겨루겠다는 의사를 전했고, 경고도 했으니 할 도리는 다 한 셈이라고 생각했다. 일검으로 조금 전의 실수를 반드시 만회하고 말겠다고 단단히 작정한 듯, 상필지는 처음부터 사문의 검법 중 정교하고 재빠르기로 으뜸이라는 비서검법(飛絮劍法)을 펼쳤다. 소옥의 검세가 날카롭고 교묘한 것을 보고, 화산의 비서검법이 그것에 뒤지지 않다는 것을 보여주고 싶었던 것이다.

미간을 겨누고 부드럽게 흔들리던 그의 검봉이 뚝 떨어지듯이 꺾이며 소옥의 중궁(中宮)을 급히 찔러들었다. 검기가 가슴 앞에 다가들고 있었지만 소옥은 여전히 멍한 눈길을 허공에 던진 채 움직일 줄을 몰랐다. 그대로 그녀의 가슴이 상필지의 검에 찔리고 말 것만 같았다.

"아!"

바라보고 있던 첩경이 놀라 두 손으로 얼굴을 가리며 날카로운 비명을 터뜨렸다. 그 소리에 문득 정신을 차린 소옥의 얼굴이 순간 창백해졌다. 상필지의 검이 옷깃에 닿고 있었던 것이다.

"이얍!"

날카로운 기합성이 그녀의 입에서 터져 나옴과 동시에 허리가 뒤로 꺾이듯 크게 휘어지며 누웠다. 뒤꿈치로 한 번 땅을 찬 소옥의 몸이 등이 바닥에 닿을 듯 누운 채 쏜살같이 미끄러져 나갔다. 철판교(鐵板橋)의 평범한 경신공부였지만, 그것이 소옥의 몸에서 펼쳐지자 절정의 경공 조예인 듯 훌륭한 수법으로 보였다.

상필지가 눈을 부릅뜨고 소옥의 신형을 쫓아 달려나가며 거듭하여 검을 찔러 넣었다. 허공에 누운 채 흐느적거리듯 몸을 꿈틀거리는 그녀의 그림자 사이로 상필지의 검이 아슬아슬하게 스쳐 지나갔다.

퍽, 퍽, 퍽—!

대청의 바닥에 깔려 있는 청석(靑石)이 검봉에 찔려 깨지는 둔탁한 소리가 터져 나왔다. 상필지의 검이 마치 물밑을 헤엄치는 잉어를 쫓아 찔러대는 창처럼 내리꽂히고 있었던 것이다.

호흡을 바꿀 틈조차 갖지 못한 소옥은 가슴이 답답해 옴을 느꼈다. 기력이 급격히 떨어져 더 이상 신법을 펼치지 못하고 등이 바닥에 닿고 말 것 같았다. 그렇게 된다면 땅바닥을 뒹구는 꼴사나운 모습을 보이게 될 것이 뻔했다.

소옥은 이를 악물고 팔꿈치로 청석 바닥을 찍었다. 그 작은 탄력을 빌어 몸을 비튼 그녀가 다시 한 번 상필지의 검을 피해내며 한 발을 번쩍 들어 밑에서 그의 아랫배를 힘차게 걷어찼다. 그 한 수로 상필지에게 막중한 타격을 입힐 것을 기대하지는 않았다. 어쨌든 그는 몸을 피할 수밖에 없을 것이고, 그러면 쳐 올린 발의 힘에 의지하여 몸을 바로잡을 속셈이었던 것이다.

소옥의 그런 임기응변의 수법은 일찍이 사부인 상관혜를 감탄시킨 바가 있었다. 그녀에게는 남다른 순발력과 침착함이 있었는데, 때로는 위태로운 상황에서 엉뚱한 수법을 창출해 내어 비무를 하던 상관혜를 당황하게 한 적도 여러 번 있었다. 상관혜는 그런 소옥을 두고 타고난 감각을 지닌 아이라고 칭찬을 아끼지 않았다.

소옥의 판단대로 상필지는 아랫배를 걷어차 오는 그녀의 발을 피하기 위해 멈칫거려야 했다. 그 순간 몸을 뒤집은 소옥이 한 손으로 바닥을 치고 팽이처럼 맴돌며 삼 검을 일 검인 듯 쏟아내었다. 사문의 태허도룡검(太虛渡龍劍) 중 기초(奇招)로 꼽히는 위룡봉취(魏龍蓬取)의 한 수였다.

"허엇!"

크게 놀란 상필지가 덜려들던 기세를 돌이키며 헛바람을 들이켰다. 재빨리 몸을 비틀어 앞으로 쏠리던 힘의 방향을 튼 그가 매화구검(梅花九劍) 중의 절초(絶招)인 선풍절지(旋風折枝)의 수법으로 어지럽게 검을 흔들었다.

그의 검이 눈부시게 번쩍이며 풍차처럼 맴도는 듯한 순간에 이미 다섯 번을 긋고 세 번을 잘라갔다. 쾌속하기 짝이 없는 중에 검끝에서 눈을 어지럽게 하는 변화가 끊이지 않고 일었다.

쨍, 쨍, 쨍—!

맑고 낭랑한 검명(劍鳴)이 듣는 이들의 가슴을 서늘하게 하며 울려 퍼졌다. 상필지의 검에 부딪친 소옥의 창백한 검광이 세 갈래로 갈라지며 각기 다른 방향으로 뻗어 나갔다. 동시에 그녀가 차올린 발의 탄력을 빌어 허공에서 다시 한 번 몸을 뒤집고 퉁겨지듯 물러서며 바로 섰다. 군더더기없이 깨끗하고 멋진 금리도천파(金鯉倒千波)의 경신 공부였다.

"좋구나!"

눈 깜짝할 사이에 벌어진 그 한 번의 부딪침을 바라보던 상경문이 자신도 모르게 흥분하여 손뼉을 치며 크게 외쳤다.

상필지가 화산검의 웅미수려(雄美秀麗)한 진면목을 아낌없이 드러내 보였다면, 소옥의 검 또한 신랄함에 재빠름을 더하고 날카로운 변화를 무궁무진하게 쏟아내어, 보는 이들의 얼을 빼놓기에 부족함이 없었던 것이다.

상경문은 자신의 육십 평생 동안 이처럼 흥미진진하고 손에 땀을 쥐게 하는 비무는 처음 보는 것이라고 생각했다. 화산 문하에서 아들이 얻은 성취가 흐뭇했지만, 소옥의 솜씨 또한 결코 그에 못지 않은 것이어서 절로 감탄과 흠모의 정이 우러났다.

거친 숨을 몰아쉬며 검을 늘어뜨리고 소옥을 노려보고 있는 상필지의 눈에도 감탄과 회의의 기색이 크게 일렁이고 있었다. 그는 소옥을 얕보았던 처음의 생각을 모두 버릴 수밖에 없었다.

첫 번째의 겨룸은 그녀를 가볍게 여기고 있다가 당한 실수라고 생각했다. 그러나 이번의 겨룸은 단단히 준비를 하고 먼저 움직여 기선을 제압해 간 한 판이었다. 그는 이번에야말로 소옥으로 하여금 검을 던지고 항복하게 할 자신이 있었다. 그러나 결과는 그의 뜻에서 크게 벗어났다.

그는 벽을 등지고 우뚝 서서 검을 움켜쥔 채 이글거리는 눈으로 쏘아보고 있는 소옥을 물끄러미 바라보았다. 땀과 그을음으로 온통 얼룩져 그 용모를 알아볼 수 없을 만큼 험한 몰골이었지만, 두 눈만은 시퍼렇게 살아서 서늘한 한기를 뿌려대고 있었다.

대체 가냘픈 여자의 몸 어디에서 그처럼 재빠르고 힘이 넘치는 움직임이 쏟아져 나올 수 있는 건지 믿어지지 않았다. 한동안 소옥을 지그시 바라보던 상필지가 무거운 얼굴로 입을 열었다.

"낭자의 사문은 대체 어디요?"

어느 곳, 누구에게서 배웠기에 그처럼 놀라운 절기를 지니고 있느냐는 감탄이 섞인 물음이었다. 그의 눈빛에 실려 있는 진지함에서 그것을 읽을 수 있었다. 그러나 소옥은 쌀쌀맞게 코웃음을 쳤을 뿐, 대답 대신 되물었다.

"이번에 당신이 승리했다고 믿나요?"

질문에 대한 대답을 요구하는 것은 처음의 약속대로 승자가 아니면 할 수 없다는 뜻이었다. 상필지는 얼굴만 붉힌 채 말을 하지 못했다. 깊이 생각해 볼 것도 없이 눈앞의 상황만 두고 보아도 결코 자신이 이긴 한 판이라고 주장할 수가 없었던 것이다.

"이번 겨룸은…… 무승부요."

한참 만에야 그가 더듬거리며 그렇게 말했다. 그러자 그때까지 한쪽 구석에 서서 두 사람의 겨룸을 조용히 지켜보기만 하고 있던 첩영(疊瑛)이 앞으로 나섰다.

"아니에요. 이번에도 오라버니가 졌다고 해야 옳아요."

"영아야, 그게 무슨……?"

상경문이 놀라서 눈을 크게 뜨고 첩영을 바라보았다. 그가 보기에도 두 사람은 서로 이기거나 지지 않았다. 다시 한 걸음 나선 첩영이 그런 부친을 바라보고 웃어 보인 다음에 상필지를 보았다.

"오라버니는 스스로 사내대장부임을 언제나 말하지 않았나요? 평소 같았으면 상대가 약하고 여린 여자라는 이유로 적어도 두 수나 세 수는 양보하려 들었을 거예요. 그런데 이번에는 조금의 양보도 없이 똑같이 겨루어 무승부를 이루었으니 그것은 오라버니가 진 거나 다름없어요. 그렇지 않나요?"

"너, 너……."

상필지의 얼굴이 당황과 부끄러움으로 불에 익은 듯 달아올랐다. 그는 이 귀여운 누이 앞에서 언제나 스스로가 사내임을 당당히 내세우며 위엄을 떨치곤 했다. 아녀자와 다툰다는 것은 대장부가 할 일이 아니고, 꼭 그럴 수밖에 없다고 하더라도 반드시 양보하여 주는 것이 공평하다고 말했던 것이다.

남자와 여자 사이에는 부정할 수 없는 차이, 즉 체력이라던가 힘의 강도, 결단력과 과감성 등에서의 타고난 우열이 있으므로 열에 두셋은 양보하고 대해주는 것이 옳다는 것이 평소에 가지고 있던 그의 지론이었다. 그것을 꼬집어 말하는 누이의 얼굴을 보며 상필지는 차마 그 말이 틀렸다고 반박할 수가 없었다.

상필지의 대답을 기다리듯 그 앞에 다가선 첩영이 맑은 눈을 들어 똑바로 바라보며 생글생글 웃고 있었다. 마치 오라비가 궁지에 몰린 것이 재미있어 죽겠다는 듯한 표정이었다. 끙, 하고 신음을 흘린 상필지의 얼굴이 일그러질 대로 일그러졌다.

거친 숨을 씩씩거리던 그가 휴, 하고 한숨을 내쉬고 검을 거두어들였다.

"좋소, 소 낭자. 이번에도 이 상 모(商某)가 졌다고 인정하오."

"이, 이런!"

상경문이 그 뜻밖의 말을 듣고 크게 놀라 주먹을 불끈 쥐고 나섰다. 그러나 일은 이미 틀려 버렸다는 것을 잘 알았다. 명문정파의 제자라는 자부심으로 한껏 도도해져 있는 아들이 그 체면 때문에라도 한 번 내뱉은 말을 다시 번복하고 나설 리가 없었던 것이다.

상경문이 일을 이렇게 만들어 버린 첩영을 사나운 눈길로 쏘아보았다. 그러나 아버지의 무서운 눈길 앞에서도 첩영은 여전히 생글생글 웃기만 할 뿐이었다.

그녀가 어리둥절해 있는 소옥에게 돌아섰다.

"언니의 공부는 정말 대단하군요. 오라버니의 높은 콧대를 그렇게 간단히 꺾어놓을 만큼 고수였을 줄이야…… 무학의 도리는 깊고 넓어서 역시 하늘 밖에 또 다른 하늘이 있다는 것을 소매는 깊이 느꼈답니다."

"너…… 당신, 상 낭자도 무공을 알고 있었군요?"

소옥이 뜻밖이라는 듯 손을 들어 첩영을 가리키며 놀란 얼굴을 했다. 무공을 지니고 있으면서 왜 자신에게 순순히 완맥(腕脈)을 잡혔던 건지 이해할 수 없었다. 소옥의 마음을 안다는 듯 한쪽 눈을 찔끔 감아 보인 첩영이 배시시 웃었다.

"듣기로 곤륜파의 무학이 강호에서 사라진 지 십오 년이 넘었다던데, 언니로부터 다시 시작되는 건가요? 또 듣기로 곤륜의 문호가 어지러워져서 봉문(封門)을 했다던데, 이제 깨끗이 정리된 건가요?"

"억!"

첩영의 말에 귀를 기울이고 있던 상경문과 상필지가 동시에 놀람의 외침을 터뜨렸다. 그들은 설마 소옥이 곤륜문하일 것이라고는 생각지도 못하고 있었던 것이다. 그러나 첩영의 말을 듣자니 그녀가 곤륜의 문하인 것이 분명했다. 그것은 실로 놀라운 일이었다.

만일 곤륜파가 다시 문호를 열고 강호의 일에 나섰다면 그것은 모두의 관심과 주의를 끌기에 충분했다. 무림에서 곤륜파의 명성만큼 신비로우면서 큰 위압감을 가지고 있는 문파는 몇 되지 않았던 것이다.

놀라기는 소옥 또한 마찬가지였다. 몇 번 펼쳐 보인 자신의 검초를 보고 첩영이 단번에 사문을 알아냈다는 것이 믿어지지 않았다. 중원에는 수많은 검파(劍派)가 있었고, 모래 알처럼 많은 검사(劍士)들이 있었다. 그들의 검초 몇 개를 보고 단번에 사문을 알아맞힌다는 것은 보통의 안목으로는 생각할 수도 없는 일이었다.

소옥은 눈을 크게 뜨고 첩영을 다시 바라보았다. 이 곱고 순진해 보이기만 하는 소녀의 안목이 이처럼 높다는 것을 믿기 힘들었다. 그런 소옥을 빤히 바라보던 첩영이 다시 방긋 웃으며 말했다.

"언니가 소매의 궁금증을 풀어준다면 소매 또한 언니의 궁금증을 풀어드리지요."

소옥은 눈앞의 소녀가 전혀 다른 사람인 것처럼 보였다. 순진한 아가씨인 줄만 알았는데, 교활하고 영악하기가 구미호 못지 않다고 생각했다. 자신의 대답 여하에 따라서 그녀 또한 어디까지 말해 줄지를 정하겠다는 것이니 난처한 일이 아닐 수 없었다.

사문의 일을 사부의 허락도 없이 외인에게 함부로 말해 줄 수는 없는 일이었다. 그렇다고 말하지 않는다면 자신이 알고 싶어하는 것을 알아낼 수도 없으니 이럴 수도, 저럴 수도 없었다. 망설이고 있는 소옥의 마음을 안다는 듯 첩영이 살며시 소옥의 손을 잡았다. 웃으며 바라보는 모습이 다정한 자매와도 같았다.

"말할 수 없는 사정이 있다면 굳이 말하지 않아도 돼요. 하지만 언젠가는 소매에게 다 말해 주겠다고 약속해 줄 수 있죠?"

소옥은 고개를 끄덕였다. 첩영이 만족한다는 듯 소옥의 손등을 한번 쓸어주고 나서 이번에는 애처로운 눈빛으로 그녀를 바라보며 한숨을 쉬었다.

"언니 일은 정말 안됐어요. 하지만 그것이 우리 장원에서 저지른 만행이 아니라는 것만은 분명히 알았을 거예요. 아버님도 어쩔 수 없이 그들의 요구를 들어줄 수밖에 없었답니다. 그래서 본의 아니게 언니를 괴롭히게 되었지만 그 정도는 강호에서 함께 살아가는 동도로서 충분히 이해할 수 있다고 봐요."

소옥이 다시 고개를 끄덕였다. 상경문이 동창의 사주를 받아 자신을 잡으려고 했던 것이 괘씸하기는 했지만, 그런 것쯤은 얼마든지 참아줄 수 있었다.

"동생은 동창에서 왜 우리 가족을 그처럼 대했는지 알고 있겠지요? 또 누가 그처럼 천인공노할 짓을 저질렀는지도."

"물론이지요. 하지만 소매가 말하지 않는다고 해도 머지않아 언니 스스로 알 수 있게 될 거예요."

자신의 질문에 소옥이 대답해 주지 않았으니 자기 또한 소옥의 물음에 대답해 주지 않겠다는 말이었다. 소옥은 강요할 수 없다는 것을 알았다. 그러니 애써서 상가장에 뛰어들어 한바탕 난리를 친 것이 다 쓸데없는 일이 되고 말았다. 더 이상 이곳에서 시간을 보내고 있을 수 없다고 생각한 소옥이 처연한 얼굴로 첩영을 보며 한숨을 쉬었다.

"그렇다면 나는 실례를 한 셈이군. 이제 이곳에 더 있을 필요가 없으니 이만 가겠어요."

그녀가 돌아서자 바라보고 있던 상필지가 움찔하며 옆으로 비켜섰다. 상경문은 난처했다. 소옥을 붙잡아 동창에 넘겨주려고 했던 처음

의 계획이 어긋나 버린 것이다. 동창에서 이 일을 트집잡아 온다면 뭐
라고 변명할 여지가 없었다. 하지만 스스로 패배를 인정해 버린 아들
이 더 이상 나설 것 같지 않았고, 첩영 또한 그녀를 돌려보내려고 하니
난처했다.

'그래도 잡아버릴까?'

잠시 염두를 굴리던 상경문은 또한 그것도 쉽게 결정할 수 없었다.
소옥이 곤륜문하라는 것을 안 이상 곤륜의 사정을 확실히 알지 못하고
는 함부로 나서서 그들과 원한을 맺을 수도 없었던 것이다.

'빌어먹을 짓이다.'

상경문은 속으로 투덜거릴 수밖에 없었다. 배짱대로 해버리기에는
아직 힘이 약했고, 돌아가는 대로 두고 보기만 하자니 이것저것 마음에
들지 않는 것이 많았다.

늙은 마음에는 언제나 근심이 많고 그래서 늘 조심스럽고 불안하기
마련이었다. 그가 이런저런 생각들로 마음의 갈피를 잡지 못하고 있는
데 소옥이 쌀쌀맞은 얼굴을 하고 곁을 스쳐 지나갔다.

"언니, 부디 보중하세요. 다시 만나게 되기를 바래요."

첩영이 소옥의 등에 대고 간곡하게 말했다. 멈칫했던 소옥은 그러나
끝내 그녀를 돌아보지 않았다.

소옥의 모습이 다시 어둠 속에 잠겨 보이지 않게 되자 상경문이 휴,
하고 길게 한숨을 쉬었다.

"이번 일이 화가 될지, 복이 될지 알 수 없구나."

"화는 언제나 가까이 있고, 복은 멀리 있는 것처럼 생각되지만 화가
변하여 복이 된다는 말처럼 세상일이란 변화가 무쌍하니 어느 것이 먼

저고 어느 것이 나중이라고 말할 수 없는 법이에요. 그러니 너무 걱정하지 말고 형편 돌아가는 대로 따르면 되지 않겠어요?"

첩영이 오히려 어른스러운 말투로 늙은 아버지를 위로하였다. 상경문의 얼굴에 고소(苦笑)가 떠올랐다. 이제 막 연꽃처럼 화사하게 벌어지기 시작하고 있는 딸을 물끄러미 바라보던 상경문이 허허, 하고 웃었다.

"그래, 네 말이 맞다. 늙은 아비가 쓸데없는 일에 너무 걱정을 하고 있나 보다."

제4장

또 하나의 만남

또 하나의 만남

들어올 때와 마찬가지로 후원의 담을 넘어 장원을 등진 소옥은 마음이 편치 않았다. 복수를 위해 타오르던 분노가 터져 나갈 방향을 찾지 못하고 가슴속에 응어리져 숨을 답답하게 했다. 그것을 풀어버리기라도 하듯 어둠 속을 힘껏 달린 그녀는 그 밤이 샐 때까지 미친 듯 몇 개의 산 능선을 뛰어넘었다. 두려움도 잊은 채였다.

몸에 피로가 가득 차 물먹은 솜처럼 늘어질 지경이 되어서야 발을 멈춘 그녀가 젖은 풀을 깔고 벌렁 누워버렸다. 가슴이 터질 듯 고동쳤고, 맥박이 놀라서 급하게 뛰었다. 거친 숨이 턱에 치받쳐 올라왔다.

한동안 꼼짝하지 않고 누워 온몸을 내리누르는 피로와 고통을 오히려 달갑게 느끼고 있던 소옥이 천천히 몸을 일으켰다. 이미 후줄근하게 젖고 얼룩져 더러워진 옷 따위에는 신경조차 쓰지 않게 되었다. 머리카락마저 헝클어질 대로 헝클어진 것이, 광녀(狂女)가 새벽이 깃들어

오는 숲에 홀로 앉아 넋을 놓고 있는 것 같았다.

그렇게 멍하니 앉아서 자신의 처량한 신세와 어머니와 두 동생의 죽음을 생각하던 소옥은 기어이 참지 못하고 무릎을 감싸 안은 채 울음을 터뜨리고 말았다. 그녀의 서럽게 흐느끼는 울음소리가 숲을 적시며 나지막이 깔려오는 새벽 안개에 파묻혀 흘러갔다.

습하고 차가운 살갗을 비벼오듯, 점점 다가온 안개가 발목을 적시더니 이내 가슴과 얼굴을 덮고, 괴괴한 적막에 잠겨 있는 산 중동을 몽롱하게 가라앉혀 갔다. 그 깊은 안개의 바다 속을 처량하게 떠돌던 울음소리가 점점 잦아들었다.

무겁게 가라앉은 침묵을 깔고 물소리가 낮게 들려왔다. 무릎에 얼굴을 파묻은 채 쪼그리고 앉아서 그 소리를 듣고 있던 소옥이 눈물로 얼룩진 얼굴을 들었다. 안개에 온몸이 젖고, 마음은 자신의 눈물로 더욱 젖어 이제는 더 젖을 수가 없었다.

개울을 찾아 내려간 소옥은 쪼그리고 앉아 더러워진 얼굴을 닦고 두 손 가득 맑고 차가운 물을 움켜 마셨다. 머리 속이 한결 깨끗해졌다.

'아버지를 찾아가자.'

마음속으로 그렇게 결정했다. 더 이상 어머니와 동생들의 죽음에 사로잡혀 스스로를 헛된 슬픔 속에 내던져 두고 있을 수만은 없었다. 아버지가 아직 살아 계시다면 남창부의 뇌옥을 깨뜨리고서라도 구해드리리라고 결심하고 일어섰을 때, 소옥은 비로소 그를 보았다.

젖은 가문비나무 아래에 서서 그는 몽롱한 안개로 온몸을 감싼 채 풀잎을 질겅질겅 씹고 있었다. 숨을 내쉴 때마다 코끝에서 안개가 부드럽게 흔들리며 밀려났다. 칼집 끝에 맺혀 있던 물방울 하나가 풀잎

위로 떨어져 내렸다.

그는 마치 한 그루의 나무로 뿌리내리고 있는 듯 보였다. 소옥은 어쩌면 내가 그를 나무로 알고 이 새벽 내내 그의 앞에 쪼그리고 앉아 울었던 건지도 모른다고 생각했다. 그렇게 생각될 만큼 그는 자연스러웠고, 정물(靜物)인 듯 고요하기만 했던 것이다.

소옥과 그의 사이를 두터운 안개가 깊은 강처럼 느리게 흘러갔다. 한줄기 서늘한 바람이 불어왔고, 그들을 감싸고 있던 안개가 놀라며 흩어지자 그의 얼굴이 문득 드러났다.

"악!"

그것을 본 순간, 소옥은 자신도 모르게 뾰족한 비명을 지르고 주춤 한 걸음 물러서고 말았다. 다시 안개가 그의 차가운 얼굴을 가렸지만 소옥의 머리 속에는 그의 눈과 턱과 꾹 다문 입술과 뻣뻣이 일어선 수염들이 새겨진 듯 남았다.

"너, 너……!"

소옥이 이를 악물고 손가락을 뻗어 그를 가리키며 무언가 말을 하려고 했다. 그러나 가슴속이 탁한 기운으로 꽉 막혀 버린 듯 답답한 숨만 거칠게 내쉴 뿐, 말을 잇지 못했다.

"바로 너였군."

그가 소옥을 알아본 듯 한 번 고개를 갸웃하고는 어이없다는 듯 풀썩 웃었다.

소옥은 그를 본 적이 있었다. 그리고 아직도 그때를 생생하게 기억하고 있었다. 그것은 열흘 전 정강령(鼎岡嶺)을 내려와 연화현(蓮化縣)에 들었을 때였다. 주루 안에서 그녀는 그와 두 명의 수하들을 본 것이다. 그때 그는 동창의 창위 복장을 하고 있었다. 그런데 지금은 아니었고, 혼자였다. 하지만 여전히 그는 그인 것이다.

그때도 소옥은 그가 동창의 창위라는 것에 대해 거센 반감을 느꼈었다. 그런데 지금은 반감을 넘어 살의를 느끼게 되었다. 그 거친 느낌과 흥분과 격정이 소옥의 가슴을 터질 듯 부풀리며 뛰게 했다.

"나는 단목기라고 한다. 너를 뒤쫓아 왔지."

턱을 한 번 좌우로 움직여 보고 난 사내가 젖어 있는 음성으로 낮게 말했다. 소옥의 귓속에 사내의 말들이 먼 메아리가 되어 웅웅 울렸다. 한 손으로 얼굴에 흘러내리는 차가운 물기를 쓸어낸 소옥이 머리를 흔들어 이마에 달라붙은 머리카락을 털고 사내를 노려보았다.

이를 악물고 눈에 힘을 주자 안개를 뚫고 서서히 밝아오는 여명 속에 서 있는 사내의 눈빛이 똑똑히 보였다. 차갑게 가라앉아 있었고, 마치 감정이 없는 들짐승의 그것처럼 젖어 번들거리는 눈동자였다.

잠시 소옥의 대답을 기다리며 조용히 서 있던 사내가 한 발을 내딛었다. 그러자 무겁게 가라앉아 있던 안개가 놀라 그의 발 아래에서 크게 일렁거렸다. 그러더니 안개는 다시 골짜기를 타고 불어 올라온 바람에 쓸리며 빠르게 흩어져 가기 시작했다. 산 아래에는 마을이 있는 듯, 개 짖는 소리가 아스라이 바람을 타고 들려왔다.

'죽인다.'

처음으로 누군가에게 살기를 느낀 소옥이 입술을 악물고 검집을 쥔 손에 불끈 힘을 주었다. 그것을 아는지 모르는지, 거침없이 다가온 사내가 소옥과 대여섯 걸음의 거리를 두고 멈추어 섰다.

"네가 바로 삼 년에 한 번씩 찾아온다는 소가(蘇哥)의 여식이겠지?"

다시 건조한 단목기의 음성이 소옥의 머리 속을 두드렸다.

이미 알고 찾아온 자에게 굳이 대답해 줄 여유 따위는 없었다. 대답 대신 소옥은 재빨리 주위를 둘러보았다. 사내 외의 기척은 느껴지지 않았다. 다음으로 그녀는 자신과 단목기가 서 있는 곳에 신경을 썼다. 소옥의 눈살이 보일 듯 말 듯 살짝 찌푸려졌다.

단목기는 높은 곳에 서서 내려다보고 있었고, 자신은 한 걸음 뒤에 개울을 둔 채 낮은 곳에 서서 그를 올려다보아야 했다. 불리한 위치였다.

소옥의 마음을 안다는 듯 단목기가 빙긋 웃어 보였다.

"올라와도 좋다."

그가 성큼 걸음을 떼어 물러섰다. 소옥은 망설이지 않고 둔덕으로 올라갔다. 비로소 같은 위치에서 마주 서게 되었으나 그는 키가 컸고 소옥은 그에 비하여 작은 체구였으므로 여전히 올려다볼 수밖에 없었다.

"남자와 여자의 차이라는 거다."

물끄러미 소옥의 불만스러워하는 얼굴을 바라보던 단목기가 던지듯 말했다. 네가 아무리 뛰어났고, 아무리 잘났어도 결국 여자에 불과하다는 무시였고, 경멸이었다. 그의 오만과 우월감 앞에서 소옥은 질끈 입술을 깨물었다.

"이상하군. 너는 상가의 늙은이를 만나지 못했나? 그가 곱게 놓아 보냈을 리가 없는데……."

단목기가 태연스런 얼굴로 지나가는 말처럼 물어왔다. 소옥은 그 말 속에서 이 자가 자신이 장원의 담을 뛰어넘는 것을 지켜보았고, 그곳을 나온 뒤로도 내내 뒤를 따르고 있었다는 것을 알았다. 그러면서도 끝까지 기척을 감추고 있었으니 역시 만만하게 볼 상대가 아니었다.

"만나보았지. 하지만 그는 고작 동창의 꼭두각시에 불과했더군."

"그런가? 그렇다면 그런 거지."

그녀가 멀쩡한 모습으로 장원을 나온 이유를 알았다는 듯 단목기가 풀썩 웃고 나서 다시 한 번 턱을 좌우로 움직여 보았다.

소옥은 느물대는 그의 말투가 싫었다. 무표정한 얼굴도 싫었다. 살기를 드러내고 있는 상대 앞에서 적어도 긴장을 하거나 경계하는 기색은 있어야 정상일 테지만, 단목기는 마치 친구와 마주 서서 이야기하고 있기라도 한 듯 태평스러워 보였던 것이다. 소옥은 그것이 이자가 그만큼 자신을 무시하고 있기 때문이라고 여겼다.

"왜 내 가족들을 그처럼 무참하게 살해했지?"

"누가? 내가 말인가?"

알 수 없다는 듯한 표정으로 소옥을 빤히 바라보던 그가 하하, 하고 가볍게 웃었다.

"그건 남창부의 관병들이 한 짓이다. 하지만 내가 그랬다고 믿는다면 그것도 그런 거지."

"흥, 그들은 동창의 사주를 받았을 테니 당연히 너희 창위 놈들이 한 짓이나 다를 게 없다."

"좋아. 부정하지 않겠다."

단목기는 너무나도 당당하기만 했다. 그것이 오히려 소옥을 당황하게 했다.

"내 아버님은 어떻게 된 거냐? 그분이 무엇을 잘못했지?"

"모르고 있었나?"

단목기가 또 한 번 의외라는 듯 눈을 둥그렇게 떠 보이고 나서 고개를 갸웃했다.

"그는 동림당원이었다. 조정에서는 강서성의 동림당을 뿌리 뽑으라는 지시를 내렸지. 나는 나라의 녹을 먹고 있으니 지시에 따를 뿐이다."

"틀렸어!"

소옥이 악에 받쳐서 소리쳤다. 그녀의 날카로운 고함 소리에 놀랐던지, 머리 위에서 몇 마리의 새들이 푸드덕거리며 새벽 하늘을 보고 날아올랐다.

"위충현의 사주를 받았다고 해야 하겠지. 너는 위충현의 개다. 그러니 그 늙은 내시 놈을 위해 짖고 꼬리친 것이라고 말해야 옳다!"

단목기가 눈살을 찌푸렸다. 그의 얼굴에 처음으로 불쾌해하는 기색이 떠올랐다. 그러나 그것은 곧 사라져 버리고 다시 무심한 얼굴로 돌아온 그가 책을 읽듯 말하기 시작했다.

"그것이 위 태감의 뜻이었다고 해도 황제 폐하의 조서를 받아 하달되었으니 곧 황제 폐하의 명인 것이다. 나는 폐하의 명을 받들었을 뿐이다. 폐하께서는 동림당은 대역무도한 자들이라고 하셨다. 그러니 그들과 그들의 직계 가족은 마땅히 참수를 면치 못한다. 너의 가족 또한 그랬던 것이다. 그리고 너도 예외가 될 수는 없다. 그것을 부정한다면 그것은 지엄하신 황제 폐하의 뜻을 거스르는 불충이고 불의이며 역시 대역무도한 것이다."

"개소리! 너는 역시 개소리밖에 할 줄 모르는 개잡종이다!"

욕이라고는 여태까지 살아오면서 처음으로 해본 소옥이 스스로의 말에 깜짝 놀라 멍하니 단목기를 바라보았다. 그녀도 자신이 그런 욕을 할 수 있으리라고는 생각해 보지 못한 모양이었다.

단목기의 얼굴이 차갑게 굳어졌다. 소옥이 평생 처음으로 욕을 해본 것이라면, 단목기는 평생 처음으로 여자에게서 그런 지독한 욕을 들은 것이다. 그의 눈 깊은 곳에서 노여움의 불길이 서서히 타오르기 시작했다.

"계집, 스스로 명을 재촉하는구나."

어금니를 꾹 물고 난 그가 비로소 감정이 실린 음성으로 말했다. 그 스산한 말투에 소옥은 머리끝이 곤두서는 것 같았다. 더 이상 이자와 말싸움을 계속하고 있다가는 기세에서 선수를 빼앗기고 말 것만 같았다.

"우선 너를 죽여서 내 어머님과 동생들의 원혼을 달래겠다!"

이를 악물고 소리친 소옥이 결연하게 검을 뽑아 들었다. 쨍, 하는 맑은 울림과 함께 서늘한 검광이 뻗어 주위를 밝혔다.

단목기의 눈이 번쩍이며 빛나기 시작했다. 소옥의 손에 들린 검을 바라보는 그의 표정이 무겁게 가라앉았다. 음, 하고 탄성을 흘린 그가 한 걸음 성큼 물러섰다.

"검을 뽑은 이상 죽거나 아니면 죽일 뿐, 그 외의 것은 없다."

소옥은 입술을 깨물었다. 검끝에 목숨을 건다는 말의 의미가 새롭게 가슴에 와 닿았다. 그건 사부로부터 얌전히 가르침을 받으며 들었을 때와는 다른 통렬함이었다. 칼 위를 걷고, 피로 검을 씻는다는 강호의 삶에 대한 강렬함이 단목기의 한마디 말속에서 고스란히 전해져 온 것이다.

소옥은 자신도 모르게 부르르 몸을 떨었다. 아직 한 번도 검을 쥐고 초식을 떠올리면서 죽음이라는 것을 함께 생각해 본 적은 없었다.

'하지만……'

소옥은 자칫 두려움으로 물러서려는 마음에 못을 박았다. 눈앞의 이 창위 놈은 거칠고 무서워 보이지만 부모님의 원수였고 동생들의 원수였다. 내 손으로 반드시 죽여 마음속의 원한을 조금이라도 씻겠다고 단단히 결심했다.

"지금이라도 늦지 않았다. 다시 한 번 생각해 보아라. 네가 순순히 나를 따라간다면 목숨만은 건질 수 있게 될지도 모른다."

소옥의 눈 속에 스쳐 간 두려움을 놓치지 않고 붙든 단목기가 침중한 음성으로 마지막 경고를 했다.

"개소리! 네 목이나 잘 간수해!"

두려움을 떨쳐 버리려는 듯, 크고 날카롭게 외친 소옥이 숨도 바꾸지 않은 채 다섯 걸음을 미끄러져 다가서며 검봉을 떨쳐 냈다.

그녀의 손끝에서 미묘한 조화가 펼쳐진 듯했다. 미간을 노리고 곧장 찔러오던 검이 코앞에서 뚝 떨어지며 세 가닥의 날카로운 경기를 뿌리고 가슴과 단전을 동시에 엄습해 들었다. 하나였던 검이 돌연 세 개로 나뉜 듯한 그 교묘한 수법이 단목기를 당황하게 했다.

땅─!

둔하고 무거운 소리가 새벽을 흔들고 터져 나왔다. 한 걸음을 물러서서 소옥의 예봉을 비낀 그가 칼을 들어 손잡이로 검을 밀어낸 것이다.

검신을 타고 옮겨오는 단목기의 무거운 내력이 소옥의 가슴을 답답하게 했다. 간단한 움직임으로 자신의 화룡자미(火龍紫微) 일초를 가볍게 젖혀내는 솜씨에 놀란 소옥이 다음 초식을 펼쳐 낼 생각을 잊은 채 멈칫거렸다.

그런 소옥 앞에서 단목기 또한 무엇인가를 생각하는 듯 미간을 좁힌 채 고개를 갸웃거리고 있었다. 그가 음, 하는 신음을 흘리고 나서 번쩍이는 눈으로 소옥을 쏘아보았다.

"다시 한 번 해봐라."

놀림을 당하고 있다는 생각에 이어서 불같은 분노가 소옥의 가슴을 달구었다.

"이얍!"

앙칼진 기합성과 함께 소옥이 마음속에 남아 있던 한 가닥 두려움의 끈을 놓아버리고 필살의 기세로 다시 검격(劍擊)을 가하기 시작했다.

그녀의 검에서 바람이 찢기는 소리가 날카롭게 터져 나왔다. 충만한 진기를 응집시킨 검신(劍身)이 웅웅거리며 우렛소리로 울었고, 번쩍이는 검광이 눈을 찔렀다.

소옥은 마치 신이 내린 듯했다. 오직 죽이고 말겠다는 일념이 그녀의 얼굴마저 무섭게 변모시켰다. 이를 악물고 거친 숨을 내뱉으며 한 번 검을 휘둘러 다섯 방위를 가로막고 세 방위를 찌르고 베어가는 모습이 온몸을 휘저으며 요란한 춤을 추는 것 같았다. 사문의 검법 중 빠르고 사납기로 이름 높은 분광전검(分光電劍)이었다.

여전히 칼집을 굳게 움켜쥐고 있을 뿐인 단목기가 견디지 못하고 쿵쿵거리며 정신없이 여덟 걸음이나 밀려났다.

한 걸음마다 한 초식의 검로(劍路)가 틀에 찍어낸 듯 정교하고 때에 알맞게 쏟아져 나와 끊이지 않고 이어졌다. 소옥이 여덟 걸음을 날듯이 쫓아 들어가며 여덟 번 검을 휘둘러 분광전검의 팔식(八式) 이십사초(二十四招)를 벼락치듯 쏟아내었으나, 단목기는 그때마다 간발의 차이로 그것들을 모두 비껴내고 있었다.

'이럴 수는 없다!'

소옥은 거칠어진 숨을 가다듬을 생각마저 잊고 놀람으로 부릅뜬 눈을 단목기에게 못 박은 채 멈추어 서고 말았다. 자신의 분광전검 팔식을 맨몸으로 고스란히 받아내는 자가 있다는 것을 믿을 수 없었다.

"음, 너는 곤륜문하였군."

단목기가 창백해진 얼굴로 소옥을 뚫어질 듯 바라보며 중얼거렸다. 그 또한 몹시 놀란 듯 숨을 몰아쉴 때마다 가슴이 크게 들썩이고 있었다.

"대단하다만, 그것으로는 나의 터럭 하나 어쩔 수 없다."

단목기의 말이 소옥의 가슴에 더욱 불을 지폈다. 이를 악문 그녀가 한마디 대꾸도 없이 다시 매섭게 검을 휘둘러 덮쳐들었다. 이번에는 반드시 심장을 뚫어버리고 말겠다는 의지가 검끝에 고스란히 살아서 검보다 먼저 뻗어왔다.

칠보유홍분심검(七步幽虹分心劍)이 물결치듯 부드럽게 일렁이며 단목기를 감싸갔다. 뒤의 검파(劍波)가 앞의 검파를 밀어내며 도도하게 뻗어 나오는 것이 연환검세(連環劍勢)인 듯 막힘이 없었고, 끊임이 없었다. 살기로 가득 찬 검기조차도 그 부드럽고 매끄러운 검초 속에 녹아들어 가볍고 우아한 중에 날카로움을 더해주고 있을 뿐, 어디에도 흉험하다는 느낌이 들지 않았다.

"흥!"

단목기가 어깨를 움찔거리고 몸을 틀어 검세를 비껴가며 코웃음을 쳤다. 그가 손을 뻗어 한곳을 가리키자, 소옥은 문득 검로(劍路)가 가로막혀 답답해지는 것을 느꼈다.

그녀가 초식을 바꾸려는 순간마다 단목기는 손가락을 뻗어 요로(要路)를 미리 점해갔다. 놀란 소옥이 재빨리 검을 틀어 초식의 변화를 생각하면 단목기는 기다렸다는 듯 이번에는 칼집을 불쑥 내밀어 역시 맥을 한 발 앞서 끊곤 했다.

그가 역칠보(易七步)를 밟아 소옥을 따라 움직였다. 단목기가 한 발 내딛는 곳은 언제나 소옥이 먼저 밟고 서야 할 보법의 맥점이었고, 그가 낮게 기합을 발하는 때는 또한 언제나 소옥이 탁한 기를 뱉어내기 위해 운기하려는 순간이었다.

그때마다 소옥은 진기가 시원하게 흐르지 못하고 탁탁 막히는 것을 느꼈다. 조금씩 더운 기운이 가슴속에 쌓여가더니 이제는 숨통을 막아서 호흡하기가 곤란해질 지경이 되었다.

"치잇!"

소옥이 분한 휘파람을 불어내 탁한 기를 뽑아내며 껑충 뛰어 물러섰다. 그녀의 눈이 표독스런 독기를 담고 단목기를 노려보았다.

"어떻게 알고 있지?"

단목기가 사문의 칠보유홍분심검법의 투로를 훤히 꿰뚫고 있지 않은 이상 이런 일은 불가능했다. 소옥은 그게 궁금했다. 어떻게 이자가 사문의 투로에 대하여 그처럼 잘 알고 있는 건지 의아해하는데, 단목기가 그때까지 쥐고 있던 칼을 뽑아 들었다.

"받아보아라!"

불쑥 외친 그가 머리 위에서 한 바퀴 높게 휘두른 칼을 급하게 내리쳐 왔다. 씨잉— 하는 칼바람 소리가 날카로운 호각 소리처럼 귀청을 찔렀다. 깜짝 놀란 소옥이 급히 두 걸음을 물러서며 검을 휘둘러 횡으로 후려쳐 갔다.

그러나 단목기의 그 한 수는 다만 소옥으로 하여금 반응하게 하기 위한 수단이었던 듯, 그가 칼끝을 비틀며 교묘하게 소옥의 검봉을 비껴내고 한 발을 크게 내딛었다. 성큼 다가서며 뻗어내고 휘어치는 칼끝이 막 떠오르기 시작한 아침 햇빛을 물방울처럼 흩뿌렸다.

가슴을 찌를 듯이 내뻗었다가 가로막히자 슬쩍 반 걸음을 비껴 딛으며 한쪽 어깨를 내려뜨리고 부드럽게 칼끝을 돌려 베어드는 수법은 칠보유홍분심검(七步幽虹分心劍) 중의 정묘한 초식인 비홍유음(飛鴻裕蔭)이었다.

깜짝 놀란 소옥이 재빨리 댓돌며 어지럽게 검을 휘둘러 단목기의 칼끝을 이리저리 쳐냈다.

쨍—!

맑고 낭랑한 쇳소리가 고요한 숲을 깨우며 오래도록 울려 퍼졌다.

소홍의 검에 의해 밀려난 단목기의 칼이 다시 허공을 맴돌다가 벼락처럼 떨어져 내렸다. 정수리를 눌러오는 칼빛의 흉험함과 재빠름이 소옥의 정신을 아뜩하게 했다. 그것은 분명히 분광전검(分光電劍) 중 날카로움이 제일인 축영백운(逐靈魄云)이었다. 그러나 수법은 축영백운이었으되, 쳐 나오는 투로는 그것에서 벗어나 분심검 중의 험악한 초식인 삼보경혼(三步驚魂)을 닮은 데가 많았다.

소옥은 순간 어떻게 대응하야 할지 수법을 떠올리지 못한 채 당황하고 말았다.

피이잉—!

날카로운 휘파람 소리를 나며 떨어져 내린 칼이 소옥의 어깨 위에서 뚝, 멎었다. 견갑골(肩胛骨) 속으로 파고든 한줄기 싸늘한 기운이 등줄기를 타고 온몸에 퍼졌다. 소옥은 질끈 눈을 감아버리고 말았다.

'대체 이렇게 변하는 수법이 있었단 말인가?'

정신이 몽롱한 중에도 소옥은 그것을 생각했다. 번개처럼 사문의 검법들을 훑어 떠올려 보았지만, 어디에도 이런 수법과 변화는 없었다.

'사악하다!'

소옥은 단목기가 보여준 그 한 수가 사악하기 이를 데 없는 수법이라고 생각했다. 사문의 정대한 투로에서 벗어나 교활하고 난폭하며 거칠었다. 그러나 또한 그것은 자신이 알고 있는 그 어떤 변화보다도 위력적이고 효과적인 실전(實戰)의 수법이기도 했다.

새파랗게 질려 있는 소옥을 물끄러미 바라보던 단목기가 씩, 웃으며 칼을 거두어들였다. 그러나 그녀는 여전히 초점이 없는 눈길로 멍하니 허공을 바라본 채 온몸을 바들바들 떨고 있을 뿐이었다.

짝—!

단목기가 소옥의 뺨을 때렸다. 그 충격이 그녀를 혼미에서 깨어나게 했다.

"너, 너…… 그게 대체 무슨 요상한……."

그녀가 손가락을 들어 가리키며 떨리는 음성으로 더듬거렸다. 단목기가 보여준 그 한 번의 교묘한 변화의 충격에서 아직도 완전히 벗어나지 못한 게 분명했다.

"네가 익히 알고 있는 것들이다."

소옥은 마음속으로 그렇다고 외쳤다. 그것들은 분명히 방금 자신이 펼쳐 보였던 검법들 중의 초식이었다. 하지만 그것은 달라도 한참을 다른 것이기도 했다. 그렇다면 어째서 같은 검법이 그렇게 판이하게 달라질 수 있는 건가? 하는 의문이 다시 소옥을 사로잡았다.

단목기가 그런 소옥의 마음을 안다는 듯 칼을 집어넣으며 혼잣말처럼 중얼거렸다.

"투로를 버리고 초식을 잊어라. 사부 앞에서는 칭찬을 받았겠지만, 목숨을 건 싸움에서는 오히려 짐이 될 뿐이다."

발목을 타고 뿌리가 내려 땅속 깊이 박혀 버린 듯, 그렇게 서 있기만 한 소옥을 두고 미련없이 돌아서는 그의 등이 더욱 단단해 보였다. 단목기의 모습이 서서히 깊은 속을 드러내 보이고 있는 새벽 숲의 고요를 흔들며 사라져 갔다. 소옥은 그의 모습이 이제는 엷어져 가는 안개 너머로 사라져 보이지 않게 되고서도 한참 동안이나 그렇게 서 있었다.

그녀의 머리 속에는 아직도 단목기가 보여준 그 한 초식의 변화가 가득 차 있었고, 그녀의 눈앞에는 무표정하게 바라보는 단목기의 각진 얼굴이 가득 남아 있었다.

"단목기……."

가만히 그의 이름을 불러보았다. 또다시 두려움과 충격과 증오와 원망의 거센 바람이 가슴속을 황폐하게 하며 휩쓸어갔다.

조금만 깊이 생각해 본다면 그가 어떻게 사문의 검법에 대하여 그처럼 잘 알고 있는 것인지 짐작해 낼 수 있으련만, 소옥은 오직 눈앞에 어른거리는 그의 얼굴과 칼만을 생각할 수 있을 뿐, 자기 자신이 처음 느꼈던 그 지독한 살기마저 잊고 있었다.

*　　　*　　　*

"곤륜문하란 말이지?"

능선 두 개를 단번에 뛰어넘어 깊은 골짜기에 내려선 단목기가 개울물에 발을 담근 채 중얼거렸다. 그녀가 펼쳐 보인 검초로 보아 소옥은 곤륜문하가 분명했다. 그렇다면 그녀는 자신이 찾고 있던 사매인 것이다.

단목기의 얼굴 가득 곤혹스러워하는 기색이 떠올랐다. 그는 이 일을 두고 어떻게 받아들여야 할지, 어떻게 처리해야 할지 혼란스럽기만 했다.

"사부님도 그것을 모르고 계셨을까?"

어쩌면 그럴지도 모른다고 생각했다. 그랬기에 사부는 소양진을 이야기하면서도 그의 딸이 곤륜의 문하라는 것은 말해 주지 않은 것이다. 아니, 사부는 어쩌면 모든 것을 알고 있었는지도 몰랐다. 그렇기 때문에 일부러 말해 주지 않았을 수도 있었다.

그러나 어느 쪽이 되었든 여전히 이해할 수 없는 건 또 있었다.

"어째서 진경(眞經)이 소양진의 집에 있을 것이라고 생각했을까?"

소양진은 곤륜파와 아무런 관계도 없는 작은 현의 관리에 불과했다. 사부가 곤륜의 보물이 그에게 있을 것이라고 생각한 이유가 궁금했다.

"육지평 그놈은 알고 있었을까?"

문득 육지평(陸知坪)이 정강령에서부터 소옥과 동행하고 있었다는 데 생각이 미치자 그 교활한 놈이 자신을 속였다는 불쾌감마저 들었다. 놈이 그녀가 사매라는 것을 알고 있었으면서도 자신에게는 모르는 사람이라고 시치미를 떼었다고 생각한 것이다. 그렇다면 그는 진경에 대한 일도 훤히 알고 있을 것이었다.

"먼저 그것부터 확인하도록 하자."

마음을 정한 단목기가 다시 성큼성큼 개울을 건너갔다. 육지평이 자신을 속인 것이라면 사형 된 입장에서 따끔하게 교훈을 주지 않을 수 없었다. 또한 그에게서 진경에 관한 일을 알아보기도 할 작정이었다.

단목기는 사조(師祖)께서 필생의 심득(心得)을 적어 남긴 용화진경

(龍華眞經)이라는 이름의 기서(奇書)가 있다는 것에 대해서만 알 뿐, 그
것이 구체적으로 어떤 건지, 어떤 쓰임이 있는지에 대해서는 알지 못하
고 있었다. 다만 사부가 그것에 강한 집착을 보이고 있는 것으로 미루
어보아 그것이 사문의 무학을 대성하고, 장문 직을 계승하는 데 꼭 필
요한 것이리라고 짐작할 뿐이었다.

단목기는 자신의 사부를 하늘처럼 믿었다. 그런 사부가 소양진을 지
목한 이상, 어떤 연유로든 그가 진경과 무관하지 않을 것이라고 생각했
다. 그가 무림인이든 아니든, 곤륜과 인연이 있는 사람이든 아니든 그
것은 중요하지 않았다.

더구나 그의 딸이 곤륜문하에 적을 두고 있다는 것은 심상치 않은
일이었다. 어쩌면 그녀에게 진경이 돌아가도록 하려는 은밀한 배려가
있는 건지도 몰랐다. 그렇다면 역시 그것에 대하여 가장 잘 아는 사람
은 소양진이고, 소소옥 그녀가 될 것이었다.

그러나 단목기는 그녀가 자신의 사매가 된다는 것을 확인한 순간 소
옥을 잡아 다그치려는 마음을 버리고 말았다.

단목기는 처음 사부로부터 사문에 사숙(師叔)과 사고(師姑)가 있다는
말을 들었을 때 뛸 듯이 반가워했다. 한 사부 밑에서 함께 배우지는 않
았지만, 자신에게 동문의 사제와 사매가 있을 것이라는 기대감 때문이
었다. 나 외의 다른 사람에게서 동질성과 일체감을 느낄 수 있다는 건
행복한 일이었다.

그는 오 년 전에 육지평을 만나보았다. 그리고 자신의 생각 이상으로
훌륭해 보이는 사제에게서 기쁨과 사랑을 느꼈다. 그 뒤로 그는 남모르
게 사매를 찾기 시작했다. 아직 사고(師姑)는 한 번도 보지 못했으나, 그

녀 또한 사숙과 마찬가지로 훌륭한 제자를 두었을 것이라고 생각했다. 그리고 그 제자는 여자일 것이 분명했다.

그러자 나의 사매는 어떤 사람일까, 하는 궁금중이 그를 참을 수 없게 했다. 한 명일까, 두 명일까. 아직도 수련 중일까, 아니면 강호에 나와 있을까…….

단목기는 육지평을 만나보고 난 뒤 더 이상 참지 못하고 사부에게 물어보았다. 그러나 그 일에 대해서 사부는 굳게 입을 다물 뿐이었다. 단목기의 궁금중은 더욱 커져 갈 수밖에 없었다. 그런 중에도 사형제들이 함께 모여 마음을 나누고 힘을 모은다면 자신의 사문은 천하제일일 것이라는 자부심이 그를 들뜨게 했다.

그때부터 그는, 사문에 부끄러운 사정이 있어서 지금은 이처럼 숨어 지내고 있으나, 언젠가는 사형제들의 손을 잡고 떳떳이 강호에 나서서 사문의 이름을 다시 드높이고 말리라는 한 가지 굳은 마음을 지녔다.

얼마 전 연화현(蓮化縣)의 한 주루에서 육지평을 다시 보았을 때 그래서 와락 반가운 마음이 들었던 것이다. 육지평이 동행하고 있는 아름다운 낭자를 보았기 때문이다.

단목기는 대뜸 그녀가 자신의 사매일지도 모른다고 생각했다. 그래서 육지평을 뒤쫓았고, 본의 아니게 그의 은밀한 행적을 지켜보기도 했다. 하지만 육지평은 그녀가 사매가 아니라고 말했었다. 실망스러웠지만 단목기는 그 말을 믿었다. 그러나 이제 그것이 자신을 속인 것이라고 생각되자 육지평에 대한 서운함과 함께 한줄기 노여움이 찾아들었다.

사형을 속인다는 것은 사문의 존장을 기만하는 일이나 다를 게 없는 죄였다. 엄하게 꾸짖어주지 않는다면 흩어진 사문의 규율과 기강을 바로잡을 수가 없게 된다.

"하지만……."

문득 단목기가 걸음을 멈추고 우두커니 서서 하늘을 보며 중얼거렸다. 그의 얼굴에 어두운 그늘이 짙게 깔려갔다.

"나는…… 나는……."

그는 차마 다음 말을 내뱉기가 두려운 것 같았다. 말을 끝맺지 못하고 어물거리다가 입술만 악물고 말았다. 그의 눈에 괴로운 빛이 가득 떠돌았다.

돌이켜 생각해 보니 자신은 사매에게 그녀의 부모 형제를 죽인 불구대천의 원수가 되어 있다는 것을 깨달은 것이다. 모르고 저지른 일이라고 해도 그것이 변명이 될 수는 없었다.

그가 그리워하는 마음으로 사제와 사매를 늘 기억하고 찾았던 것은 자신의 외로움에 대한 깊은 연민 때문이었다. 그는 사문의 맥을 같이 나누고 있다는 동질감으로 사제와 사매를 보듬어 안고, 그들이 자신을 대사형으로 믿고 의지하며 따라주는 날을 갖고 싶었다. 그렇게 된다면 그것은 그동안의 외로움을 단번에 떨쳐 버리고 말기에 충분한 행복감일 것이었다.

그래서 단목기는 언제나 그러한 상황을 꿈꾸었다. 나에게도 사제와 사매가 있다. 그것을 생각하기만 해도 거칠고 험하게 일어서 있는 마음 한쪽이 따뜻해지고 부드러워졌던 것이다. 그러나 이제는 영영 그럴 수 없을 것이라는 생각이 그를 절망 속으로 밀어 넣었다.

사부님이 소양진의 딸이 곤륜문하라는 그 한마디 말만 해주었어도 이런 일은 벌어지지 않았을 것이었다. 그 생각이 그로 하여금 사부에 대한 원망을 하게 했다. 하지만 사부님도 어쩌면 그러한 것을 모르고 있었던 건지도 몰랐다. 그렇다면 누구를 탓할 일도 아니었다.

"이것이 나 단목기란 놈이 타고난 운명이라는 건가?"

하늘을 보며 그렇게 중얼거린 단목기가 풀썩 웃었다. 그의 눈빛이 삼엄해졌다.

그는 어려서 부모님을 잃었다. 그가 네 살이 되던 해였다. 가난을 더 고통스럽게 하는 지방관의 착취와 포악을 견디지 못하고 민초들의 난(亂)을 일으켰을 때, 아버님은 거기에 가담하여 괭이 대신 창을 들었고, 어머님은 치마폭에 돌멩이를 담아 날랐다.

사천(四川)의 구석진 곳에서 봉기한 농민들은 삼천의 무리를 이루어 한때 합천(合川) 현의 관병들을 때려부수고 파죽지세로 구곡(九穀)과 양전(陽田), 수개(需豈) 현을 휩쓸며 성도(成都)를 향해 밀려갔었다. 그러나 현옥산(峴玉山) 아래의 너른 벌에서 기병(騎兵)을 앞세운 일천의 관병들에게 처절하게 도륙되었다. 그리고 뒤를 돌아볼 새도 없이 사흘 밤낮을 달아나 다다른 가릉강(嘉陵江)가에서 더 이상 가지 못하고 모두 척살(刺殺)당하고 말았다. 그때 아버지도 어머니와 함께 목이 잘려 성문 밖에 높이 걸렸다.

단목기는 불과 네 살의 어린 나이로 그 끔찍한 장면을 보았다. 그리고는 졸지에 고아가 되어 거칠고 삭막한 세상을 홀로 떠돌아야 했다. 나이 여덟 살에 사부를 만나기 전까지, 그 사 년 동안 겪은 인심과 세상은 어린 그의 마음을 혹독하게 굳혀 버리고 말았다.

그 뒤부터 그는 사람들에게 정을 주지 않았다. 나이 여덟의 어린 그가 스스로의 마음을 닫아버리고, 오직 강한 자가 되기 위해 뼈와 살을 아끼지 않고 육장(肉掌)을 수련하고 검과 도를 휘둘렀던 것이다. 그리고 이제 스물다섯이 되어 있었다.

마음에 천하를 담을 만했고, 두 팔에 불굴의 힘과 기개를 실을 수 있게 되었지만, 여전히 그의 마음은 빙하처럼 차갑고 단단하게 닫혀 있었다.

그렇게 살아가는 것이 나의 길이고, 세상에 나의 분노를 알릴 수 있는 방법이라고 생각하고 버텨왔다. 그러나 나이가 차면서 그는 점점 마음 깊은 곳에 가라앉아 있는 외로움을 느끼기 시작했다. 그것은 철혈도(鐵血刀)로 불릴 만큼 강해졌다는 것으로도 메울 수 없는 커다란 어둠이었다.

또한 그것은 동창의 막강한 권위자인 첩형(貼刑)으로서 사람들의 존경과 두려움을 받는 것으로도, 그리하여 오만하게 버티고 서서 약한 자들의 비굴한 웃음과 아부를 내려다보는 것으로도 지울 수 없는 어떤 공허함 같은 것이었다.

세상에 오직 나 혼자일 뿐이라는 쓸쓸함과 적막함은 때로 단목기를 광란하는 야수처럼 무섭게 몰아가기도 했다. 그것을 잊기 위하여 무지막지하게 칼을 휘둘렀고, 거칠게 계집을 탐하기도 했으며, 비굴한 자들을 무참히 짓밟아주기도 했다.

그리고 그런 다음에는 더 큰 공허로 찾아드는 자괴감(自愧感) 때문에 몇 날 며칠을 두고 후회하고 뉘우쳐야 했다. 그러면서 단목기는 점점 그런 외로움이야말로 자신에게 주어진 천형(天刑)이라고 생각하게 되었다.

그런데 사제와 사매가 어딘가에 있다는 것을 알게 되었다. 그건 충격이었고, 포기해 버리고 있던 희망의 부활이었다. 사제와 사매의 손을 잡고 나란히 강호를 주유하고, 몰락한 사문을 천하제일의 문파로 새롭게 일으킨다는 것은 생각만 해도 가슴 벅차 오르는 일이었던 것이다.

단목기는 음, 하고 신음하며 피가 나도록 입술을 깨물었다.

사제를 찾았고, 이제 사매마저 찾았는데, 그 앞에 떳떳하게 내가 너의 사형이다 하고 나설 수 없게 되었다는 것이 못 견디도록 그를 괴롭고 고통스럽게 했다.

어디서부터 이처럼 일이 잘못된 건지 알 수 없었다. 재수가 없다면 이보다 더 지독하게 없을 수가 없었고, 빌어먹을 일이라면 이보다 더 지랄 같을 수가 없었다.

그는 마음속에 열망으로 품고 있었던 희망과 기쁨이 무너져 내리는 것을 무기력하게 바라보아야 했다. 그리고 그런 자기 자신을 돌아보자 스스로에 대해 숫구쳐 오르는 분노를 참을 수 없었다.

"이야압!"

화산이 분출하듯 일시에 가슴속 가득히 차 오른 분노를 터뜨리며 땅을 박차고 숫구쳐 오른 그가 칼을 뽑아 머리 위에서 힘껏 휘둘러 내려쳤다. 마치 대지를 단번에 갈라놓고 말 듯한 기세였다.

살벌한 칼빛이 고요하게 가라앉아 있는 숲의 어둠을 꿰뚫고 번쩍이며 떨어졌다. 한줄기 뇌전(雷電)이 내리꽂히는 것 같았다.

쾅—!

갑작스런 폭음이 숲을 뒤흔들었다. 그의 칼에 맞은 커다란 바위 덩이가 요란한 소리를 내며 쩍 벌어져 두 쪽으로 갈라졌다.

천 관(千貫)은 족히 나갈 바위 덩이 한쪽이 비탈을 타고 무섭게 굴러 내려갔다. 우지직거리며 나무 둥치들이 꺾이고 부러져 나가는 소리가 땅을 흔들었고, 뇌성처럼 우르릉거리는 소리가 한동안 골짜기를 뒤덮었다.

단목기는 그의 벽룡도(碧龍刀)를 든 채 움직일 줄 모르고 서서 이글 거리는 눈빛으로 앞을 노려보았다. 그런 그의 모습이 눈앞에 반드시 두 쪽으로 내고 말아야 할 대적을 두고 서 있는 사람 같았다.

계곡 저 아래에서 쿵! 하는 둔중한 울림이 치달려 올라오고 나서 다시 깊은 적막이 숲을 가라앉혔다. 그러자 놀라 숨죽이고 있던 풀벌레들이 비로소 조심스럽게 울어대기 시작했다.

"휴―"

그리고도 한참이 지나고 나서야 단목기가 길게 한숨을 쉬고 칼을 거두었다.

"이것이 빌어먹을 내 운명이라면 이제 그것을 두 쪽 내버리고 말겠다."

어금니를 지그시 악물었던 그가 지신(地神)의 얼굴에 침을 뱉어주듯 퉤, 하고 발 앞에 탁한 침을 뱉고 나서 성큼성큼 다시 걸음을 떼어놓기 시작했다.

*　　　*　　　*

'어떻게 해야 하지…….'

희미한 유등(油燈)의 불 그림자 아래 이마를 짚고 앉아서 소옥은 벌써 한 시진이 넘도록 그것만 생각하고 있었다. 그러나 뾰족한 수가 떠오르지 않았다. 이럴 때 사부님이 곁에 계시다면 좋은 방법을 생각해 내셨을 텐데, 하는 아쉬움만 커져 갈 뿐이었다.

하지만 십오 년 동안이나 믿고 의지해 왔던 사부는 이제 곁에 없었다. 모든 것을 스스로가 생각하고 판단해서 실행해야 하는 것이다. 그 것이 소옥을 두렵게 하고 답답하게 했다. 경험이 없다는 것이 이처럼 막막한 것인 줄도 처음 느꼈다. 그것은 무지(無知)한 거나 다름없었다.

소옥은 무지했다. 비록 사부의 절기를 열에 아홉은 물려받아 그 몸에 막강한 무예를 지니고 있다고 해도 그것을 적절하게 쓸 줄을 몰랐고, 큰일 앞에서 쉽게 결정을 내리지 못했다.

마음속에 모질고 독한 한(恨)을 품었지만, 혼자라는 생각이 자꾸만 그녀를 움츠러들고 두렵게 했다. 이 넓은 천하에 믿고 의지할 사람이 한 명도 없다는 것, 그것이 이처럼 무서운 일인 줄을 모르고 자라온 지난 세월이 원망스럽기도 했다.

하지만 뇌옥을 깨고 아버지를 구하는 일은 반드시 해야 하는 일이었다. 아무리 두렵고 막막하더라도 그것만은 무슨 수를 쓰던지 자신의 손으로 해내야 하는 것이다.

어제 새벽, 단목기가 훌쩍 떠나 버린 뒤 소옥은 그날이 가기 전에 미친 듯 세 개의 산을 넘어 남창부에 도착했었다. 이미 늦은 시간이라 성문은 굳게 닫혀 있었다. 그러나 소옥은 두려운 줄 모르고 성벽을 넘어 들어갔다. 그때까지도 마음속에 가득한 것은 거친 살기와 뾰족하게 일어선 전의(戰意)였을 뿐, 두려움이란 없었다.

초조한 마음으로 때를 기다린 그녀는 드디어 삼경 무렵이 되자 서슴없이 아문(衙門)의 높은 담을 뛰어넘었다. 그리고 처음 막막함을 느끼고 주춤거렸다.

갑주(甲冑)를 받쳐 입고, 번쩍이는 창칼을 든 관병들의 모습을 처음 본 그녀는 마음 가득 차 오르는 두려움에 떨어야 했다. 바위처럼 단단

해 보이는 그 기세와 거칠고 사나운 모습들은 충격이었다. 번(番)을 서
고 있는 도지휘사사(都指揮使司) 소속의 위사들을 본 것이다.

군호(軍號) 소리가 한 번 울리면 수십 명의 병사들이 한 몸인 것처럼
질서 정연하게 움직였다. 그때마다 갑주와 창칼들이 쩔그렁거리는 소
리를 냈다.

소옥은 감히 그들을 뚫고 지나갈 엄두를 내지 못했다. 누군가를 붙
잡아 뇌옥이 어디에 있는지 물어야 했으나, 감히 그들 중 누구에게도
다가갈 수가 없었다. 한번 들키면 저 거칠고 사나워 보이는 병사들에
게 에워싸여 순식간에 난도(亂刀)질당하고 말 것만 같은 두려움이 그녀
를 꼼짝하지 못하게 한 것이다.

각짓동처럼 건장한 자들이 열 명 스무 명씩 무리 지어 움직이면서도
조금의 소란도 없었고, 방패를 세운 채 칼을 쥐고 자리에 버티고 서 있
는 자는 깎아놓은 조상(彫像)인 것처럼 눈동자조차 움직이지 않았다.
그 온몸에서 엿보이는 강인함이 소옥을 질리게 했다.

이처럼 중무장한 관병들과 그들의 엄정한 군기를 처음 보는 소옥에
게 그것은 충격이었다. 그녀는 비로소 군대의 무서움을 알 수 있을 것
같았다. 저처럼 황소 같은 자들이 장창을 불쑥 내밀고 눈을 부릅뜬 채
달려든다면 대항해 보기도 전에 먼저 그들의 기세에 질려 넋을 잃고
말 것 같았다.

담장 아래의 짙은 어둠 속에 웅크리고 앉아서 꼼짝할 생각조차 하지
못하고 있는 그녀의 어깨를 작은 돌멩이 하나가 날아와 가볍게 때렸다.
소옥은 기겁을 하여 어깨를 털고 돌아보았다.

담이 꺾어지는 모퉁이에서 어둠 한 조각이 불쑥 일어섰다. 그녀에게

가볍게 손짓을 해 보인 그자가 소리없이 담을 넘어 사라져 갔다. 소옥은 등줄기를 타고 흐르는 섬뜩한 전율을 느끼고 부르르 몸을 떨었다. 들켰던 것이다.

정체를 알 수 없는 자의 속뜻은 분명했다. 잠시 망설이던 소옥은 이내 마음을 정하고 그자를 따라 담을 넘었다. 또 하나의 담 밑 어둠 속에 서서 소옥을 기다리던 자가 다시 담을 뛰어넘어 앞서 갔다.

이곳의 지리에 익숙한 듯, 인적없는 곳만을 찾아 인도해 가는 자를 따라 세 개의 담을 넘자 아문의 뒤쪽으로 나오게 되었다.

괴한의 뒤를 따라 인적없는 골목을 몇 개 돌아 높은 성벽을 뛰어넘었고, 황량한 벌판을 가로질러 들이 끝나는 곳에 엎드려 있는 산자락을 밟았다. 그리고 그 앞에 울창한 송림이 어둠을 더욱 짙게 하며 서 있는 걸 보았다.

소옥이 따라오고 있는 것을 확인하려는 듯 한번 뒤를 돌아본 자가 그 송림 속의 어둠을 뚫고 들어갔다. 소옥은 다시 한 번 망설여야 했다. 그 속에 무엇을 감추고 있는지 알 수 없는데 선뜻 뛰어들기가 두려웠던 것이다.

하지만 내친걸음이었다. 그자의 속뜻이 무엇이든, 관병들에게 소리쳐 알리지 않고 이곳까지 데리고 온 것을 보면 해칠 생각은 없는 모양이었다. 소옥은 땅을 박차고 송림의 어둠 속으로 괴한을 뒤쫓아 들어갔다.

숲의 서늘한 기운이 온몸으로 느껴졌다. 숨결을 따라서 은은하게 스며드는 송엽(松葉)의 향기가 정신을 상쾌하게 해주었다.

한번 심호흡을 하고 난 소옥이 부쩍 안력을 돋우어 한 치 앞도 분간할 수 없는 숲의 어둠 속을 이리저리 살펴보았다. 괴한은 어디로 숨어

버렸는지 기척조차 느껴지지 않았다.

조심스럽게 어둠을 헤치며 십여 장을 나아가자 비로소 앞쪽에서 인기척이 느껴졌다. 소옥은 더욱 긴장의 끈을 조이고 한 걸음 한 걸음을 신중하게 내딛었다. 눈앞을 가리고 있는 잔가지를 헤쳤을 때, 얼굴에 훅 끼쳐 오는 뜨거운 숨결과 함께 낯선 눈동자 두 개가 불쑥 떠올랐다.

"악!"

깜짝 놀란 소옥이 뾰족한 비명을 지르고 훌쩍 뛰어 물러섰다. 흑의의 괴한이 잔가지 뒤에 몸을 감춘 채 코앞에 서서 기다리고 있었던 것이다. 그처럼 지척에 이르도록 그의 존재를 감지하지 못했다는 사실에 소옥은 경각심을 크게 불러일으켰다.

"히히…… 놀랐느냐?"

괴한이 낮은 소리로 음침하게 웃었다.

그가 귀신은 아니라는 것을 알게 된 소옥은 놀란 마음이 한결 가라앉았다. 생기(生氣)를 가지고 있고, 눈에 보이는 사람이라면 어떻게든 해볼 수 있을 것이었다.

마음을 단단히 먹은 그녀가 낮고 날카롭게 외쳤다.

"당신은 누군데 어린 아이처럼 유치한 귀신 놀음이나 하고 있는 거죠?"

"히히…… 너나 나나 어차피 귀신이 될 텐데 그렇게 귀신들을 조롱하면 안 되지."

버석거리며 다가온 괴한이 대여섯 걸음 앞에서 빤히 소옥을 바라보며 이죽거렸다. 그러자 가늘게 좁혀진 채 번쩍거리는 빛을 발하며 웃고 있는 그의 눈이 더욱 음침해 보였다. 소옥은 가슴이 떨려왔다.

괴한은 온통 검은색 일색의 옷을 입고, 얼굴마저 검은색 복면을 뒤집어쓰고 있었다. 그런 탓에 두 개의 눈을 제외한 다른 부분들은 마치 어둠 속에 녹아들어 있는 듯했다. 언뜻 보면 흰 창이 번들거리는 눈만 허공에 둥둥 떠 있는 것 같아서 그것이 아무리 웃고 있다고 해도 정이 가지 않았다.

"나를 이런 곳으로 유인해 온 목적이 있을 텐데 빨리 그거나 말해 봐요."

스스로의 두려움을 감추기 위해 아랫배에 든든히 힘을 주고 더욱 앙칼지게 쏘아붙였다. 어둠 속에 떠 있는 괴한의 눈이 다시 좁혀지며 웃었다.

"그래도 보기보다 꽤 담이 센 낭자일세. 너는 정말 내가 무섭지 않으냐?"

"쓸데없는 소리!"

무서웠다. 그래서 빨리 이곳을 벗어나고 싶었다.

등 뒤의 검자루를 움켜쥔 소옥이 입술을 잘근 깨물고 괴한을 노려보았다.

"허튼짓을 할 생각이라면 용서하지 않겠어요."

흠, 하고 탄식한 괴한이 몇 번 입맛을 다시고는 소옥의 정면을 비켜섰다.

"네가 정말 용기가 있다면 나와 함께 가자."

"어디로 가자는 거죠?"

"가보면 알게 되겠지. 거기 너를 보면 좋아할 다른 사람들도 있다. 어때, 궁금하지?"

두 눈 가득 능글맞은 웃음을 띤 채 바라보며 이죽거리는 괴한이 얄미워졌다. 소옥은 저 눈을 찔러 버릴까, 하고 생각했다. 그런 소옥의 생각을 읽은 듯 괴한이 한 걸음 물러서며 다시 히죽거렸다.

"너야말로 허튼짓을 할 생각이라면 그건 쉽지 않을걸?"

괴한과 소옥 사이에 잠시 무거운 침묵이 흘렀다. 소옥은 어떻게 하든 빨리 이 괴한을 뿌리치고 싶었고, 괴한은 어떻게 하든 소옥을 자신이 원하는 곳까지 끌고 갈 셈이었다.

"따라올 배짱이 없나? 하긴 여자는 원래 겁이 많은 물건이지. 그럼 돌아가려무나. 뒤에서 귀신이 네 덜미를 잡거나 하지는 않을 테니 안심해도 좋아."

그것이 자신의 화를 불러내 충동질하려는 속셈임을 뻔히 알면서도 소옥은 발끈하지 않을 수 없었다.

"좋아요. 대체 어떤 물건들이 나를 기다리고 있다는 건지 한번 보죠."

여자를 물건이라고 호칭한 것에 화가 나 자신도 그렇게 말하고 말았다. 그래 놓고는 내심 뜨끔하여 괴한의 눈치를 살폈다. 그러나 괴한은 소옥의 말투 따위에는 별로 신경을 쓰고 싶지 않은 모양이었다. 그가 히히, 웃고 나서 앞장을 섰다.

망설임없이 버석거리며 숲을 뚫고 나가는 괴한의 뒤를 소옥이 바짝 따랐다. 그는 소옥이 손을 뻗으면 요혈을 찌를 수 있는 거리를 두고 따라오고 있었지만, 그것을 조금도 경계하거나 불안해하는 기색이 없었다. 그만큼 자신의 솜씨에 대하여 믿음을 가지고 있거나, 소옥을 얕보고 있다는 의미였다. 소옥은 그런 괴한이 얄밉기 짝이 없었다. 살며시 손을 들어 괴한의 뒤통수를 찌르려다가 그만두었다.

"네가 나를 때릴 수 있다면 나 또한 너를 때릴 수 있다. 그걸 잊으면 안 돼."

괴한이 문득 중얼거렸다. 소옥은 깜짝 놀랐다. 이자가 뒤에도 눈이 달렸나 하는 생각이 들자 더럭 겁이 났다.

"내 팔이 네 팔보다는 길걸? 그러니 함께 손을 뻗으면 내가 먼저 너를 때릴 수 있게 되겠지."

문득 자신이 뒤에서 괴한을 찌를 수 있는 거리에 있다면, 괴한 또한 갑자기 들아서서 자신을 때릴 수 있는 거리에 있다는 것을 깨달았다. 흠칫 놀란 소옥이 주춤거리고 서서 괴한과 서너 걸음의 사이를 두었다. 괴한이 비로소 소옥을 돌아보고 다시 히히, 웃었다. 여전히 눈앞에 흰 창이 번쩍이는 눈 두 개만 둥둥 떠 있는 듯한 웃음이 끔찍했다.

"깨우치는 게 빠른 낭자로군."

"흥, 나는 당신쯤은 겁나지 않아요. 그러니 어서 길이나 안내해요."

소옥은 쌀쌀맞게 대꾸하면서도 감히 괴한의 그 음침한 눈을 마주 볼 생각이 없는 듯 시선을 비켜 바라보았다. 앞으로는 모르는 자에게 절대 손을 뻗어 닿을 만한 거리를 주지 말아야겠다는 생각을 단단히 하게 되었다. 언제나 내가 조심하여 방비하지 않는다면 암습을 피할 수 없을 것이라고 생각하며 고개를 끄덕이는데, 괴한이 앞을 가리고 있는 잔가지들을 헤치고 손을 들어 한곳을 가리켰다.

"다 왔다. 바로 저기야."

괴한의 손끝을 따라 바라보자 울창한 송림으로 둘러싸여 있는 공터가 보였다. 그 한쪽에는 곧 무너질 듯 위태로운 모습으로 서 있는 낡은 사당이 있었는데, 초라한 기왓골 위로 은은한 달빛이 내려앉고 있어서 그런 대로 사물을 분간할 수가 있었다.

소옥은 환호라도 지르고 싶은 것을 가까스로 참았다. 무엇을 볼 수 있다는 것이 이처럼 반갑고 기쁜 일인 줄 처음 안 사람인 것 같았다.

공터를 성큼성큼 건너가는 괴한의 뒤를 따르며 소옥은 사당을 유심히 살펴보았다. 과연 안에서 생기(生氣)가 느껴졌으나 무엇을 하고 있는지 쥐 죽은 듯 고요한 것이 수상했다.

앞서 걷던 괴한이 사당을 십여 걸음 남긴 곳에서 문득 걸음을 멈추고 어흠, 하고 기척을 냈다.

"나요, 돌아왔소."

잠깐의 침묵을 사이에 두고 사당 안에서 카랑카랑한 음성이 대답해 왔다.

"낯선 동행이 붙었군."

소옥을 한번 돌아본 괴한이 비로소 복면을 벗어 들었다. 소옥은 깜짝 놀라고 말았다. 괴한이 복면을 벗자 터럭 하나 없이 민둥민둥한 머리가 달빛 아래 번쩍이며 드러났던 것이다.

"당신은, 당신은 원래 화상이었군요?"

"원래는 화상이었는데, 지금은 부처님이 되었지. 히히……."

우락부락한 얼굴이기는 했지만 흰 창이 번들거리는 두 눈만 바라보고 있을 때보다 훨씬 마음이 안정되었다. 육십을 넘어 보이는 연배의 괴승이었는데, 그가 히히 하고 웃자 살찐 볼이 씰룩이며 늘어졌다. 가늘게 좁혀지는 눈과 함께 그 모습이 이제는 우습기까지 했다.

소옥은 달빛을 빌어 비로소 찬찬히 눈앞의 괴승을 살펴보고 그가 생각보다 훨씬 뚱뚱한 몸집을 하고 있다는 것에 놀랐다.

"그 몸을 하고도 그렇게 가볍게 운신할 수 있다니, 화상의 공부가 상당한 모양이군요?"

"쯧쯧…… 지금은 부처님이라니까 그러네. 원래 부처님이야 불법이

광대무변하고 만사가 무불통지하니 몸이 가벼울 수밖에.”

소옥은 혀를 차고 말았다. 괴승의 조리가 없는 말투 속에서 그가 실제로는 불법과 거리가 먼 땡초라는 것을 금방 알 수 있었던 것이다.

그들의 수작이 못마땅했던지 사당 안에서 쯧쯧, 하고 혀를 차는 소리가 들려왔다.

“빌어먹을 화상 놈아, 아직 노부에게 대답해 주지 않았다.”

짜증이 묻어 있는 말을 들은 괴승이 아, 하고는 자신의 머리통을 툭툭 두드렸다.

“이런, 이런. 내가 언제나 빌어먹고 다닌다는 걸 저놈은 너무 잘 안단 말이야.”

소옥을 돌아보고 다시 한 번 히히, 웃고 난 화상이 사당을 향해 버럭 소리를 질렀다.

“지금 봤으니 이제는 낯설지 않겠지? 그러니 들여보내. 안 그러면 나도 안 들어가고 말겠다!”

정말로 들어가지 않겠다는 듯 등을 돌리고 휙 돌아서서 완강하게 팔짱까지 끼고 먼 하늘을 보는 양이 고집스럽기 짝이 없어 보였다. 소옥은 자신의 처지를 잊고 쿡, 하고 웃고 말았다.

사당 안에서 다시 한 번 못마땅한 듯 혀를 차는 소리가 들리더니 낡은 문이 삐걱거리는 소음을 내며 활짝 열렸다.

“됐다. 흥, 제놈이 별수있을라구?”

사당을 향해 성큼성큼 걸어가던 괴승이 문득 멈추어 서서 돌아보았다. 소옥은 자신이 과연 사당 안으로 따라 들어가야 할 것인지, 말 것인지를 두고 다시 망설이는 중이었다. 과연 저 안에 있는 자가 무슨 뜻을 가지고 있으며, 그것이 자신에게 어떻게 다가올지 알 수 없다는 것이 그녀를 망설이게 했다.

"괜찮아, 괜찮아. 내가 너를 해치지 않았는데 설마 저 늙은 놈이 너를 어찌하겠느냐? 만약 그런다면 그건 이 부처님을 우습게 여긴 거지. 뭐야? 저 빌어먹을 놈이 부처님을 감히 우습게 여겨? 내가 이놈의 영감탱이를 가만두지 않겠다!"

괴승이 팔을 둥둥 걷어붙이고 씩씩거렸다. 말을 하다가 스스로의 말을 그런 것이라고 믿어버리고 불쑥 화를 내는 양이 정신이 약간 오락가락하는 것도 같았다. 소옥은 그런 괴승의 모습을 보고 오히려 마음이 놓였다.

팍—!

화섭자의 심지에 불이 당겨지는 소리가 들리더니 음침한 사당 안이 갑자기 밝아졌다. 소옥은 코끝에 떠도는 유황 냄새를 맡으며 눈을 찡그렸다. 언뜻 푸른 불빛 너머에 대여섯 명의 인물들이 제각기 앉거나 서 있는 것이 보였다. 의외로 많은 사람들이 있는 것이어서 소옥은 가슴이 철렁했다.

등잔을 준비하고 있었던 듯, 심지의 불을 그것에 옮겨놓은 자가 화섭자를 다시 통 속으로 감추었다. 그러자 눈부시게 했던 화섭자의 밝은 빛 대신 흐릿한 등불 빛이 사당 안에 짙은 음영을 드리우며 크게 일렁거렸다.

제단 위에 편하게 앉아 있는 청수한 인상의 노인이 제일 먼저 눈에 들어왔다. 세 가닥 염소수염을 기르고 있었는데, 품이 넉넉한 도포를 입고 머리에 관을 쓰고 있는 것으로 보아 도사인 듯했다. 그 곁에는 평복을 입고 있는 마른 노인이 꼿꼿하게 허리를 펴고 앉아 있었다. 좁게

벌어진 눈꼬리와 불빛을 받아 번쩍이는 눈빛에서 그의 성품이 꼬장꼬
장하리라는 것을 짐작케 해주었다.

그들 주위로 세 명의 장한들이 늘어서 있었다. 두 명은 중년의 대한
이었고, 한 명은 이십 대 후반으로 보이는 이목구비가 수려한 젊은 사
내였는데, 그의 빛나는 눈이 처음부터 소옥의 얼굴에 달라붙어 떠나지
않았다.

문가에 서 있던 꾀죄죄한 몰골의 노인이 화상을 흘겨보며 핀잔을 주
었다.

"빌어먹을 중놈아, 가서 사정이 어떤가 살펴보고 오라고 했지 언제
네놈더러 숨겨놓은 딸내미를 데려오라고 했냐?"

몸을 꽉 조이고 있는 옷이 답답한 듯 훌훌 벗어 던지고 있던 괴화상
이 눈을 부릅떴다.

"언제 내가 네놈의 마누라를 꿰찼더란 말이냐?"

"이런 우라질 놈!"

놀려주려다가 오히려 지독한 욕을 자초한 셈이 된 노인이 주먹을 불
끈 쥐고 발을 굴렀다. 그러거나 말거나 히히 웃으며 흑의 경장을 벗어
던진 괴승이 속옷 차림이 되어 두리번거렸다. 소옥은 차마 그 민망한
모습을 볼 수 없어 외면하고 말았다.

"이리 가져오너라."

괴승이 짐짓 위엄을 갖추며 점잖게 말했다. 하지만 비대한 몸에 낡
은 속옷 차림의 그와는 전혀 어울리지 않는 것이어서 그 말을 들은 사
람들이 모두 키득거리고 웃었다.

"어허!"

괴승이 다시 눈을 부라리자 청년이 한쪽에 개켜놓았던 그의 승포와

계도(戒刀)를 받쳐 들고 다가와 공손하게 건넸다. 한껏 위엄을 부리며 거만하게 그것을 받아 든 괴승이 승포를 갖추어 입느라고 다시 한 번 부산을 떨었다.

청년은 그가 옷을 다 입을 때까지 계도를 받쳐 든 채 여전히 공손한 모습으로 시립해 서 있었다. 그러나 소옥은 얼굴을 숙이고 있는 그가 애써 웃음을 참고 있는 걸 볼 수 있었다. 사당 안에 있는 사람들 모두가 그것을 알고 있지간, 괴승 혼자만이 모르고 있는 것 같았다.

청년의 손에서 계도를 받아 허리에 차고 난 괴승이 비로소 만족한 듯 밋밋한 머리를 한번 쓸고 나서 청년의 어깨를 두드려 주었다.

"네가 역시 제대로 배운 티가 나는구나. 이래서 근본도 없는 후레자식 놈과 명가의 제자가 확연히 구분되는 법이다. 모쪼록 공경하는 그 마음을 오래 지녀서 사부를 기쁘게 해드리거라."

"명심하겠습니다."

애써 웃음을 참으며 공손히 대답하고 난 청년이 뒤로 물러섰다. 괴승이 거만하게 턱을 치켜들고 사람들을 내려다보며 한껏 의엄을 과시했다. 그러자 그는 갑자기 불력이 높은 고승이 된 듯했다. 그가 하는 양을 잠자코 바라보던 노인이 참지 못하고 기어이 울화통을 터뜨리고 말았다.

"빌어먹을 화상 놈아, 지금 노부를 욕한 것이냐!"

"저런, 터진 주둥아리하고는…… 부처님을 보고 그렇게 말하는 놈은 세상 천지에 네놈 하나뿐일 거다. 에잉, 무식한 놈 같으니……."

노인을 흘겨보며 못마땅하다는 듯 혀를 찬 괴승이 더 이상 상대하지 않겠다는 듯 눈을 감아버렸다.

소옥은 대체 이자들이 무엇을 하는 자들인지 알 수 없었다. 한동안 괴승이 하는 양을 바라보고 있자니 어째서 자신이 이곳에 와 있는 건지조차 알 수 없게 혼란해졌다. 그녀가 호, 하고 가만히 한숨을 쉬는데, 제단에 앉아 있던 늙은 도사가 눈가에 웃음을 띠고 괴승을 바라보며 온화하게 말했다.

"그래, 다녀오신 일은 잘되셨소?"

번쩍 고개를 든 괴승이 부리부리한 눈으로 도사를 노려보며 버럭 소리쳤다.

"말코도사, 당신은 지금 나를 믿지 못하는 거요?"

"빈도는…… 그렇게 말한 적이 없소이다만……."

도사가 여전히 온화한 웃음을 잃지 않으며 고개를 갸웃했다. 그것이 못마땅한지 괴승이 썩 다가서며 더욱 눈을 부라렸다.

"그럼 이 몸이 무사히 돌아왔으니 일이 잘되었나 보다 하고 여길 일이지, 굳이 묻는 이유가 뭐야? 당신은 속으로, 저 땡중 놈이 혹시 일을 망치고 와서는 흰소리나 지껄이고 있는 게 아닌가, 하고 의심하고 있는 게 분명해!"

"허허허……."

도사가 난감하다는 듯 입맛을 다시며 슬며시 외면했다. 그러자 그때까지 곁에서 말없이 그들의 하는 양을 지켜보고 있기만 하던 깡마른 노인이 웃으며 일어섰다.

"당신은 강호에서 풍치 화상(風痴和尙)으로 불린다더니 과연 이름값을 하는군."

소옥은 노인의 말을 듣고 과연 그 별호가 저 괴승에게 가장 잘 어울린다고 생각했다. 히히덕거리고 좋아하다가도 갑자기 돌변하여 말꼬리를 잡고 시비를 거는 양이 아무래도 온전한 정신을 가지고 사는 사람 같아 보이지 않았던 것이다.

"그러는 너는 원래 최명판관(催命判官)이라, 옳고 그름을 두고 공정하게 판단하는 사람이니 그럼 네가 말 좀 해보아라. 내가 틀렸느냐?"

괴승 풍치 화상이 이제는 깡마른 노인에게 눈을 부라리고 대들었다. 노인이 턱수염을 한번 쓸고 나서 번쩍이는 눈으로 화상을 바라보며 흠, 하고 헛기침을 했다.

"당신이 일을 제대로 하고 왔다면 당신이 옳은 것이고, 그렇지 못하다면 당신이 잘못한 것이겠지."

그가 말을 하면서 슬쩍 소옥을 바라보는 것이 은근히 풍치 화상을 탓하는 눈치였다. 외인을 함부로 데리고 온 것에 대하여 못마땅해하고 있는 게 분명했다. 재빨리 노인의 의중을 눈치 챈 풍치 화상이 살찐 볼을 씰룩이며 투덜거렸다.

"그럼 자비로운 이 부처님이 언제 포악한 관병 놈들에게 잡혀 죽을지 모르는 가여운 중생을 두고 모르는 척 그냥 왔어야 한단 말이냐? 나는 평생에 그런 가르침을 배운 적이 없고 베푼 적도 없다."

풍치 화상이 슬쩍 소옥을 바라보고 나서 헛기침을 한번 하고 말을 계속했다.

"게다가…… 이 낭자는 이처럼 젊고 아리따운데…… 그건 너무 아까운 일 아니겠느냐?"

"빌어먹을 중놈이 아직도 색심(色心)을 버리지 못했군. 쯧쯧, 늙어 뒈질 때까지 철드는 일과는 상관이 없을 물건이다. 귀신은 저런 물건을 냉큼 잡아가지 않고 뭐 하나 몰라……."

문가에 서 있던 노인이 여전히 화가 풀리지 않은 듯 괴승을 노려보며 빈정거렸다.

　풍치 화상이 다시 발끈하여 대꾸하려 하자 그것을 미리 막으려는 듯, 최명판관이라 불린 노인이 손을 흔들며 빠르게 말했다.

　“그래, 그들의 경계는 어떠하고, 그들은 또 어떻게 하고 있던가?”

　“흥, 경계야 삼엄하지. 그리고 그들은 여전히 시퍼렇게 살아서 벌거벗은 몸으로 씨근벌떡거리고 있고. 궁금하면 이번에는 당신 최명판관 나리가 직접 갔다 오시구려.”

　노인을 무섭게 흘겨본 풍치 화상이 심드렁하게 대꾸했다. 눈살을 살짝 찌푸린 노인이 그 말에는 대꾸하지 않고 손을 들어 소옥을 가리켰다.

　“그럼 저 낭자는 어떻게 된 거지?”

　“얼떨결에 담을 뛰어넘어 들어오기는 했는데 비 맞은 사슴처럼 애처롭게 떨기만 할 뿐 꼼짝을 하지 못하더군. 저대로 두면 곧 관병 놈들에게 잡혀 벌거벗기고 말 것 같아서 데리고 나왔다.”

　풍치 화상이 아무렇게나 해대는 소리에 소옥의 얼굴이 새빨갛게 달구어졌다. 그녀가 분함을 참지 못하고 날카롭게 소리쳤다.

　“엉터리 같은 소리! 내가 언제 떨고 있었다고 그래요? 그리고 그들이 어떻게 감히 나, 나를⋯⋯.”

　차마 다음 말은 더 계속하지 못하고 얼굴을 떨구고 말았다. 그러나 분한 숨을 씩씩거리며 어깨를 들썩이는 것이 크게 화가 난 듯했다.

　싸늘한 눈으로 그녀를 바라보던 최명판관이 풍치 화상을 바라보고 다시 냉랭하게 물었다.

　“그건 그렇다 치고⋯⋯ 그럼 당신은 어째서 저 낭자를 이곳까지 데려온 것이오? 설마 이곳이 우리들만의 은밀한 모임을 갖는 장소라는 것을 잊어버린 건 아니겠지?”

대답이 궁색해진 듯 우물쭈물거리던 풍치 화상이 불쑥 가슴을 내밀고 다시 위엄을 갖추며 점잖게 대꾸했다.

"부처님 말씀에…… 물에 빠진 사람을 건져 주려거든 보따리까지 건져 주고, 올무에 걸린 사슴을 풀어주었거든 집에 데려가 잘 먹이고 돌봐주라고 하셨소. 어흠, 그러니까 나는 저 낭자가 안전해질 때까지 우리가 보호해 주어야 한다고……."

"쓸데없는 소리!"

문가에서 내내 풍치 화상을 째려보고 있던 노인이 그의 되지도 않는 말을 더 듣고 있을 수 없다는 듯 호통치며 갑자기 주먹을 뻗어 때려왔다. 한 발을 성큼 내딛은 것 같았는데 일 장 남짓한 거리를 순식간에 좁혀오며 뒤통수를 후려치는 솜씨가 재빠르고 매서웠다.

지그시 눈마저 감은 채 바야흐로 한바탕 설법을 늘어놓으려는 듯 한껏 위엄을 떨치고 있던 풍치 화상의 뒤통수에서 꽝! 하고 쇠종이 부서지는 소리가 났다.

눈에서 불이 번쩍 하고 인 풍치 화상이 있는 대로 인상을 찡그리며 천천히 뒤를 돌아보았다. 그의 등 뒤에서 씩씩거리고 서서 노려보고 있는 노인을 바라본 화상이 맨들맨들한 자신의 뒤통수를 한번 쓸고는 쩝, 하고 입맛을 다셨다.

"음, 너같이 무지한 놈에게 부처님의 설법은 과하지. 그저 무식에는 따로 약이 없느니."

와락 손을 뻗은 화상이 노인의 멱살을 잡아갔다. 손 그림자가 일렁이는 불빛 아래 사당 안을 가득 메운 듯했다.

'이상한 사람들이다.'

소옥은 내심 깜짝 놀라 한쪽으로 물러서며 그것을 지켜보았다. 화상

의 뒤통수를 때려오던 괴노인의 솜씨가 놀라웠는데, 그 한 주먹을 맞고
도 아무렇지도 않은 듯 태연한 화상의 공부 또한 기이하다고 생각했다.

'그는 설마 철두공(鐵頭功)이라도 익힌 걸까?'

소옥은 사부가 강호에 그런 괴상한 무공도 있다고 한 말을 언뜻 떠
올렸다. 그 말을 들었을 때, 머리통을 쇠처럼 단련하다니 그게 얼마나
미련한 짓인가, 하고 생각하며 웃었다. 그런데 오늘 풍치 화상을 보니
웃을 일만도 아닌 듯했다.

괴노인을 잡아가는 화상의 어지러운 손 그림자와 그것을 뿌리치며
한사코 주먹을 휘둘러 머리통을 때리려고 드는 노인의 권법이 문득 소
옥의 마음을 떨리게 했다. 일정한 법식도 없이 아무렇게나 내두르고
있는 듯한 손짓이었지만 그 속에 감추어져 있는 흉험함과 기묘함이 그
녀를 놀라게 했던 것이다.

'이건 좋지 않다.'

소옥은 가만히 그들의 싸움을 지켜보며 눈살을 찌푸렸다. 괴노인과
화상이 저와 같이 무서운 고수들인데 제단 앞에서 바라보고 있는 도사
와 깡마른 노인은 또 얼마나 무서운 사람들일까 하는 생각이 든 것이
다. 게다가 깡마른 노인의 별호가 최명판관(催命判官)이라니, 그것으로
미루어보아 노인의 손속이 매섭고 인정없을 것이 분명했다.

단지 오기와 호기심 때문에 무턱대고 풍치 화상을 따라 사당 안에
뛰어든 것을 후회하고 있는 사이에도 화상과 괴노인은 마치 불구대천
의 원수라도 만난 듯 낮게 으르렁거리며 벌써 십여 초를 나누고 있었
다. 누구도 우세를 점하지 못한 채 흉험함만 더해가는 아슬아슬한 광
경이었다.

최명판관으로 불리는 깡마른 노인은 그 이름이 최흘(崔屹)이라고 하는 사람이었고, 도사는 사천 사람으로 본래 이름이 곽부성(郭富晟)이었는데, 강호에는 영춘 진인(永春眞人)이라는 도호(道號)로 더욱 알려져 있었다.

풍치 화상과 죽기 살기로 싸우고 있는 괴노인은 비천철각(飛天鐵脚) 장풍서(長豊瑞)라는 인물로서, 그의 선풍비각(旋風飛脚) 절기가 강호의 일절로 꼽힌 지 오래된 노고수였다.

그들 네 사람을 두고 중원 무림에서는 사기(四奇)로 부르며 두려워하고 꺼려하지 않는 사람이 없었다. 또한 사람들은 뒤에서 그들을 괴이사기(怪異四奇)라고 부르기도 했다. 하나같이 몸에 보기 드문 절기를 지니고 있는 데다가 성격들 또한 까다롭기 짝이 없어서 한번 그들과 마주치게 되면 누구를 막론하고 큰 곤욕을 치르기 일쑤였던 것이다.

풍진강호(風塵江湖)를 좁다 하고 휘젓고 다니던 그들 괴팍한 노인들이 오늘 남창부 외곽의 이름없는 송림에 함께 모여 있다는 것은 강호의 이목을 끌 만한 놀라운 일이었다. 그만큼 명성이 대단한 사람들이었지만 소옥은 그들에 대하여 전혀 아는 바가 없었다.

풍치 화상과 장풍서 간의 다툼을 보다가 혀를 차고 난 최명판관 최흘이 그들을 외면하고 소옥을 바라보았다. 그의 싸늘한 시선을 받은 소옥은 절로 긴장되어 어깨가 굳어졌다.

"낭자는 무슨 일로 남창부의 아문(衙門)에 월장하여 들어갔던 것이오?"

잘근 입술을 깨문 소옥이 지지 않으려는 듯 똑바로 최흘을 바라보며 쌀쌀맞게 대답했다.

"나의 개인적인 일이니 노인께 굳이 말씀드리지 않아도 된다고 생각합니다만?"

"허, 개인적인 일이라……."

소옥의 당돌한 응대에 어이가 없었던지 기가 막힌다는 표정을 지었던 최흘이 한 걸음 나서며 더욱 싸늘하게 말했다.

"감히 관부의 담을 월장해 들어갔으니 필시 좋은 뜻을 품고 있는 건 아니었을 터. 노부가 반드시 그 뜻을 들어야겠다면?"

마치 죄인을 앞에 두고 심문하는 듯한 그의 오만하고 차가운 태도가 소옥의 비위를 상하게 했다. 그녀는 속으로 이 노인은 아무래도 정이 가는 인상이 아니라고 중얼거렸다. 그의 표정없는 차가운 얼굴을 한번 바라보자 더욱 얄미운 생각이 들었다.

"그러는 저 스님도 좋은 뜻을 품은 건 아니겠고, 그를 그렇게 하도록 시킨 노인들도 모두 마찬가지겠군요? 하지만 나는 당신들에게 이유를 묻지 않는데 당신은 어째서 나에게 꼭 말을 하라는 거죠? 이건 공평하지 못한 처사 아닌가요?"

그의 별호에 판관(判官)이라는 말이 들어가는 것을 은근히 비꼬는 대꾸였다. 최명판관 최흘이 허, 하고 탄성을 발하고 나서 의외라는 듯 소옥을 뚫어지게 바라보았다. 곁에서 가만히 듣고 있던 도사가 빙긋 웃으며 등 뒤에 꽂고 있던 불진(拂塵)을 꺼내 우아한 손짓으로 한번 옷을 털고 나서 조용하게 말했다.

"내가 듣기에 저 낭자의 말이 조리에 닿네. 최 판관이 오늘은 낭패를 당했으니 이것을 두고 원숭이도 나무에서 떨어질 때가 있다고 하는 거겠지. 나는 저 낭자가 마음에 드네."

"진인께서는 밝은 눈을 가지고 계셔서 공평무사하니 소녀 또한 매우 존경하는 바입니다."

소옥이 이번에는 깍듯이 예를 갖추며 인사를 했다. 그 모습이 최명 판관을 대할 때와는 달리 정숙한 여염집 규수의 그것과 같아서 보기에 좋았다.

흡족한 듯 얼굴 가득 환한 미소를 띤 채 고개를 끄덕이는 도사와는 달리 최흘의 얼굴은 더욱 싸늘해졌고, 입매가 딱딱하게 굳어갔다. 그 녀가 짐짓 영춘 진인을 공대함으로써 은연중에 자신을 무시하는 태도 를 그것과 비교하여 드러내 보인 탓이었다.

문득 괴노인에게 한번 발길질을 해서 그를 떼어놓은 풍치 화상이 히 히 웃으며 손을 털고 돌아서서 소옥을 바라보았다.

"그럼 이 부처님은 어떠한고? 나도 네가 마음에 드니 존경할 만하지 않은가?"

소옥이 빙긋 웃으며 화상의 뚱뚱한 몸을 가리켰다.

"대체로 스님처럼 풍채가 좋으신 분들은 마음이 넉넉하고 인정이 많 은 법이니 사람들이 모두 따르고 좋아하게 되죠."

말속에 역시 깡마른 최흘에 대한 비아냥거림이 은근히 녹아 있었다. 풍치 화상이 손뼉을 치며 좋아했다.

"히히…… 이 부처님이 여태까지 수없이 많은 칭송을 들어보았지만 오늘 낭자의 입에서 나온 말처럼 듣기 좋은 건 없었다네. 역시 내가 사 람을 보는 눈이 있다니까."

그때까지 풍치 화상과 어울려 죽기 살기로 싸웠던 괴노인이 어느새 그 일을 까맣게 잊은 듯 천연덕스런 얼굴로 소옥을 바라보며 입맛을 다셨다. 그의 눈이 반짝이는 것이 아무래도 자신에게도 무언가 듣기 좋은 말을 해주었으면 하고 바라는 것 같았다.

소옥은 문득 그가 풍치 화상과 사이가 좋지 않기는 해도 지기 싫어

하는 아이처럼 순진한 것이 아닌가 하고 생각했다. 그러자 저절로 그녀의 입가에 미소가 떠올랐다.

"저기 저 노인께서는 비록 몸에 살이 없고 손발이 마른 나뭇가지처럼 볼품없으나……."

소옥이 말을 멈추고 슬쩍 최흘을 곁눈질해 바라보았다. 싸늘한 그의 얼굴에도 소옥이 과연 뭐라고 할지 궁금해하는 기색이 떠올라 있었다. 그러나 그때까지 소옥의 말을 듣고 있던 괴노인의 얼굴은 점점 일그러져 갔다. 그의 볼품없는 가슴이 크게 오르락내리락했다.

"그러나 눈빛이 깨끗하여 사심이 없으니 대체로 저런 분들은 심성이 곧고 의지가 강해서 친구에게는 목숨이라도 내주고 적에게는 용서가 없는 무서운 분이죠. 한번 사귀면 죽을 때까지 마음이 변치 않을 것이니 과연 영웅의 마음가짐이 그렇다 할 것이에요."

말을 듣는 동안에 점점 낯빛이 풀어지던 괴노인이 마지막 말을 다 듣고서는 사당의 지붕이 들썩거릴 정도로 호탕한 대소(大笑)를 터뜨렸다.

"와하하핫! 나 비천철각(飛天鐵脚) 장풍서(長豊瑞)가 육십 년을 살아왔지만 비로소 노부를 제대로 알아보는 지기를 만났구나! 통쾌하다, 통쾌해!"

짐짓 호탕함을 과시하는 게 지나쳐 깡마른 가슴을 부서져라고 퉁퉁 두드려 가며 굵은 목소리로 껄껄 웃는 노인의 모습이 오히려 우습기 짝이 없었다. 소옥은 지그시 입술을 깨물며 가까스로 터져 나오려는 웃음을 참았다.

"흥, 과하군, 과해. 저런 늙은이가 영웅 호한이라고 불린다면 이 부처님은 일세의 대영웅 대호한이라고 불려야 마땅할 것이다."

풍치 화상이 못마땅한 듯 눈살을 찌푸리며 투덜댔지만, 한껏 호기를 과시해 보이고 있는 괴노인 장풍서는 여전히 껄껄 웃을 뿐 대꾸하지 않았다. 그리고는 자신의 너그러움이 어떠냐는 듯 우쭐거리며 곁눈질로 은근히 소옥을 바라보는 것이었다.

소옥은 마치 칭찬을 기다리는 아이처럼 치기(稚氣) 가득한 그 모습을 보고 기어이 참지 못하고 배시시 웃음을 흘렸다. 그러자 그 웃음까지도 자신을 흠모해서 그런 것이라고 여긴 장풍서가 매우 흡족한 얼굴로 연신 고개를 끄덕이며 헛기침했다.

소옥은 가만히 생각해 보았다. 이들 네 명의 노인들이 어떤 사람인지는 알지 못했지만 그다지 심성이 나쁜 것 같지는 않았다. 그렇기에 자신이 아무렇게나 되는 대로 지껄인 말을 듣고도 그처럼 좋아하거나 불쾌해하는 것이다. 심성이 악독하고 심계가 깊은 자라면 그렇게 쉽게 자신의 마음을 드러내 보이지 않을 것이었다.

그녀는 문득 단목기라고 스스로를 밝혔던 그 사내를 떠올렸다. 그의 무표정한 얼굴에서는 한 점의 감정도 찾아볼 수 없었다. 그런 자야말로 함부로 대하기 어렵고 위험한 자가 분명했다.

그를 생각하자 마음속에 원한의 불길이 다시 크게 일었다. 반드시 그자를 찔러 죽이고 말겠다고 다시 한 번 결심했다. 그러자 고개를 푹 숙인 그녀의 얼굴이 딱딱하게 굳어갔고, 눈에서는 흉흉한 살기가 일었다.

제5장

괴이사기(怪異四奇)를 만나다

괴이사기(怪異四奇)를 만나다

소옥의 얼굴을 뚫어져라 바라보고 있던 풍치 화상이 고개를 갸우뚱했다.

"이상하다. 어째서 아름다운 아가씨들은 다 비슷하게 생겼을까?"

그의 말을 들은 소옥이 문득 상념에서 깨어나 다시 정신을 차렸다. 풍치 화상이 눈앞에서 자신을 빤히 바라보며 연신 이상하다는 말을 중얼거리고 있었다.

호기심을 느낀 듯 장풍서가 다가와 화상과 어깨를 나란히 하고 서서 소옥을 바라보았다. 소옥은 그들의 염치없는 시선에 얼굴이 붉어지고 말았다. 속으로 이 노인네들이 주책이라고 중얼거리며 한마디 해주려고 하는데 장풍서가 문득 멍한 얼굴이 되어 천장을 바라보며 한숨을 내쉬었다.

"휴, 그렇군, 그래. 이번에는 화상의 말이 맞았군."

"그렇지? 쇠다리, 네놈도 그렇게 생각하지?"

풍치 화상이 심각한 얼굴이 되어 여전히 소옥을 뚫어지게 바라보며 말했다. 소옥은 문득 이상하다는 생각이 들었다. 이들이 자신과 닮은 누군가를 알고 있는 거라면 그게 누구인지 궁금해졌다.

"제가 누구와 닮았다는 거죠?"

"아니, 아니, 그럴 리가 없지. 넌 닮지 않았다, 닮지 않았어. 그녀가 너보다 훨씬 예쁘고 귀엽게 생겼다. 암, 그렇고 말고. 그러니 너는 그녀일 리가 없지."

풍치 화상이 고개를 절레절레 저으며 엉뚱한 소리를 했다. 소옥은 그의 말을 듣고 기분이 나빠졌다. 제멋대로 자신을 누구와 비교하고, 그래서 닮았다는 둥 헛소리를 하더니 이제는 면전에서 외모를 비교하고 깎아내리기까지 했다. 그런 화상의 천연덕스런 얼굴을 할퀴어주고 싶다는 생각이 들었다.

그녀가 무어라고 대꾸를 해주려는데, 풍치 화상이 이번에는 호들갑스럽게 손짓을 해가며 노도사까지 불러대는 것이었다.

"이봐라, 말코도사야, 네가 좀 봐라. 그녀가 예쁜가, 아니면 이 아가씨가 예쁜가 말이다. 하지만 참 이상도 하지. 어째서 그들은 서로 비슷한 걸까?"

그들을 가만히 지켜보고만 있던 도사와 최흘이 한번 서로를 마주 보고 동시에 다가왔다. 그들도 풍치 화상과 장풍서의 말에 호기심을 느낀 듯했다.

화상과 장풍서를 밀어내고 요모조모 소옥을 뜯어보던 최흘이 먼저 낯빛이 하얗게 변하여 물러섰다. 자세히 그녀를 보자 그 또한 무언가 떠오르는 게 있는 모양이었다. 뒤이어 도사도 심각한 얼굴이 되어 입

속으로 무어라 알아듣기 힘든 말을 중얼거리며 물러섰다.

"휴, 아무래도 나는 아직 수양이 부족한가 보다. 어째서 그녀를, 그녀를……."

최명판관 최흘이 입술을 씰룩였다. 무언가 하고 싶은 말이 있는데 차마 하지 못하는 듯했다. 그가 휴, 하고 길게 한숨을 내쉬고 소옥을 외면했다.

"차라리 보지 않음만 못했다."

소옥은 이제 더 참지 못하게 되었다. 대체 이 네 명의 알 수 없는 노인들이 자신을 놓고 누구와 비교하며 마음대로 이러니저러니 떠드는 것인지 궁금하기도 했지만, 그보다 먼저 화가 치밀어 올랐다.

"그만두세요. 당신들은 도대체가 하나도 쓸모가 없군요. 흥, 남의 얼굴을 그렇게 빤히 바라보는 게 얼마나 염치없는 짓인지조차 알지 못하다니…… 세상에는 닮은 사람이 많아요. 그게 뭐가 어쨌다고 사람을 앞에 세워놓고 이처럼 무안하게 하는 거죠? 나는 이제 당신들을 더 이상 상대하지 않겠어요!"

그녀가 쌀쌀맞게 외치고 최흘과 영춘 진인(永春眞人) 사이를 횡하니 뚫고 지나갔다.

"잠깐만, 내가 낭자에게 물어볼 말이 있소!"

비로소 정신을 차린 최흘이 깜짝 놀라 외치며 손을 뻗어 소옥의 어깨를 잡아왔다. 등 뒤에서 그의 움직임을 느낀 소옥이 흥, 하고 코웃음을 치며 한줄기 기력을 어깨로 쏘아보냈다.

탄자결(彈字訣)을 운용하여 퉁겨내며 동시에 살짝 어깨를 낮추자 최흘의 손가락이 그녀의 옷깃에 닿았다가 미끄러져 내렸다.

"어?"

최흘이 의외라는 듯 외마디 소리를 질렀다.

"제법 재간이 있었군."

싸늘하게 말하며 이번에는 정신을 집중하여 창응박토(蒼鷹搏兎)의 수법으로 재빨리 낚아채는 것이 단번에 소옥을 꼼짝하지 못하도록 붙잡으려는 것이 분명했다.

매의 발톱처럼 웅크린 손가락 끝에서 바람을 가르는 소리가 났다. 소옥은 귀로는 소리를 듣고 마음으로는 상대의 움직임을 보며 여전히 걸음을 옮겨 문을 향해 나가고 있었다. 태연하기만 한 그녀의 모습이 등 뒤에서 잡아오는 최흘의 손을 전혀 느끼지 못하고 있는 듯했다.

최흘의 손가락이 막 그녀의 옷자락에 닿으려는 순간이었다. 그때까지 아무것도 모르는 것 같았던 소옥의 몸이 모두가 깜짝 놀랄 만큼 재빠르게 움직였다.

슬쩍 앞으로 내딛었던 발을 거두어들이더니 몸을 낮추어 옆으로 눕듯 쓰러지며 그 발을 뒤로 내뻗어 돌아보지도 않고 매섭게 차 올렸던 것이다.

최흘이 흠칫하여 멈추었다. 소옥의 몸은 이미 눈앞에 있지 않았고, 그대로 쫓아 들어가다가는 그녀가 차 올린 발의 뒤꿈치에 낭심(囊心)을 지독하게 찍히고 말 것이 분명했다.

허공을 찬 발의 탄력을 십분 살려 바람개비처럼 옆으로 한 바퀴 맴돈 소옥이 어느새 서너 걸음 앞에 우뚝 서서 싸늘한 얼굴로 최흘을 노려보았다.

"허!"

"어렵쇼?"

"묘하다, 묘해!"

그것을 보고 있던 영춘 진인과 장풍서, 풍치 화상이 동시에 외쳤다. 그들은 소옥이 설마 두 번씩이나 최흘의 손에서 벗어날 수 있으리라고는 전혀 생각하지 못하고 있었던 것이다. 의외이다 못해 자신들이 본 것을 믿을 수 없을 지경이었다.

"정말 묘하군. 대체 어디에서 나온 한 수일까? 쇠다리브다 오히려 두어 수 윗길이다. 하하……."

풍치 화상이 손뼉을 치며 즐거워했다. 소옥이 각법(脚法)으로 천하 제일이라고 언제나 으스대는 장풍서의 코앞에서 오히려 그를 놀라게 하는 한 수를 보였다는 것이 화상을 즐겁게 한 것이다.

다른 때 같았으면 그 한마디에 발끈하여 대들었을 장풍서였지만 그는 심각한 얼굴이 되어 소옥을 뚫어져라 바라볼 뿐 대꾸하지 않았다. 머리 속으로 방금 본 그 한 수의 교묘한 발길질을 그려보며 그것의 연원을 찾느라 정신이 없는 것 같았다.

체면이 말이 아니게 된 최흘이 얇은 입술을 파르르 떨었다. 눈앞의 낭자가 설마 자신의 손을 무색하게 하리라고는 그 또한 생각해 보지 않았던 것이다. 강호를 종횡하며 이처럼 낭패를 본 기억이 별로 없었다.

최흘이 자신의 연배를 잊은 듯 소옥을 노려보며 이를 브드득 갈았다.

"좋아, 과연 너 어린 계집이 얼마나 대단한 재간을 가지고 있는지 보아야겠다."

그가 눈앞의 소옥을 더 이상 만만한 상대로 여기지 않고 전력을 다하겠다는 의지를 내보였다. 그러자 깜짝 놀란 사람은 의외로 소옥이 아니었다.

"사숙! 이런 일에 사숙께서 수고하실 필요가 있겠습니까? 그녀를 붙잡아두는 일은 소질이 대신하겠습니다!'

한쪽에서 내내 소옥을 바라보고 있던 청년이 소리치며 달려나와 그녀의 앞을 가로막았다. 그것을 본 최흘이 분한 숨을 삭이지 못한 채 어깨를 떨며 소옥과 청년을 번갈아 바라보더니 음, 하는 침음성을 발하고 마지못한 듯 물러섰다. 강호에서의 신분과 명성을 생각한 것이다.

사람들이 괴이사기(怪異四奇)로 부르며 두려워하는 그 사기 중의 한 명인 자신이었다. 그런데 몸소 손을 써서 이제 막 방년(芳年)에 든 듯 보이는 어린 여자를 핍박했다는 것이 알려지면 이기고 지는 것을 떠나 웃음거리만 될 뿐이었다.

그가 물러서자 청년의 얼굴에 한줄기 안도하는 기색이 떠올랐다. 그가 최흘과 다른 세 명의 노괴(老怪)들을 향해 정중하게 허리를 숙여 인사를 차린 후 담담한 표정으로 소옥을 바라보았다.

"소생은 송청림(宋淸琳)이라 하오. 강호의 동도들이 형산일룡(衡山一龍)이라는 과분한 명호로 불러주고 있소이다."

그가 소옥에게 포권해 보이며 인사를 건넸으나 소옥은 냉담한 얼굴로 바라볼 뿐이었다. 그가 스스로를 형산일룡이라고 하자 그녀가 코웃음을 쳤다.

"흥, 알고 보니 당신은 형산 문하였군요?"

"그렇소. 소생의 사문은 형산파가 확실하오. 실례가 되지 않는다면 낭자의 방명(芳名)을 듣고 싶소이다만……."

그가 자못 기대하는 얼굴로 소옥의 눈치를 보았다. 자신이 스스로의 이름과 사문을 밝혔으니 소옥 또한 당연히 그러리라고 여기는 게 분명했다. 그러나 소옥의 응대는 더욱 쌀쌀맞기만 했다.

"나는 아직 형산에 무슨 용이 산다는 말은 들어본 적이 없어요. 그대의 허풍이 과하니 형산파의 위명이 어떤지 모르겠군요?"

뒤에서 듣고 있던 최명관관 최흘의 눈꼬리가 매섭게 치켜져 올라갔다. 소옥의 말은 명백히 형산파가 허풍이 심한 문파가 아니냐는 조롱이었던 것이다. 송청림의 얼굴에도 문득 분노하는 기색이 스쳐 지나갔다. 그러나 곧 평정을 되찾은 그가 애써 담담하게 웃으며 아무렇지도 않은 듯 말했다.

"낭자의 말속에는 가시가 들어 있어서 이 몸이 삼키기 어렵구려. 혹시 우리 형산파가 낭자에게 어떤 실수를 한 적이 있는지 모르겠소?"

형산파는 강호의 명문정파 중 당당히 한 자리를 차지하고 있는 문파였다. 그러나 소옥이 가지고 있는 형산파에 대한 인상은 좋은 것이 아니었다. 그녀가 한 번이라도 형산파와 어떤 인연을 맺은 적이 있어서가 아니었다. 그것은 순전히 사부인 곤륜여협(崑崙女俠) 상관혜(上關慧)의 영향 때문이었다.

풍향곡은 형산의 절곡에 자리 잡고 있었다. 두 개의 산봉우리를 사이에 두고 형산파와 함께 남악(南岳) 형산(衡山)의 한 귀퉁이를 차지하고 있었던 것이다. 그러다 보니 언젠가는 그들과의 사이에 알력이 생기지 않을 수 없었다.

소옥은 아직 댕기머리의 어린 소녀였을 적 언제이던가, 사부가 풍향곡으로 찾아온 낯선 노인과 다투는 것을 보았었다. 노인이 돌아가고 난 후 사부는 어린 그녀를 품에 안고 머리를 쓰다듬어 주며 말했다.

"낯선 곳에서 여자가 혼자 산다는 것이 이처럼 어려운 일이구나."

　사부의 얼굴에 드리운 수심을 보며 소옥은 형산파의 장문이라던 그 노인에 대한 적의를 갖게 되었다.

　그 후에도 두어 번 더 노인이 찾아왔다. 그리고 그때마다 사부와 무언가 언쟁을 하였다. 마지막으로 찾아왔을 때 소옥은 모옥 밖에서 그들이 언쟁 끝에 기어이 싸우는 소리를 들었다.

　가슴을 졸이며 기다리고 있는데 노인이 창백해진 얼굴로 모옥을 나와 겁에 질려 있는 소옥을 한번 바라보고는 온다 간다는 말도 없이 풍향곡을 떠났다.

　그 뒤로 다시는 누구도 찾아오는 일이 없었고, 형산파와의 교류도 없었지만 소옥은 어린 마음속에 이미 형산파에 대한 반발과 미움을 갖게 되고 말았다.

　그때의 일을 더듬어 생각하고 있는데 송청림이 헛기침을 했다. 비로소 정신을 차린 소옥이 그를 바라보았다. 이목구비가 반듯하고 살빛이 희었으며, 두 눈에 정기가 번쩍이는 것이 제법 빼어난 기상을 지닌 청년이었다. 겉모습만으로 본다면 강호의 무인이라기보다 어느 명문가의 자제라고 해야 어울릴 그런 자였다.

　"낭자는 아직 소생의 말에 대답을 해주지 않았구려. 혹시 소생이 주제넘은 짓을 한다고 생각하는 건 아닌지?"

　소옥을 바라보는 송청림의 눈 깊은 곳에서 강한 기운이 서서히 일어나고 있었다. 그것을 빤히 바라보며 소옥은 이자가 생긴 것과는 달리 제법 강단이 있어서 외유내강(外柔內剛)한 면이 있다고 느꼈다. 그러자 과연 네가 언제까지 참나 보자는 심술기가 일었다.

　"내가 언제 당신에게 이름 따위를 물었던가요? 나는 당신의 그 잘난 명호나 사문에 대하여 손톱만큼의 관심도 없으니 당신도 내게 관심을 가질 거 없어요."

송청림이 음, 하고 신음을 했다. 면전에서 모욕을 당했다는 것이 젊은 그의 마음을 괴롭혔을 것이었다. 이글거리는 눈빛으로 소옥을 쏘아보는 그의 안색이 심상치 않았다. 소옥은 가만히 내력을 운용하며 다음 일에 대비했다.

그러나 송청림은 끝내 스스로의 노기를 눌러 참았을 뿐, 어떤 행동도 취하지 않았다. 그의 얼굴이 조금씩 담담하게 가라앉아 가는 걸 지켜보며 소옥은 속으로 감탄했다.

'이자는 아직 혈기 왕성한 나이에도 불구하고 참으로 인내심이 대단하구나. 형산파에 이와 같은 자들이 많이 있다면 무시할 수 없겠다.'

"맞소. 내가 스스로 이름을 밝히고 명호를 자랑했으니 낭자의 비웃음을 받아도 싸지요. 보기에 낭자는 한 몸에 고절한 무공을 지니고 있어서 소생 따위는 눈에도 차지 않는 듯하오."

그는 최명판관 최흘이 분노를 참지 못하고 소옥을 몹시 때릴 것을 걱정했다. 그래서 급하게 앞을 가로막고 나섰던 것이다. 최흘의 손에서 소옥을 보호해 주면서 그녀가 사당을 나가지 못하도록 잡아두고 있을 셈이었다.

꼭 싸움을 해서 강제로 붙잡는 것만이 방법은 아니었다. 송청림은 어떻게 해서든 소옥의 관심을 끌어 그녀가 스스로 이곳을 떠날 생각을 잊도록 해야겠다고 작정했다.

"보아하니 낭자는 아직 강호의 경험이 적은 듯하니 소생이 이 자리를 빌어 몇 분의 고인들을 소개해 올리겠소이다."

다시 소옥이 무슨 트집을 잡아올까 두려운 듯, 송청림이 먼저 그렇게 운을 떼고 손을 들어 네 명의 노인들을 가리켰다.

"낭자는 강호에 사기(四奇)라고 불리는 네 명의 절대고수들이 있다는 걸 아시오?"

"흥, 사기든 오기든 그게 나와 무슨 상관이죠?"

"허, 낭자는 정말 강호 십대고수에 대하여 조금도 관심이 없단 말이오?"

소옥의 쌀쌀맞은 대꾸에도 송청림은 좀체 노여워하지 않고 어떻게 해서든 그녀의 관심을 끌어내려고 노력했다.

그가 십대고수를 들먹이자 과연 소옥이 흥미를 느낀 듯 눈을 반짝이며 바라보았다. 그녀는 자신의 사부를 떠올린 것이다. 과연 사부님께서 십대고수에 들었을까를 궁금해하는데, 내심 쾌재를 부른 송청림이 그녀의 마음이 또 어떻게 바뀔지 그것이 두려운 듯 재빨리 말했다.

"사람들은 입을 모아 일승(一僧) 일도(一道) 이검(二劍) 사기(四奇)야말로 현 무림의 최고 고수들이라고 한다오."

소옥이 불쾌하다는 표정을 하고 고개를 갸웃했다.

그것을 보고 그녀의 마음이 또 비틀어진다고 생각한 듯, 송청림의 얼굴에 당황한 기색이 어렸다. 그가 서둘러 입을 열었다.

"낭자는 그들이 누구인지 짐작할 수 있겠소?"

"흥, 일승이야 당연히 소림사의 중이겠죠? 그러면 일도는 뻔하죠. 무당파의 도사 아니겠어요?"

"하하, 낭자의 안목이 놀랍소."

송청림이 짐짓 즐겁다는 듯 손뼉을 치며 소옥을 치켜세웠다. 소옥이 그런 그를 샐쭉하니 흘겨보았다.

"강호인이라면 누구나 소림과 무당을 앞 다투어 꼽아주는데 그건 별

거 아니에요. 형산파와 마찬가지로 그들의 위세도 허풍이 심해서 과히 믿을 만한 게 못되죠."

얼굴에 곤혹스러워하는 기색을 떠올린 송청림이 쓰게 웃고 나서 헛기침을 했다.

"낭자의 말은 소생이 듣기에 민망한 점이 있소이다."

"당신의 사문을 들먹여서인가요? 만약 내 말에 불복하겠다면 몸소 시험해 보면 알 거 아니겠어요? 나는 이름도 없는 문파의 하수이나, 감히 그 위명도 쟁쟁한 형산파의 무공을 한번 상대해 보죠."

송청림이 웃으며 손을 내저었다.

"천만에, 천만에. 소생이 어찌 낭자의 적수가 될 수 있겠소? 다만 언제든 낭자의 사부님을 한번 뵈옵고 그 고명하심을 흠모할 기연을 얻기 바랄 따름이오."

소옥의 눈꼬리가 새침하게 치켜 올라갔다. 그의 말이 자신을 우습게 여기고 오히려 사부와 겨루어 형산파의 무공을 뽐내보고 싶다는 것으로 들린 것이다.

"흥, 당신에게 과연 그럴 자격이 있는지 모르겠군요. 당신이 나의 사부님께 가르침을 청하려면 적어도 앞으로도 백 년은 더 공부를 쌓아야 할 거예요. 흥, 그때는 이미 사부님은 물론 나도 이 세상 사람이 아닐 테니 내 제자를 시켜서 당신을 맞이하게 하면 되겠군요."

지독한 독설이었다. 그러나 송청림은 한숨을 한번 내쉬었을 뿐 이렇다 저렇다 대꾸하지 않았다. 소옥은 그것을 보며 이자가 어쩌면 음흉하기 짝이 없는 위군자(僞君子)일지도 모른다고 고쳐 생각했다. 그게 아니라면 자신으로서는 이해할 수 없을 만큼 마음과 수양이 깊은 보기 드문 인물일 것이었다. 하지만 그렇게 인정하기는 싫었다.

"일승(一僧)은 현재 소림사의 달마원(達磨院)에서 수도에 여념이 없는 혜각(慧覺) 선사이고, 일도(一道)는 무당의 장로인 청풍 진인(淸風眞人)을 가리키는 말이오. 그리고 이검(二劍)은 당금 강호에 검법으로 쟁쟁한 두 분의 노선배를 일컫는 말이니…… 한 분은 멀리 사천 아미파의 검모(劍母)로 불리는 화운금검(火雲金劍) 정현 사태(精玄師太)이시고, 다른 한 분은 현재 하북(河北) 무림을 영도하고 있는 귀검문(歸劍門)의 문주이시자 운리성검(雲理聖劍)으로 추앙받는 제만엽(齊萬燁), 제 대협이시라오. 그분은 또한 단혈맹(丹血盟)의 맹주로서 무림에 지대한 위엄을 떨치는 분이시기도 하오."

말이 계속될수록 소옥의 얼굴에 드리워지는 실망과 비난의 기색이 더욱 짙어졌지만, 송청림은 그것을 알지 못했다. 소옥은 그가 말하는 사람들 중에 자신의 사부가 들어 있지 않은 것이 불만이다 못해 노엽기까지 했다.

그것을 눈치 채지 못한 송청림이 웃으며 말을 계속했다.

"그리고 사기란 바로……."

송청림이 한쪽에 늘어서서 지켜보고 있는 네 명의 노인들을 가리켰다.

"저기에 계신 네 분을 일컫는 말이라오."

"흥!"

그의 말에 소옥이 쌀쌀맞게 코웃음을 쳤다. 그녀가 보기에 네 늙은 이들은 주책이 심하거나, 아니꼽기만 한 노괴물들에 불과할 뿐, 그들이 당금 강호에서 열 손가락 안에 꼽아주고 있는 기인들이라는 것을 믿기 힘들었던 것이다.

소옥의 표정이야 어쨌든 송청림은 자신의 말을 다 하고야 말겠다는 듯 계속하여 주워섬겼다.

"저분 노도사님께서 사기의 으뜸으로 치는 영춘 진인(永春眞人)이시고, 그 곁에 계신 분이 두 번째이자 소생의 사숙이 되시기도 하는 최명판관(催命判官) 최흘(崔屹), 최 노사(老師)이시오."

"흥!"

소옥의 코웃음 소리가 더욱 냉랭해졌다. 그녀는 최흘이 형산파의 인물이라는 것을 알고 그에 대한 반감이 더 커졌던 것이다. 한번 쓴 입맛을 다신 송청림이 다시 화상과 괴노인을 가리켰다.

"저분 화상께서 세 번째이신 풍치 화상(風痴和尙)이시고, 끝에 분이 세상 사람들이 비천철각(飛天鐵脚)이라고 부르며 공경하는 장풍서(長豊瑞), 장 노사이시오."

장풍서가 자신의 자리대김이 불만인 듯 한번 풍치 화상을 노려보았고, 풍치 화상은 또 최흘을 노려보며 흠, 흠, 하고 헛기침을 했다.

"이 몇몇 분들이야말로 당금 강호의 뭇 고수들 위에 우뚝 솟아 천하를 오시(傲視)하는 절정의 고수들이자 기인이라고 할 수 있소."

"당신은 십대고수를 말한다면서 어째서 여덟 명이죠?"

그녀가 새침하여 트집을 잡아오자 송청림이 빙긋이 웃었다. 그의 희고 가지런한 치아가 보기 좋게 드러났다.

"두 명의 고인은 있으되 있지 않은 그런 존재이기 때문이지요."

"그게 무슨 말이죠?"

"사람들의 머리 속에는 아직 그들의 존재가 생생하게 살아 있으나 그들의 종적은 세상에서 사라진 지 이미 오래되었기 때문이외다."

소옥이 별 이상한 이야기를 다 듣겠다는 듯 송청림을 흘겨보며 입을 삐죽거렸다.

"흥, 그렇다면 죽은 귀신이겠군요."

"아니, 아직 그렇다고 단정하기도 뭣하오. 그들의 주검이 확인된 바도 아니고, 그렇다고 존재가 드러난 것도 아니라…… 그들에 대해서는 말하기가 매우 어렵소."

송청림이 고개를 갸웃거리며 말했다. 눈살마저 가볍게 찌푸리는 것이 마치 어려운 숙제를 앞에 둔 아이 같았다. 소옥의 궁금증이 더 커져 갔다.

"대체 그들이 누구예요? 누군데 그렇게 뜸을 들이는 건지 알 수 없군요."

소옥이 눈을 흘기며 재촉하자 송청림이 천천히 입을 열었다.

"사람들은 그들을 곤륜이비(崑崙二秘)라고 했고, 또 곤륜일룡(崑崙一龍)과 일봉(一鳳)이라고도 했소. 아무튼 그들 두 사람의 기인이 살아 있다면 그건 무림의 크나큰 복이라고 아니할 수 없소이다."

마치 나이 든 노인처럼 신중하며 점잖게 말하는 송청림의 얼굴을 보며 소옥은 가슴이 두근거렸다. 어쩌면 그것이 자신의 사부를 두고 하는 말일 수도 있다고 여긴 때문이다. 그러나 사부는 곤륜문하에 또 다른 동문 사형제가 있다고 말해 준 적이 없었다. 그렇다면 곤륜일룡이란 뭐란 말인가, 혹시 사조님을 두고 말하는 게 아닐까? 하고 제멋대로 추측하며 송청림의 입을 뚫어지게 바라보았다.

소옥의 시선이 부담스러운 듯, 송청림이 얼굴을 붉히며 슬며시 시선을 외면하고 말했다.

"그들은 신비의 문파인 곤륜파가 배출한 최고의 기재들이라고 칭송이 자자했소이다. 한 사람은 옥인(玉人)처럼 깨끗하고 잘생긴 귀공자였고, 또 한 사람은 월궁(月宮)의 항아(姮娥)처럼 어여쁜 낭자였다고 하오. 항상 옥퉁소 한 자루를 들고 다니는 남자를 두고 사람들은 그를 무정풍소(無情風簫)라 하였고, 능히 천하제일검의 자리를 다툴 만한 여협을 두고는 곤륜여협(崑崙女俠)이라고 했다오."

"아!"

소옥이 큰 소리로 감탄성을 발했다. 자신의 짐작이 맞았다는 기쁨보다도 사부가 그처럼 사람들에게 칭송을 받았다는 사실이 더 그녀를 기쁘게 했다.

"그런데 이상하군요……."

그녀가 문득 눈살을 찌푸리며 말끝을 흐렸다. 송청림이 의아하다는 듯 소옥을 바라보았다.

"무엇이 말이오?"

"곤륜문하에는 그, 그가……."

자신의 사부가 있을 뿐, 남자 제자는 없었다고 말하려다가 급히 입을 다물었다. 소옥의 마음속에 강한 의문이 들었다.

"정말 그 무정풍소라는 사람이 곤륜파의 제자였나요? 그가 곤륜여협과 동시대의 사람이었단 말인가요?"

소옥이 빠르게 묻자 송청림의 눈에 더욱 의아해하는 빛이 떠올랐다. 그가 신중하게 소옥의 기색을 살피며 입을 열었다.

"정말 낭자는 그들에 대한 말을 들어보지 못했소? 강호에 몸담고 있는 사람이라면 삼척동자라도 다 알고 있는 일인데……."

모를 리가 없었다. 자신의 사부가 곤륜여협이고, 한때 강호에서 무적의 여협으로 이름을 떨쳤다는 것은 사부로부터 옛날이야기처럼 듣곤 했던 것이다. 하지만 무정풍소라는 사람에 대해서는 금시초문이었다. 그렇다면 어째서 사부는 동문 사형제가 분명한 그 사람에 대해서 십오 년 동안이나 한마디도 말해 주지 않았는지 알 수가 없었다.

소옥이 혼란스러운 머리 속을 정리하느라고 정신이 없는데 송청서가 다시 말을 이어갔다.

"십대고수 중에서 그들 두 사람을 자리매김한다는 건 매우 어렵소. 혹자는 일승 일도보다 오히려 위에 두기도 하고, 혹자는 그렇지 않기도 하니…… 다른 여덟 명의 고인들에 대해서는 이견이 없는데 오직 그들을 두고는 이견이 분분하다는 것만 보아도 그 두 사람이 과연 얼마나 대단했는지 알기에 충분하잖소?"

짐짓 무표정한 얼굴로 듣고 있었으나 소옥의 가슴속에는 뿌듯한 자부심이 차 올랐다. 사람들이 천하제일의 고수라고 꼽아주는 사람을 사부로 모시고 있다는 자랑스러움이 그녀의 어깨를 우쭐거리게 했다. 그런 사부로부터 인정을 받고 의발(衣鉢)을 전해 받은 사람이 바로 나라는 자부심으로 소옥의 눈빛이 오만해졌다.

그녀가 곤륜일룡이자 무정풍소라는 사람의 존재에 대해서 언제든 사부를 만나면 한번 물어보아야겠다고 생각하고 있는데, 한쪽에서 그들의 말을 가만히 듣고 있던 풍치 화상이 송청림에게 삿대질을 해가며 버럭 소리를 질렀다.

"저놈이 제법 쓸 만한 어린놈인 줄 알았더니 영 쓸모없는 쭉정이였구나! 이놈아, 대체 싸우려는 거냐, 말려는 거냐?"

그러자 깜짝 놀란 영춘 진인이 급히 화상의 옷깃을 잡아 흔들며 입을 다물라는 눈짓을 했다. 그러나 한번 마음이 틀어진 화상의 눈에 그런 것이 들어올 리 없었다. 그가 영춘 진인의 손을 뿌리치고 여전히 송청림을 향해 눈을 부라렸다.

"싸우려면 후딱 해치우고 말 것이지 밤새도록 주둥아리만 나불거리고 있으니…… 너처럼 줏대도 배알도 없이 뭉기적거리는 놈이 나는 제일 싫다!"

영춘 진인과 최명판관의 얼굴에 난감해하는 기색이 떠올랐다. 그들은 송청림이 소옥을 붙들고 애써 이런저런 말들을 끄집어내 시간을 끄는 이유를 잘 알고 있었다.

그가 최흘을 대신하여 소옥을 가로막고 나서며 자신이 그녀를 붙들어두겠다고 말했을 때 사람들은 모두 힘으로 제압해 잡아두겠다는 줄로 알았다. 그러나 그는 싸울 생각이 없는지 내내 소옥을 붙잡고 이야기할 뿐이었다. 때로 웃기도 하고, 때로 심각한 표정이 되기도 했으며, 때로는 사랑스러운 눈으로 바라보기도 하는 양이 마치 다정한 한 쌍의 남녀가 정을 주고받는 것 같았다.

처음에는 그것을 이상하게 생각했지만, 곧 그것이 송청림이 굳이 그녀와 싸우지 않으면서도 자신의 말을 지키려는 뜻임을 알게 되었다. 군자는 여자와 다투지 않는다는 말이 있듯이 그는 소옥과 싸우고 싶지 않았던 것이다. 그러면서도 최흘에게 한 말을 지키려고 노력하는 그가 갸륵했다.

영춘 진인과 최흘은 내심 머리를 끄덕이며 그런 송청림의 깊은 마음씀에 감탄했다. 그가 과연 형산일룡이라고 불리기에 부끄럽지 않은 인물임을 다시 한 번 확인하고 아끼는 마음이 더욱 크게 일었다. 그런데 눈치없는 풍치 화상이 기다리다 지쳤는지 길길이 날뛰며 판을 깨려고 나선 것이다.

그는 오직 송청림과 소옥 사이에 한바탕 싸움이 벌어지기만 기다렸던 모양이었다. 눈앞에서 어린것들이 온갖 재주를 뽐내며 싸우는 것을 보고 즐거워할 생각으로 침을 삼키고 있었는데 영 그럴 가망이 없어 보이자 화가 난 것이다.

"이런, 속없고 생각없는 화상 같으니!"

최흘이 그를 흘겨보며 낮게 꾸짖었다. 그러자 풍치 화상이 대뜸 발끈하여 대들었다.

"뭐야? 너야말로 속없고 생각없는 늙은이다. 사내자식이 저렇게 강단이 없고 겁이 많으니 그걸 어디에 쓰냔 말이다! 형산파에는 정말 바보, 멍청이들만 우글거리는 모양이다!"

최흘이 혀를 차며 더 상대하고 싶지 않다는 듯 외면했다. 이 멍청한 중놈을 건드려 봤자 득 될 게 하나도 없다고 생각하는 모양이었다. 그가 상대하려 하지 않자 더욱 기가 살아난 화상이 입에서 침까지 퉁겨가며 송청림에게 삿대질을 했다.

"이놈아, 사내자식이 한번 칼을 뽑았으면 썩은 무라도 베어야지 그게 뭐냐? 너는 고작 계집애처럼 나불거리기는 절기밖에 배우지 못했느냐? 차라리 당장 형산파를 나와서 이 부처님의 제자가 되어라. 그럼 내가 너에게 사내답게 싸우는 절기를 전수해 주마."

송청림의 얼굴이 붉게 달아올랐다. 그는 다 된 밥에 코를 빠뜨리려는 화상이 얄밉고 야속하기만 했다. 풍치 화상의 말을 들은 소옥의 얼굴도 붉게 달아올랐다. 그녀는 비로소 자신이 송청림의 말에 현혹되어 시간 가는 걸 잊고 있었다는 사실을 깨달았다.

소옥의 얼굴에 노여움이 가득 차 올랐다. 이 밤이 가기 전에 아버님을 구해내겠다고 나섰는데 이런 엉뚱한 곳에서 엉뚱한 자의 말장난에 넘어가 쓸데없이 시간만 허비하고 있는 자신에게 화가 났다. 부서진 창문을 바라보자 벌써 새벽이 다가오고 있는지 희뿌연 빛이 울창한 송림 사이를 은은하게 밝히기 시작하고 있었다.

다급해진 그녀가 송청림을 노려보며 빽 소리쳤다.

"당신은 보기보다 훨씬 교활하군요! 어서 비켜요!"

"하……."

길게 탄식하고 난 송청림이 정색을 하고 소옥을 바라보며 천천히 말했다. 그의 얼굴에 간절함이 가득했다.

"낭자, 이제 곧 날이 밝을 것이오. 그러면 많은 사람들이 거리를 오갈 것이고, 관아에 출입하는 사람들도 부쩍 많아질 것이외다. 무슨 일인지는 모르나 낭자가 그곳에서 하려고 마음먹은 일이 더욱 어려워지는 것이오. 그러니 오늘은 그만 포기하고 우리들과 다음날을 함께 도모해 봅시다."

그의 말속에는 무언가 의미 깊은 암시가 들어 있었다. 그러나 마음이 급해진 소옥의 귀에 그런 달이 들어올 리 없었다. 그녀는 서두른다면 새벽이 밝아오기 전에 자신이 마음먹었던 일을 해낼 수도 있을지 모른다고 생각했다.

"정 비키지 않겠다면 할 수 없지. 나의 손속이 너무 무정하다고 탓하지 마시오!"

크게 외친 그녀가 와락 달려들며 사문의 미타금강기(彌陀金剛氣)를 끌어올려 송청림의 가슴을 향해 일장을 뻗어냈다. 그녀의 손바닥에 은은한 금광(金光)이 일렁이는 듯했다.

"엇!"

그것을 본 풍치 화상이 경악의 외침을 터뜨렸다. 소옥의 공부가 벌써 강기(罡氣)를 쓸 수 있는 경지에 들어 있다는 것에 크게 놀랐던 것이다.

우르릉, 하는 은은한 뇌성이 뒤따랐다. 소옥의 손이 가슴 앞에 밀려들고 있었지만 송청림은 피할 생각마저 잊은 듯 빤히 그녀를 바라보고 있을 뿐이었다.

"저런!"

"위험하다!"

풍치 화상의 등에 시선이 가려져 있던 탓에 뒤늦게 사태를 깨달은 영춘 진인과 최명판관이 낯빛마저 새파랗게 질려서 동시에 버럭 외쳤다.

송청림의 가슴을 박살 내버릴 듯 밀려든 소옥의 일장이 그의 옷깃에 닿자 뚝, 멈추었다. 옷깃을 펄럭이게 하고 가슴속으로 스며들던 한줄기 서늘한 기운도 바람에 흩어지는 안개처럼 갑자기 씻은 듯 사라져 버렸다.

"어허!"

그것을 본 풍치 화상과 영춘 진인 등, 사기의 입에서 동시에 탄성이 터져 나왔다.

그들은 그녀가 이미 경력을 모아 강기를 발출할 수 있는 수준을 뛰어넘어 그것을 자유롭게 거두고 갈무리하는 조화의 단계를 보여주었다는 것을 믿을 수 없었다. 소옥의 나이를 생각해 볼 때 그것은 누구라도 믿기 힘든 성취였다.

'대체 저 아이는 누구에게서 배웠을까?'

그들은 동시에 그런 의문을 떠올렸다. 그러자 소옥의 모습이 신비로워 보이기만 했다.

소옥을 바라보는 송청림의 얼굴은 핼쑥해져 있었다. 그 또한 소옥의 공부가 설마 이 정도로 깊을 줄은 상상해 보지도 않았던 것이다. 그러나 놀란 마음과는 달리 그의 눈만은 더욱 번쩍이며 빛났다.

"당신은 정말 죽는 게 겁나지 않나요?"

소옥이 여전히 손바닥을 그의 가슴에 댄 채 싸늘하게 말했다. 그녀를 바라보는 송청림의 입가에 씁쓸한 미소가 걸렸다.

"나는 낭자의 눈을 보았소. 낭자의 마음에 살기가 없는데 설마 소생을 맥없이 죽게 할 리가 없다고 믿은 것이오."

이번에는 소옥의 얼굴이 핼쑥해졌다.

'이 사람은 대체 어찌 된 건가?'

그녀는 눈앞의 송청림이 새롭게 보였다. 죽느냐 사느냐 하는 순간에 자신의 판단만을 믿고 태연히 목숨을 내맡겨 둔다는 건 아무나 할 수 있는 일이 아니었다. 담이 크다면 무모하달 만큼 큰 것이고, 용기가 있어서라면 만용이라고 할 만큼 지나친 것이 아닐 수 없었다.

"낭자의 그 한 수는 충분히 소생을 놀라게 했소이다. 하지만 낭자가 소생을 뿌리친다고 해도 이제는 늦은 감이 있소."

송청림의 말에 문득 정신을 차린 소옥이 창밖을 다시 바라보았다. 새벽은 이제 뿌연 빛으로 완연히 숲을 적시며 안개를 몰고 밀려와 있었다.

"교활한 놈!"

분노한 소옥이 손목을 꺾어 송청림의 뺨을 때려갔다. 일을 망치게 한 분풀이를 단단히 해주지 않고는 마음이 풀릴 것 같지 않았던 것이다.

"하하, 이것만은 양보할 수 없겠소이다."

가볍게 웃은 송청림이 어깨를 기울이며 슬쩍 물러서서 소옥의 손을

피했다. 그러자 흥, 하고 코웃음을 친 소옥이 그림자처럼 그를 따라붙
으며 여전히 손을 뻗어 뺨을 때려갔다. 놀란 송청림이 급히 사문의 보
법인 십이둔천보(十二遁天步)를 밟으며 어지럽게 몸을 흔들었다.

두어 번 걸음을 옮긴 것에 불과했는데 벌써 그의 몸은 다섯 걸음 밖
으로 물러나 소옥을 가운데 두고 맴돌고 있었다. 좁은 사당 안의 공간
을 의식하지 않는 듯, 움직이고 뛰는 것에 망설임이 없었다. 소옥은 잠
시 분노를 잃어버리고 처음 보는 형산파의 절기에 호기심을 느꼈다.

그녀가 발끝으로 가볍게 땅을 찍으며 몸을 틀었다. 신법이라면 누구
에게도 지고 싶은 마음이 없는 소옥이었다. 사문의 경신 공부는 천하
제일이라고 사부로부터 누누이 들어온 것이다.

사문의 신법 중 천룡두린(天龍斗躪)의 요결을 떠올리며 살짝 무릎을
펴자 그녀의 신형이 갑자기 떠밀린 듯 앞으로 와락 쏘아져 나갔다. 송
청림이 깜짝 놀라 더욱 바쁘게 발을 움직이고 몸을 흔들었다. 그러나
소옥은 마치 그의 그림자가 된 듯 여전히 가슴 앞에 따라붙으며 손을
뻗어 뺨을 때려가는 것이었다.

두 사람은 눈 깜짝할 사이에 다섯 번을 때리고 다섯 번을 피하며 사
당 안을 돌개바람처럼 맴돌았다. 펄럭이는 옷자락에서 이는 경풍이 주
위를 온통 휩쓸었다. 송청림이 다시 휙 하고 스쳐 지나가자 유등의 불
꽃이 크게 흔들리다가 꺼져 버리고 말았다.

"흥, 아무리 애써도 헛일일걸?"

싸늘하게 비웃음을 날리고 상체를 흔들어 부쩍 탄력을 일으킨 소옥
이 맹렬하게 쫓아가며 팔을 뻗었다. 이번에는 송청림이 피하지 못하고
뺨을 얻어맞는가 싶었다.

"허, 이건 과하오!"

당황하여 외친 송청림이 어쩔 수 없이 손을 뻗어 소옥의 손목을 잡으려 하였다. 갈퀴처럼 움킨 손을 흔들며 횡으로 쓸어오는 솜씨가 매섭기 짝이 없었다. 그러나 소옥은 단번에 송청림의 투로를 알아보았다. 그녀가 비웃으며 손목을 떨어뜨리고 슬쩍 팔굽을 내밀자 그것이 송청림의 손가락에 부딪쳐 갔다.

놀란 송청림이 재빨리 손을 바꾸었다. 잘못하면 손가락이 소옥의 팔굽에 맞아 부러지고 말 것이기 때문이었다. 여전히 바쁘게 다리를 움직이고 상체를 흔들며 다시 왼손을 뻗어 소옥의 어깨를 낚아채 오는 솜씨가 빼어났지만 소옥은 그것이 위험하다고 생각하지 않았다.

그녀는 송청림이 아직 하체와 상체의 조화를 완벽하게 아우르지 못하고 있다는 것을 눈치 챘다. 부지런히 발을 놀리고 중심을 옮기느라 허리에서 어깨를 타고 팔굽에 이르러 뻗어내는 기운이 충실하지 못했던 것이다.

그러나 소옥에게는 그런 게 문제가 되지 않았다. 그녀는 어떤 상황에서도 기운을 고르게 모으고 원하는 곳에 내뻗을 수 있도록 충분히 단련되어 있었다.

오히려 슬쩍 어깨를 내민 소옥이 내력을 부쩍 끌어올려 맹렬하게 퉁겨냈다. 막 그녀의 어깨를 단단히 붙잡고 득의의 웃음을 터뜨리려던 송청림이 깜짝 놀라 억! 하고 비명을 터뜨렸다. 갑자기 손바닥을 타고 밀려드는 한줄기 강맹한 기운에 팔목이 마비될 듯 저려왔던 것이다.

그가 놀란 눈을 부릅뜨고 재빨리 손을 떼었다. 그 순간에 앞서 나간 왼발이 오른발을 가로막아 신형이 흐트러지고 말았다.

짝―!

그의 볼에서 경쾌한 격타음이 터져 나왔다. 송청림은 눈에서 불이 번쩍이는 것 같았다. 턱을 얼얼하게 한 통증이 순식간에 머리 속까지 꽉 차 올랐다.

　"음, 지독하군."

　곧 쓰러질 듯 비틀거리며 물러서는 송청림을 지켜보던 최명판관 최흘이 눈살을 잔뜩 찌푸린 채 중얼거렸다. 그는 설마 형산일룡으로 불리는 자신의 사질이 몇 수 만에 소옥에게 따귀를 얻어맞게 되리라고는 생각하지 않았던 것이다. 그는 오히려 송청림이 소옥을 궁지에 몰아넣어 그녀의 항복을 받아내리라고 믿어 의심치 않고 있었다.

　앞서 그녀가 보여준 일장으로 미루어볼 때, 내력에 있어서는 소옥이 다소 높을지 몰라도 형산의 정교한 초식과 송청림의 공부라면 충분히 그녀를 제압할 수 있다고 믿었다. 그들의 싸움이 내력을 겨루는 것이 아니라 신법과 금나수(擒拿手)를 다투는 것을 보고는 더욱 그렇게 생각했다. 그런데 불과 십여 초도 지나지 않아서 그만 소옥에게 따귀를 얻어맞고 비틀거리는 수모를 당하자 최흘은 그것이 마치 형산파 전체가 모욕을 당한 것처럼 생각되어 견딜 수 없었다.

　"미련한 놈."

　그가 입술을 깨물며 중얼거릴 때, 그 곁에 있던 풍치 화상은 고개를 갸웃거리며 무엇인가를 생각하기 위해 애쓰는 모습이었다. 그의 살찐 얼굴이 일그러지고 펴지기를 거듭하는 걸로 보아 잘 떠오르지 않는 무엇을 집요하게 생각하고 있거나, 아니면 문득 떠오른 것을 이해할 수 없어서 스스로 곤란해하고 있는 것 같았다.

　"내 얼굴에 먹칠을 할 셈이냐? 아니면 사문의 가르침을 그새 잊었더란 말이냐!"

최흘이 멍하니 서 있는 송청림을 노려보며 매섭게 꾸짖었다. 그 말을 들은 송청림이 고개를 번쩍 들고 최흘을 한번 바라본 다음 세차게 머리를 흔들어 정신을 다잡았다.

"음, 낭자에게 빚을 졌으니 갚지 않는다면 사람들의 조롱을 들을 것이오."

목숨을 소옥의 손에 맡겨두는 담대함을 보였던 그였으나, 그녀로부터 따귀를 맞은 것에 대해서만은 참을 수 없는 모양이었다. 낯빛이 삼엄해진 송청림이 부쩍 기력을 모아 와락 달려들며 일장을 때려왔다.

소옥은 마음먹었던 대로 그의 뺨을 힘껏 때리고 나자 문득 미안한 생각과 함께 내가 너무 심했다는 후회가 들어 머뭇거리고 있는 중이었다. 갑자기 밀려든 송청림의 장력이 굳세고 날카로운 것을 보면서도 선뜻 대응할 생각을 하지 못한 채 어떻게 할까, 하고 망설였다.

어느새 얼굴을 쓸고 어깨를 잡아오는 송청림의 손이 코앞에 이르렀다. 이대로 맥없이 당하고 있을 수는 없다고 여긴 소옥이 비로소 살짝 몸을 틀며 한 발을 가볍게 들어 올렸다. 보고 있는 사람들에게는 소옥의 그런 모습이 자신이 넘쳐 송청림을 희롱하는 것으로 비쳐졌다.

"알고 보니 지독한 낭자였군."

비천철각 장풍서가 눈살을 찌푸리며 중얼거렸다. 어깨를 한번 트는 것으로 송청림의 일장을 비껴낸 소옥이 가볍게 들어 올린 듯한 발에 어느덧 송청림의 낭심이 걸려들고 있었던 것이다. 그대로 얻어맞는다면 큰 손해를 면치 못할 것이었다.

깜짝 놀란 송청림이 버럭 고함을 지르고 앞서 내딛었던 발을 급히 끌어들여 무릎을 꼬며 번갈아 두 손을 내뻗어 권장을 다섯 번이나 때려냈다. 경황 중에도 침착하게 공수(攻守)의 법에 따라 대응하는 그의 솜씨가 볼 만했다. 형산파가 자랑하는 수의권(水懿拳) 중 연환십팔타(連環十八打)의 수법이었다.

눈앞에 어지럽게 오가는 손 그림자가 가득한 중에 살갗을 찌르는 듯한 경기가 쉴 새 없이 밀려들었다. 소옥이 막 그의 낭심에 닿을 뻔했던 발을 걷어들이며 낯빛을 신중하게 하고 몸을 약간 웅크렸다. 가볍게 여기지 않겠다는 듯, 그녀의 얼굴빛이 침착하게 가라앉아 갔다.

송청림의 권격이 밀려오는 힘의 방향을 따라, 마치 물풀이 가벼운 물살에 쓸리며 흔들리듯, 이리저리 가볍게 흔들리는 그녀의 신법이 무게없는 그림자의 움직임인 듯했다. 곤륜이 자랑하는 운룡대팔식(雲龍大八式) 중 신룡선무(神龍旋舞)의 오묘한 조화가 한껏 펼쳐지자 송청림은 더 이상 그녀를 따라잡을 수 없었다.

그의 수법에서 벗어난 소옥이 이얍! 하는 기합을 터뜨리며 두 손을 동시에 뻗어냈다. 한 손으로는 뒤통수를 움켜쥐려는 듯했고, 단단히 말아 쥔 다른 손의 주먹으로는 단번에 미간을 부술 작정인 것 같았다. 그와 함께 슬쩍 한 발을 들어 하체를 감아오는 수법이 어우러지자 송청림은 움직임을 빼앗긴 채 허둥댈 수밖에 없었다.

"고약하다!"

깜짝 놀란 그가 버럭 소리치며 생각할 새도 없이 사문의 절초인 복호장(伏虎掌) 중 위타복호(衛打伏虎)의 수법으로 맹렬하게 두 손을 뻗어내며 옆으로 훌쩍 뛰어 물러났다.

소옥은 당연히 그의 퇴로를 염두에 두고 있었다. 그래서 다음에 이어질 수로 생각하고 있던 것이 팔굽을 펴며 크게 휘둘러 수도(手刀)로 목을 가격하는 것이었다. 그것은 사문의 육양수(六陽手) 중 초동절지(初動切枝)라는 단순한 수법이었는데, 그것이 제대로 펼쳐졌다면 송청림은 낭패를 면치 못했을 것이다.

그러나 소옥은 문득 손을 멈춘 채 눈을 부릅뜨고 뚫어지게 송청림을 바라보기만 할 뿐 선뜻 쫓아 들어가려 하지 않았다.

간신히 소옥의 공세에서 벗어난 송청림이 놀란 가슴을 쓸며 숨을 몰아쉬었다. 여유를 찾을 수 있게 되자 그는 비로소 자신이 방금 무슨 짓을 했는지 깨달았다. 소옥의 부릅뜬 눈을 바라본 송청림의 얼굴이 참담하게 일그러졌다.

"나, 낭자…… 그것은…… 절대 고의가 아닌……."

그가 어찌할 줄을 모르고 쩔쩔매며 말을 더듬었다. 그의 얼굴이 숯불처럼 달아올라 있었다.

그는 경황 중에 두 손을 뻗어 소옥의 가슴을 노리고 쳐냈던 것이다. 무의식적인 일이었으나 사태를 깨닫자 부끄러움과 무안함으로 얼굴을 들 수가 없었다. 그것은 소옥도 마찬가지였다. 그녀 또한 점차 붉어지는 얼굴에 은은한 노여움을 띠고 송청림을 빤히 바라볼 뿐, 감히 무어라고 꾸짖을 생각조차 하지 못하고 있었다.

소옥은 가만히 생각해 보았다. 자신은 발을 뻗어 그의 낭심을 노리고 걷어차는 일을 아무렇지도 않게 할 수 있었다. 그런데 왜 남자는 여자의 가슴을 때릴 수 없단 말인가, 하고 생각하자 곧 그것이 처음부터 공평하지 못한 싸움이라는 것을 깨달았다.

승패를 다투고 생사를 가름하는 데 규칙이 따로 있을 수 없었다. 상대의 약점이라면 가리지 않고 때려서 항복을 받아내는 것만이 최선일 뿐, 예의와 격식을 따지고 규범을 논한다는 것이 오히려 우스울 것이었다. 소옥은 다시 한 번 비무와 실전과의 차이에 대하여 생각했다. 그러자 스스로 깨달아지는 것이 있었다.

오직 이기는 것만이 최선이고 최상인 싸움. 그것이 실전인 것이다.

문득 단목기의 말이 천둥 소리가 되어 뇌리에 울렸다. 그는 초식을 버리고 투로를 잊으라고 했다. 그가 보여주었던 한 번의 칼질을 받아 보고 소옥은 그것이 사악하다고 생각했었다. 그러나 지금 다시 생각해 보자 그것은 최선의 수단이었을 뿐, 조금도 사악하지도, 간교하지도 않 았다.

'나는 그를 탓할 아무런 이유도 없다.'

소옥은 여전히 무안해하고 있는 송청림을 가만히 바라보며 스스로 에게 그렇게 중얼거려 주었다. 그러자 문득 사부의 가르침이 귓전에 울렸다. 사부는 그녀에게 언제나 공평무사(公平無私)하고 광명정대(光 明正大)할 것을 강조했다.

'하지만……'

소옥이 입술을 잘근 깨물었다. 사부의 말을 부정하고 싶지는 않았 다. 하지만 그것만으로는 어딘가 미진하다는 것을 느껴야 했다. 그러 면서도 그것이 꼭 무엇이라고 꼬집어 말할 수는 없었다.

'하지만 싸움은 지독하고 목숨에는 여분이 없다.'

다시 단목기와의 일전을 떠올리고 그때의 공포를 생각하며 어깨를 떨었다. 사느냐 죽느냐를 결판내는 싸움에는 초식과 투로의 정직함이 오히려 장애가 될 수도 있다는 것을 새롭게 깨달은 것이다.

그런 소옥의 자기 반성과 성찰을 바라보는 송청림은 그녀가 너무도 화가 나 할 말을 잊은 것이라고 여겼다. 곧 그녀의 입에서 자신의 사내 답지 못함을 비난하는 지독한 욕설이 터져 나올 것이라고 생각하고 얼 굴이 어두워졌다. 그는 그녀가 뭐라고 비난을 하더라도 묵묵히 받아들일 마음의 준비를 했다.

"나는 당신을 탓하고 싶지 않아요."

그런데 들려온 소옥의 한마디는 뜻밖이었다. 송청림이 번쩍 고개를 들고 놀란 눈으로 그녀를 바라보았다.

"나는 당신을 상대하여 이길 것만을 마음에 두었는데 당신이 내 가슴을 노렸다고 해서 그걸 비난할 생각은 조금도 없어요."

송청림의 얼굴이 보기 흉하게 일그러졌다. 그녀의 너그러운 말에 기쁘기보다 오히려 참담해지는 심정이었던 것이다.

"낭자는 정말, 정말…… 소생을 적으로 생각하고 있는 것이오?"

그렇지 않고서야 야비한 상대의 수법을 그대로 인정하고 받아들일 수 없는 것이다. 소옥의 얼굴이 점점 싸늘하게 가라앉아 갔다. 그녀가 입술을 지그시 깨물고 낮게 말했다.

"서로 사정을 보아줄 필요는 없어요. 오직 최선을 다하도록 하세요."

그녀가 몸을 웅크리며 다시 달려들려고 하자 송청림이 두 손을 내저으며 훌쩍 뛰어 물러섰다.

"그만둡시다, 그만둬. 이 송 모는 결코 낭자의 적수가 될 수 없음을 인정하오."

"그럼 내가 대신해 주지!"

한쪽에서 내내 고개를 갸웃거리며 무언가 골똘히 생각하고 있던 풍치 화상이 돌연 버럭 외치며 땅을 박차고 뛰어올랐다.

송청림이 그 의외의 일에 깜짝 놀라 노선배! 하고 외쳤고, 소옥도 아! 하는 놀람의 탄성을 터뜨렸다.

어느새 머리 위에서 떨어져 내리는 화상이 두 발을 번갈아 차냈다. 사나운 경풍이 회오리치며 몰아쳤다. 허공을 걷어차는 연환각(連環脚) 의 수법이 어찌나 빠른지 여덟 번을 한 번인 듯 차내는 솜씨가 놀라웠 다.

"화상, 당신이 감히!"

놀란 소옥이 급히 회자결(回字訣)의 움직임으로 맴돌아 물러섰다. 한 눈에 팔방을 보며 사방으로 몸을 틀고 보법을 엇비슷하게 하여 물러서 는 모습이 주춤거리는 듯, 망설이는 듯해 보였다. 그러나 그것은 곤륜 이 자랑하는 운룡대팔식의 신법 중 유룡퇴보(遊龍退步)라는 것으로써, 소옥이 당황 중에 펼쳤으나 정교하고 깔끔한 것이 앞과 뒤가 서로 상 응하여 교묘하기 짝이 없었다.

"음! 과연!"

감탄성을 터뜨린 풍치 화상이 무섭게 눈을 부릅뜨고 다시 소옥을 향 해 덮쳐들었다. 괴이사기(怪異四奇) 중 내력제일(內力第一)로 꼽히는 그 였다. 팔을 뻗어 한번 휘두르고 주먹을 내지를 때마다 사나운 경력이 뻗어 나가 소옥을 몰아쳤다.

"염치없는 화상 같으니!"

소옥이 이를 악물고 마주쳐 나왔다. 풍치 화상이 자랑하는 광풍권 (狂風拳) 이십사식(二十四式)이 소나기처럼 사방에서 소옥을 가두고 몰 아쳐 왔다. 웅웅거리는 파공성이 사당 안을 가득 메웠다.

화상은 핏발 선 눈을 부릅뜨고 이를 갈며 끊임없이 낮고 힘찬 기합 성을 터뜨리고 있었다. 그 모습이 마치 산문(山門)을 지키는 사천왕상 (四天王像) 중 하나가 살아서 달려 내려온 듯 사납고 무서워 보였다.

그러나 소옥은 조금도 두려워하지 않았다. 화상의 핍박이 오히려 그

녀의 마음속에 크게 반발하는 기운을 불러일으킨 것이다. 화상의 광풍
권에 마주쳐 가는 소옥의 마음속에는 오직 노여움과 오기가 가득했다.

본신의 내력을 아낌없이 끌어올린 소옥이 사문의 미타금강기(彌陀金
剛氣)를 다시 한 번 일으키며 두 주먹을 번갈아 쳐냈다.

꽝, 꽝—!

쇠메[鐵鎚]로 무거운 바위 덩이를 때리는 듯한 소리가 터져 나왔다.
주먹과 주먹이 서로 부딪치고, 팔굽과 팔굽이 한 치의 양보도 없이 엇
갈릴 때마다 터져 나와 듣는 이의 가슴을 떨리게 하는 소리였다.

꽝, 꽝, 꽝—!

뼈와 살로 된 팔을 휘둘러 부딪치는 데 마치 온 힘을 다해 마른 몽둥
이를 휘둘러 서로 때리는 듯한 굉음이 났다.

다섯 번을 부딪친 소옥이 그때마다 화상의 힘에 밀리며 다섯 걸음이
나 물러났다. 굳세기 짝이 없는 미타금강기는 여전했지만, 소옥은 팔
목과 어깨를 타고 올라와 가슴까지 굳게 하는 무거운 충격 때문에 숨
조차 쉴 수가 없었다.

풍치 화상과 소옥의 한 치도 양보가 없는 부딪침을 바라보고 있던
노인들의 얼굴에 하나같이 놀람과 의아함이 떠올랐다. 한쪽에서 그것
을 보고 있는 송청림의 놀람은 더욱 말할 수 없을 정도였다.

'이건 꿈이다!'

그는 그렇게 부르짖고 있었다. 저 여리고 가늘어 보이는 아가씨가
천하의 괴이사기 중 내력 제일이라는 풍치 화상을 맞이하여 저처럼 당
당한 기개로 굴하지 않고 싸울 수 있다는 것이 믿어지지 않았다. 광풍
권 이십사식을 견뎌내며 다섯 번이나 부딪쳐서 패하지 않을 수 있는
자는 흔치 않을 것이었다. 그런데 그것을 소옥이 해냈다. 송청림은 그

사실을 이해할 수 없었다.

"음, 과연 대단한 배짱이다!"

눈을 부릅뜬 풍치 화상이 더 하고 싶은 생각이 없는 듯 두 팔을 내려 뜨린 채 외쳤다.

대체로 여자들은 가볍고 정교한 초식에 의지하여 싸우는 법이었다. 재빠르고 기기묘묘한 점에 있어서 그것은 남자들이 따라가지 못할 여자들만의 장점이었다. 그런데 화상에게 정면으로 대드는 소옥의 모습은 전혀 그렇지 않았다.

그녀는 무모하다고 할 만큼 커다란 용기와 배짱으로 오히려 남자들보다 더 거칠고 과감하게 부딪쳐 갔던 것이다. 그러면서도 꺾이지 않고 꿋꿋하게 버텨냈다. 나이 어린 아가씨가 보여준 모습이라고는 누구도 믿지 못할 일이었다.

"히히…… 과연 무섭다."

언제 이를 악물고 눈을 부릅떴었느냐는 듯, 다시 늘어진 볼을 씰룩거리며 속없이 낄낄거린 풍치 화상이 혀를 빼물었다.

"이 부처님은 더 이상 하고 싶지 않다. 졌다, 졌어!"

훌쩍 뛰어 물러선 그가 최명판관 최흘의 등을 떠밀었다.

"이번엔 네가 해봐라."

기다리고 있었다는 듯 선뜻 나서는 최흘을 본 송청림의 얼굴이 새파랗게 질렸다.

"사숙! 이러시면 안 됩니다!"

그가 두 팔을 활짝 벌리며 앞을 막아섰다. 나이 어린 한 여자를 두고 강호의 노기인들이 번갈아 나서서 싸움을 한다는 건 있을 수 없는 일인 것이다. 풍치 화상이야 워낙 제멋대로인 사람이니 그렇다고 쳐도,

언제나 냉정함을 잃지 않고 살아가는 최흘마저 나서는 데야 기가 막힐
뿐이었다.

"비켜라!"

최흘이 사납게 눈을 부릅뜨고 소리쳤다. 송청림은 입술을 파르르 떨
었을 뿐, 어깨를 밀고 나가는 최흘을 더 이상 가로막지 못했다.

"흥, 이제 보니 당신들은 염치도 없는 노물들이었군."

소옥이 분한 숨을 몰아쉬며 쏘아붙였다. 그녀의 얼굴에 결코 물러서
지 않겠다는 결의가 가득했다.

"귀찮으니 아예 한꺼번에 모두 나서는 게 좋지 않겠어요?"

그녀의 비아냥거림마저도 귀에 들어오지 않는 모양이었다. 그건 평
소의 최명판관 최흘의 모습이 아니었다. 송청림은 무엇에 홀린 듯한
기분이 되어 멍하니 바라보았다. 이런 일은 있을 수 없다고 중얼거리
는데, 최흘이 이얍! 하는 기합성과 함께 권과 장을 번갈아 때려 넣으며
소옥을 향해 득달같이 달려들었다.

입술을 악문 소옥도 지지 않겠다는 듯 마주 달려들며 두 손을 풍차
처럼 휘둘렀다. 장(掌)으로 쓸며 권(拳)과 지(指)를 뒤섞어 때리고 찔러
가는 것이 어지럽기 짝이 없었다.

"좋구나!"

부쩍 흥이 인 듯 휘파람을 분 최흘이 크게 소리쳤다. 그 또한 자신의
기량을 아낌없이 쏟아내 소옥의 어지러운 손 그림자 속에 밀어 넣기
시작했다.

두 사람의 공수(攻守)는 일맥상통하는 바가 있었다. 손가락 끝에서
발끝까지 하나로 꿰인 듯 기운을 고르게 하여 내뻗고 거두었는데, 수비

가 곧 공격이었고 공격이 그대로 수비가 되는 신묘한 일체감이 엿보였다.

송청림은 눈이 어지러웠다. 공수가 교차하는 두 사람의 움직임이 너무 빨라 제대로 알아보기 힘들 지경이었던 것이다. 그 와중에서도 그는 최흘의 움직임에 의문을 느꼈다.

'저것이 우리 형산의 무공이었던가?'

언뜻언뜻 눈에 들어오는 최흘의 수법은 형산파의 그것인 것 같으면서도 다시 생각해 보면 사문에서 배우고 익힌 투로가 아니었다. 그러나 딱히 어떤 것 때문에 형산의 무공이 아니라고 말할 수도 없는 것이, 아무래도 눈에 익은 투로였고 권격인 때문이었다.

송청림이 눈을 부릅뜨고 최흘의 움직임에 온 신경을 쏟고 있을 때, 소옥도 그러했다.

'이 노인의 수법은 그놈과 같다!'

그녀는 최흘의 어지러운 공세 속에서 문득 단목기의 칼질을 떠올리고 깜짝 놀랐다. 초식을 버리고 투로를 잊으라던 그 말에 깃든 의미를 눈앞의 최흘이 충실하게 보여주고 있었던 것이다.

단목기가 곤륜의 수법에서 나왔으되, 곤륜의 초식과 투로가 아닌 검격을 보여주었듯이, 최흘도 분명히 형산파의 수법에서 나왔으되 꼭 그것이 아닌 무엇을 보여주고 있었다.

'이것은 이 노인의 수법이다!'

부지런히 손발을 놀려 폭풍같이 몰아치는 십여 초의 권격을 받고 흘으며 소옥은 마음속으로 그렇게 부르짖었다. 그 한 번의 검격이 단목기가 아니면 누구도 보여줄 수 없는 것이었듯, 최흘의 권격 또한 그가 아니면 누구도 흉내 낼 수 없는 그만의 초식이었고, 수법이었던 것이다.

본래의 수법과 투로를 비틀고 마음대로 조합했으며, 오히려 새로운 초식이 무궁무진하게 창조되는 그런 경지를 소옥은 두 번째로 보았다. 매 상황마다 그것에 가장 적합한 수가 쏟아져 나왔는데, 그것은 어떤 법식이나 틀에도 얽매이지 않은 그만의 자유로운 경지였다. 그러므로 그것은 몸에 익숙한 것을 답습하는 게 아닌 창조였다. 끊임없이 새로운 수법과 새로운 초식들이 창조되고 있었던 것이다.

소옥의 머리 속이 환하게 밝아졌다.

처음 단목기에게서 그것을 보았을 때는 놀라움과 충격으로 얼이 빠져 있을 뿐이었는데, 다시 눈앞에서 최흘의 그것을 보자 확연히 깨달아지는 바가 있었다.

'나만의 수법!'

스스로에게 외쳐 준 소옥이 일변하여, 머리 속에 가득하고 온몸에 배어 있던 투로의 순서를 잊고 초식의 변화를 잊어버렸다. 회두망월(回頭望月) 뒤에 일지선운(一指羨雲)이 뒤따라야 하건만, 그녀가 쳐낸 것은 과산벽호(過山劈虎)의 무거운 수법이었다. 그러나 그것은 또 과산벽호의 투로가 아닌 용점척지(龍漸陟地)의 초식과 닮은 바가 있었다.

소옥이 뿌리치며 내뻗은 그 한 번의 권격은 이것도 저것도 아닌 것 같으면서 모든 것을 포함했고, 비슷한 것 같으면서 전혀 다른 무엇이었다. 비로소 그녀는 그녀만의 일격을 때려내고 있었던 것이다.

"허엇!"

돌변한 소옥의 반격에 최흘이 놀람의 외침을 터뜨렸다.

소옥의 몸은, 그녀의 손과 발과 마음은 이제 자유로워져 있었다. 한 겹의 껍질을 벗고 새로운 세상으로 머리를 내밀고 있었던 것이다.

자유로워진 소옥의 손이 자유로워진 초식을 아무 두려움 없이 쏟아 내었다. 마음과 생각을 묶어두고 있던 구속에서 풀려난 그녀의 기운이 하늘로 솟구쳐 오르려는 듯 용트림을 하며 손과 발의 움직임을 더욱 힘차고 활기있게 해주었다.

파파파팟—!

옷자락 펄럭이는 소리 속에 섞여 손목과 손목이, 주먹과 주먹이 서로 부딪치고 밀어내며 스쳐 가는 날카로운 소리들이 끊임없이 터져 나왔다.

"나는 보았다!"

눈을 부릅뜨고 그들의 싸움을 지켜보던 송청림이 자신도 모르게 흥분하여 두 주먹을 움켜쥔 채 버럭 소리쳤다. 소옥이 단목기의 칼질을 처음 보고 놀랐듯이, 이제 송청림은 소옥과 최흘이 뒤엉켜 만들어내고 있는 그 알 수 없는 미묘함을 처음 보고 크게 놀란 것이다.

풍치 화상이 그랬던 것처럼, 숨 한 번 몰아쉴 사이에 십여 초의 공격을 퍼붓고 난 최흘이 홀연히 몸을 뽑아 물러났다.

"대단하다. 너는 그 나이에 벌써 입승(入乘)을 보고 있었구나!"

가지고 있던 틀을 깨고 더 높은 경지에 오르려 하고 있다는 뜻이었다. 깨우침에는 연륜이 꼭 필요한 것이 아니었지만, 대개는 오랜 세월 동안의 수련과 경험과 수양이 있어야 하는 법이었다. 최흘은 이제 갓 스물을 넘어 보이는 소옥에게서 그것을 보고 놀라지 않을 수 없었다.

풍치 화상이 소옥의 내력(內力)을 시험해 보고 놀랐다면, 최흘은 그녀의 수법과 초식을 시험해 보고 놀랐다. 그리고 영춘 진인과 비천철 각 장풍서는 송청림과는 또 다른 의미에서 크게 놀라고 있었다.

긴장과 흥분이 아직 가라앉지 않아 거친 숨을 어깨 너머로 내쉬던 소옥이 흥, 하고 쌀쌀맞게 코웃음을 쳤다.

"다음에는 누구죠?"

아무도 그 말에 대답하는 자가 없었다. 무거운 침묵이 사당 바닥에 쌓여갔다. 어둠을 털어내고 밝아오던 새벽의 청량함이 그것에 놀란 듯 주춤거리고 있었다.

"휴—"

길게 한숨을 내쉰 영춘 진인이 머리를 설레설레 젓고 나서 흔들리는 눈빛으로 소옥을 바라보았다.

"낭자는 이제 보니 정말 그, 그……."

"말하지 마라!"

장풍서가 깜짝 놀라 손마저 홰홰 내저으며 버럭 소리쳤지만, 영춘 진인은 이미 말을 멈추고 있었다. 그 또한 차마 다음 말을 꺼내지 못하고 머뭇거리기만 했던 것이다. 다시 한 번 휴, 하고 한숨을 쉰 진인이 고개를 틀어 소옥의 눈길을 외면했다.

"험, 낭자, 그러니까……."

장풍서가 목이 메이는지 헛기침을 하고 나서 갈라진 음성으로 말을 건넸다. 그러나 그 또한 뒷말을 차마 잇지 못하고 마른침만 삼키며 어지럽게 눈동자를 굴릴 뿐이었다.

"대체 또 무슨 요상한 수작들이죠? 당신들은 정말 염치없고 어쩔 수 없는 늙은이들이란 말인가요?"

자신을 놀리고 있다고 여긴 소옥이 발끈하여 얼굴마저 붉힌 채 빽, 소리쳤다.

송청림은 등줄기어 흐르는 식은땀을 느꼈다. 아무리 모르고 있다고 해도 괴이사기로 불리는 그들 네 명의 괴팍한 노인들 앞에서 그런 말은 스스로의 명을 단축하는 거나 다름없었던 것이다.

그러나 정작 그들 네 명의 노인들은 듣지 못한 듯, 아니면 그 말이 꼭 맞다는 듯 묵묵부답 말이 없었다. 오히려 그들의 얼굴이 점점 숙연해지는 것이어서 이번에는 그것이 송청림을 더 어리둥절하게 했다.

"낭자. 그대의, 그대의 그…… 사부님은 안녕하시오?"

한참 만에야 영춘 진인이 갈라진 목소리로 겨우 그렇게 말했다. 소옥의 눈썹이 상큼 치켜졌다.

"설마 내 사부님을 알고 계시다는 건가요?"

"에잇, 답답해 못 견디겠다!"

버럭 소리친 풍치 화상이 옷소매를 떨치고 나서서 소옥의 면전에 버티고 섰다. 그의 이글거리는 눈 속에 장난기란 조금도 없었다. 화상이 정색을 하고 바라보자 그 모습이 되려 우습기 짝이 없는 것이어서 소옥은 슬며시 외면하고 말았다.

"그녀…… 너의 사부가 안녕하시냐 이 말이다. 아니, 죽었느냐, 살았느냐!"

"죽긴 누가 죽었다고 그래요!"

화상의 말이 끝나기 무섭게 앙칼지게 소리친 소옥이 매섭게 눈을 흘겼다.

"그분은 두 눈을 시퍼렇게 뜨고 잘 살아 계시니 쓸데없는 소릴랑 하지 말아요!"

"어, 허허허……."

풍치 화상이 허탈하게 웃음을 터뜨리며 노인들을 돌아보았다. 그의 얼굴이 일그러진 채 경련하듯 살찐 두 볼을 씰룩거리고 있어서 보기

흉했다. 한동안 헛웃음을 터뜨렸던 그가 입 안에 무엇을 잔뜩 넣고 있는 사람처럼 우물거리는 음성으로 간신히 말했다.

"들었지? 그, 그녀가…… 아직 시퍼렇게 살아 있다네."

"음……."

나머지 세 명의 노인들이 한 사람처럼 동시에 신음을 흘렸다.

몇 마디 이야기를 하는 사이에 팽팽하게 긴장하고 흥분되었던 마음이 조금씩 가라앉았다. 소옥은 비로소 이상하다는 생각을 했다. 노인들의 표정에서 그들이 자신의 사부를 잘 알고 있는 듯한 느낌을 받았던 것이다.

"당신들은 나의 사부님을 알고 계신가요?"

"아니, 아니, 천만에올시다!"

풍치 화상이 화들짝 놀라며 두 손을 내저었다.

"나는 낭자의 사부가 누구인지 알지 못하네!"

장풍서도 깜짝 놀란 얼굴을 하고 주춤 물러서며 머리를 흔들었다. 영춘 진인과 최흘도 크게 다르지 않았다. 그들도 얼굴빛이 납빛으로 변한 채 입을 꾹 다물고 애써 소옥을 외면했던 것이다.

그러나 소옥은 그들의 과민한 반응에서 더욱 강한 긍정의 뜻을 읽었다. 그녀는 어쩌면 이들이 강호에서 사부님과 좋지 않은 관계를 맺었던 건지도 모른다고 생각하고 긴장했다. 그렇다면 다음에 취해올 행동이 어쩌면 자신에게 큰 위험이 될지도 모르기 때문이다.

소옥이 잔뜩 경계의 눈길을 풀지 않은 채 조금씩 뒤로 물러났다. 네 쌍의 눈동자가 제각기 깊고 음울한 빛을 띤 채 그런 그녀를 뚫어지게 바라보고 있었다.

"좋아, 좋아. 이 일은 우리 모두 듣지 못한 걸로 하면 될 것일세."

　한참 만에야 영춘 진인이 가볍게 손뼉을 쳐서 무거운 침묵을 밀어내고 말했다. 그 말에 동의한다는 듯 최흘과 장풍서가 동시에 머리를 끄덕였다. 그러나 풍치 화상만은 여전히 소옥을 바라볼 뿐, 가타부타 말이 없었다.

　어느새 날은 완연히 밝아져 있었다. 울창한 숲이 온통 새들의 지저귐으로 가득 찼다. 소옥은 어서 이곳을 떠나고 싶었지만 발길이 쉽게 떨어지지 않았다. 노인들 때문이었다. 그들이 숨기고 있는 사정이 무엇인지 궁금하기 짝이 없었다.

　"제기랄, 차라리 저 조그만 아가씨를 보지 못했더라면 좋았을 걸 그랬다."

　풍치 화상이 투덜거리고 나서 모든 것을 털어버리겠다는 듯 옷깃을 거칠게 털었다. 분위기를 바꾸어야겠다고 생각한 송청림이 애써 밝은 얼굴로 웃어 보이며 나섰다.

　"우리는 지난밤부터 아직까지 아무것도 먹지 못했습니다. 노선배님들께서는 시장하지 않으십니까?"

　"그래, 맞다. 우린 쉰 밥 한 그릇도 빌어먹지 못했다."

　풍치 화상이 제일 먼저 반색을 하고 나섰다. 그러자 최흘이 그때까지 한쪽에 몰려서서 아무 말도 하지 않고 있던 두 명의 중년 대한들을 돌아보았다. 그 또한 무언가 이 분위기를 다른 것으로 바꾸어야 한다는 데 생각을 같이하고 있었던 듯했다.

　"여기서 아침 요기를 하도록 하자."

　최흘의 말을 들은 중년의 대한들이 그에게 포권하여 고개를 숙여 보이고 곧 사당 밖으로 나갔다. 여전히 한마디의 말도 하지 않은 채였다.

그들의 뒷모습을 보며 소옥은 내심 이상한 사람들이라고 생각했다. 지난밤부터 이 아침에 이르기까지 그토록 부산을 떨고 난리를 쳤지만, 그들은 시종 보지 못한 듯, 듣지 못한 듯 그렇게 깎아놓은 석상처럼 서 있기만 했던 것이다.

"자, 이제 툭 터놓고 얘기해 보자."

다시 냉랭한 얼굴로 돌아온 최흘이 눈빛을 번쩍이며 카랑카랑한 음성으로 소옥의 주의를 끌었다.

"낭자는 무엇 때문에 위험을 무릅쓰고 관아의 높은 담을 월장해 들어갔던 거지?"

"노선배께서 짐작하고 계신 대로예요."

우선 쌀쌀맞게 응대해 주고 나서 가만히 생각했다. 자신이 좋지 못한 뜻을 품고 있다는 것은 누구나 다 알고 있는 사실이었다. 그것에 대하여 곧이곧대로 말해 주어도 좋을지, 아니면 끝까지 말하지 말아야 할지 여전히 판단이 서지 않았다.

"빌어먹을 판관 놈아, 순서가 잘못되었다."

최흘에게 눈을 부라리고 나선 풍치 화상이 소옥을 보고 히죽 웃었다.

"낭자가 묻는다면 내가 왜 그 빌어먹을 남창부중에 숨어서 쥐새끼처럼 눈알을 뒤룩거리고 있었는지 다 말해 주지."

화상의 깨우침이 소옥의 머리 속을 밝게 해주었다. 그녀는 내가 왜 진작 그것을 먼저 묻지 않았담, 하고 스스로의 정신없음을 탓했다.

"좋아요. 스님께서는 무엇 때문에 위험을 무릅쓰고 관아의 높은 담을 월장해 들어갔던 거죠?"

그녀가 최흘의 말투를 그대로 흉내 내 짐짓 냉랭하게 물었다. 화상이 일깨워 주고 나서야 그대로 따라하자니 영 쑥스러웠던 것이다. 그것을 감추기 위해 흉내 냈지만, 정작 최흘은 마음이 상한 모양이었다. 그가 매섭게 화상을 노려보고 나서 입맛을 다시고 외면했다.

"우리는 그러니까…… 그 빌어먹을 내시 놈과 간신 놈을 쳐 죽이려고 했던 거지. 그래서 염탐을 하러 갔던 게다."

"내시 놈이라니요?"

소옥이 의아하여 묻자 풍치 화상이 한심하다는 얼굴로 그녀를 보며 혀를 찼다.

"이런, 너는 아직 어려서 나라 꼴이 어떻게 돌아가는지 모른단 말이냐? 아니면 대가리가 돌이라서 전혀 그런 데에는 관심이 없다는 거냐?"

화상의 핀잔에 무안해진 소옥이 얼굴만 붉힌 채 고개를 숙였다. 그녀는 사부를 따라 오직 형산의 깊은 산중에서만 살아왔기에 세상 돌아가는 세세한 사정에 대하여는 자세히 알지 못하고 있었던 것이다. 사례태감(司禮太監) 위충현(魏忠賢)의 만행이 근자에 들어 더욱 극심해졌다는 것을 아는 정도로는 세상일을 안다고 말할 수가 없었다.

"얼마 전 강서성의 포정사(布政使)로 부임해 온 왕융(王融)이라는 자와 도지휘사사(都指揮使司)의 감군(監軍)으로 내려온 환관 조양서(趙陽瑞)를 말하는 거라네."

최흘의 설명을 들은 소옥은 깜짝 놀라 그를 바라보았다. 포정사라면 강서성의 최고 행정 책임자였고, 도지휘사사의 감군이라면 강서성의 병권을 장악하고 있는 대장군 권이경(勸二卿)을 감시하기 위해 중앙에서 내려온 자였다. 그들을 죽이겠다는 건 곧 역적 모의나 다름없는 일이었다.

한번 말을 꺼내자 살의(殺意)가 불타오르는 듯, 최흘이 눈빛을 번쩍이며 주먹을 불끈 쥐었다.

"그자들은 간적 위충현의 충견(忠犬)들로서 백성들의 피를 빨고 괴롭게 하는 이나 벼룩 같은 존재들이지. 마땅히 죽어야 할 자들이네."

소옥은 최흘의 말속에서 꺾을 수 없는 의지와 적의를 보았다. 그것은 또 다른 세상을 바라보게 해주는 말이기도 했다.

소옥은 생각했다. 지닌 바 학문과 재주로 황제를 바르게 보필하는 것이 충(忠)이라면, 죽음마저도 달게 받으며 간적들을 규탄하는 것은 의(義)일 것이었다. 그것은 백성의 신망을 저버리지 않고 황제에 대한 충심을 잃지 않는 것이므로 그랬다. 그리고 가진 바 힘과 용기를 크게 내어 간신을 처단하는 것이야말로 참된 협(俠)이라 해야 할 것이다.

은원(恩怨)을 분명히 하고, 신의(信義)를 목숨보다 귀하게 여기는 강호의 협의(俠義)도 중요하지만, 백성을 위해 자신의 힘을 다하는 것도 중요했다. 그것이야말로 진정한 강호의 협사(俠士)가 행하여야 하는 일이 아닐까, 하고 생각하자 눈앞의 괴상한 노인들이 새롭게 보였다.

소옥은 아버지를 구하기 위해 목숨을 걸 생각을 한 자신보다, 나라의 큰 도적들을 처단하기 위해 모험을 감행하는 그들의 행위가 훨씬 크고 깊은 협의라는 것을 알았다. 그러자 부끄러운 생각이 들었다.

"저는……."

잠시 사이를 두고 생각을 정리한 소옥이 망설이며 말했다.

"뇌옥에 갇혀 있는 아버님을 구해낼 작정이었습니다."

"어? 그대의 아버지가 옥에 갇혀 있었나?"

풍치 화상이 눈빛을 번쩍이며 말했다. 그의 얼굴에 궁금해하는 기색이 가득했다.

“낭자의 부친께서는 함자가 어떻게 되시나? 무슨 일로 뇌옥에 갇히는 신세가 되셨나?”

“그분께서는 파양호 곁 소문현(昭文縣)이라는 작은 고을의 지현(知縣)으로서, 며칠 전 동림당이라는 죄명으로 붙잡혀 죽음을 기다리는 신세가 되셨습니다.”

“그럼 낭자의 부친께서 바로 소양진(蘇陽進), 그인 게로군.”

최흘이 깜짝 놀라 한 걸음 다가서며 큰 소리로 그렇게 말했다.

“제 아버님을 알고 계십니까?”

소옥이 의아하여 묻자 최흘의 얼굴이 어두워졌다.

“남창부에 발을 딛자 제일 먼저 그에 대한 소문부터 들었네. 바르고 곧은 선비이면서, 선덕을 베푸는 좋은 현령이라고 하더군. 이 시대에 아직도 그와 같이 의로운 사람이 있나 하여 언제고 한번 만나볼 셈이었다네. 그런데 그가 역시 동림당의 사람이었군. 아, 참으로 아까운 일이다, 아까운 일이야.”

진심으로 안타까워하는 최흘을 보며 소옥은 마음속에 다시 슬픔과 함께 분노의 불길이 일었다. 그런 그녀를 바라보던 최흘이 한숨을 쉬며 아쉬워했다.

“이번 일을 처음부터 알았더라면 낭자와 우리가 한결 좋은 분위기에서 서로 이마를 맞대고 상의할 수 있었을 거네.”

“늦지 않았다, 늦지 않았어.”

풍치 화상이 제 머리를 두드리며 그렇게 소리쳤다.

“풍치 도우의 말이 맞네. 지금이라도 늦지 않았어.”

영춘 진인이 인자해 보이는 웃음을 띠고 나섰다.

“우리와 낭자가 서로 뜻을 같이한다면 이번 일이 더 쉬워질 수 있네.”

그들이 관부를 소란스럽게 하는 사이에 소옥은 뇌옥을 깰 수 있을 것이고, 반대로 소옥으로 인해 소란스러워진 틈을 타 그들은 뜻을 이룰 수 있을 것이었다. 아니면 등시에 관부에 뛰어들어 각자 뜻을 이루고 빠져나올 수도 있었다.

"내가 알아본 바로는 그 빌어먹을 놈들이 내일 아침 일찍 국문(鞫問)을 한다더군. 그 자리를 주관하는 것은 지부대인(知府大人) 원원중(元原中)이라는 놈이지만, 국문은 포정사 왕융이 제놈 주제를 모르고 직접 한다네. 조양서 놈도 구경하러 올 것이 분명해. 세세히 살펴보고 위충현에게 한껏 공을 과장해서 보고할 심산인 거지. 쥐새끼 같은 놈들⋯⋯."

단숨에 말하고 난 풍치 화상이 목이 마른지 혀로 입술을 핥고 나서 말을 계속했다.

"어쨌거나 일이 그러니 적어도 오늘 밤에는 그 두 잡놈이 남창부에 함께 모여서 지부대인을 족치며 먹고 마시고 지랄발광을 떨 것이 아닌가? 하긴 그 지부대인 원원중이라는 놈도 한통속이니 갖은 아첨을 떨 좋은 기회라고 생각하고 제놈이 먼저 지랄발광의 시범을 보일지도 모르지."

가만히 듣고 있던 장풍서가 손뼉을 치며 거들었다.

"오랜만에 화상 놈이 쓸 만한 소리를 했다. 정말 이때처럼 좋은 기회를 잡기란 어려울 거야."

그들의 말을 듣고 있던 영춘 진인이 웃으며 소옥의 옷소매를 흔들었다.

"아가씨의 생각은 어떤가? 나는 확실히 오늘 밤이 가장 좋은 기회라고 여기네만?”

소옥은 지난 새벽에 훔쳐보았던 관병들의 그 삼엄한 경계와 엄정한 기율이 바로 오늘 밤에 있을 연회에 대한 경호 때문이라는 것을 알았다. 그러자 마음 한쪽에 망설임이 생겼다. 그들의 말대로 오늘 밤이 절호의 기회이긴 했지만, 관병들이 더욱 눈에 불을 켜고 주변을 감시하고 있을 텐데 오히려 더 위험하지 않을까 하고 생각한 것이다.

“뭘 그렇게 망설여? 우리와 함께 통쾌한 일을 한번 벌여보자구!”

풍치 화상이 답답하다는 듯 소옥의 다른 쪽 옷소매를 마구 흔들며 커다랗게 소리쳤다.

“그렇게 하세. 우리도 아가씨의 사정을 알았으니 힘이 닿는 데까지 도와주도록 하지.”

영춘 진인이 다시 점잖게 권해왔다.

“이런 일은 혼자서 하는 것보다 여러 사람이 힘을 모아야 서로 득을 보는 거야. 망설일 이유가 없지.”

장풍서도 거들며 소옥의 대답을 재촉했다. 소옥은 그의 말이 백번 옳다고 생각했다. 그녀가 가볍게 탄식하고 나서 영춘 진인을 바라보았다.

“하지만…… 저 때문에 오히려 여러분의 계획이 어려움을 겪게 된다면…….”

“그럴 수도 있지.”

다시 냉정한 얼굴로 돌아온 최흘이 고개를 끄덕였다.

“일이 잘못되면 우리가 아가씨를 돌보기 위해 힘을 분산시켜야 할지도 몰라. 그렇게 되면 다 된 밥에 코를 빠뜨리는 꼴이 되기 십상이지.”

“지랄이다!”

풍치 화상이 사납게 눈을 흘기며 버럭 소리쳤다.

"너는 이 낭자의 무서움을 겪어보고서도 딴소리냐? 오히려 네놈이 소 낭자 때문에 구차한 목숨을 보전하게 될 거다!"

최흘이 눈살을 찌푸렸을 뿐, 대꾸하지 않았다. 소옥도 최흘의 말에 동감하고 있었다. 아무래도 자신 때문에 이들이 손해를 보게 될 확률이 더 많다고 생각했다. 그것은 이들의 도움을 받지 않고서는 혼자서 아버지를 구해낼 가능성이 별로 없다는 뜻이기도 했다. 그것을 생각한 소옥의 얼굴이 어두워졌다.

재빨리 그런 소옥의 기색을 눈치 챈 장풍서가 웃으며 소옥의 손을 덥석 잡았다.

"소 낭자, 걱정하지 말기. 우리가 아니라도 낭자 혼자서 충분히 부친을 구해낼 수 있을 거야. 하지만 우리가 곁에서 그걸 좀 구경한다고 해서 안 될 것도 없겠지. 그러니 함께 가세."

소옥은 자신의 자존심을 최대한 살려주면서 은근히 도와주겠다는 뜻을 전하는 장풍서의 마음 씀에 가슴이 뭉클해졌다. 보기에는 거칠고 강퍅해 보이는 노인이었지만, 그의 본래 마음은 인자한 할아버지처럼 자상하다고 생각했다. 그러자 자신의 손을 잡고 있는 그의 차갑고 딱딱한 손이 오히려 부드럽고 따뜻하게 느껴졌다.

"말씀에 따르죠."

그녀가 얼굴을 붉히며 간신히 대답했다.

"히히, 젊어서나 늙어서나 저 염병할 놈의 여자 꼬드기는 솜씨 하나는 정말 부럽다니까."

풍치 화상이 살찐 볼을 활짝 펴고 웃으며 조롱했다. 그러나 한껏 기분이 좋아진 장풍서는 한껏 코웃음을 쳤을 뿐 다투려 하지 않았다. 그

가 메마른 입가에 어색한 미소를 띠고 소옥을 바라보며 고개를 끄덕였
다.

"잘 생각한 거야. 암, 그렇고 말고."

밖에서 어느새 구수한 냄새가 풍겨오고 있었다. 모닥불에 고기를 굽
는 냄새였다. 그 냄새에 이끌리듯 사람들이 모두 사당 밖으로 나왔다.

아침 안개가 밀려가고 있는 숲에는 상쾌하고 맑은 기운이 가득했다.
막 떠오른 햇살이 나뭇가지 사이로 밝은 빛줄기를 휘장처럼 늘어뜨리
고 있었는데, 어깨 위로 그 빛을 고스란히 받으며 두 명의 중년 장한들
이 나무 꼬챙이에 주먹만한 고깃점들을 꿰어 한창 굽고 있었다. 꼬챙
이를 돌릴 때마다 지글거리는 기름이 불 위에 떨어져 매캐한 연기를
피워 올렸다.

"먹자!"

군침을 꿀꺽꿀꺽 삼키며 그것을 보고 있던 풍치 화상이 더 이상 못
참겠다는 듯 외치고 장한 곁에 털썩 주저앉았다. 먼저 곁에 놓인 술 항
아리를 집어 들어 꿀꺽꿀꺽 마셔대고 난 화상이 냉큼 장한의 손에서
꼬챙이를 빼앗아 고깃덩이 하나를 뽑아 손바닥에 올려놓고 쩔쩔맸다.

"엇 뜨거, 엇 뜨거."

두 손에 번갈아 고깃덩이를 옮기며 뜨겁다고 소리치는 틈에도 한 입
씩 뜯어 먹기를 잊지 않았다. 화상의 얼굴에 금방 기름이 잔뜩 묻어 번
들거렸다.

사람들이 모두 둘러앉자 장한이 고깃덩이를 미리 준비한 작은 나뭇
가지에 꿰어 일일이 건넸다. 소옥에게도 차례가 돌아왔다. 구수한 냄
새를 풍기며 기름을 떨어뜨리고 있는 그것이 절로 입 안에 군침이 돌

게 했다.

한입 베어 물자 알맞게 간이 배어 있고, 향료를 뿌려 누린내를 없앤 부드러운 육질의 맛이 입 안 가득 그윽한 여운을 남겨주었다. 몇 번 그 맛을 음미하듯 씹던 소옥이 문득 턱의 움직임을 멈추고 멍한 눈으로 허공을 바라보았다. 고깃점을 씹다가 그녀는 갑자기 어머니와 동생들의 주검을 떠올린 것이다.

부패하여 탁한 기운으로 부풀어 올라 있던 그 누렇게 뜬 얼굴과 그 속에 박혀 있던 까만 눈동자가 머리 속을 가득 메워왔다.

"우욱—!"

소옥이 씹던 고깃점을 뱉어내고 숲 속으로 달려 들어갔다. 소나무 둥치를 붙잡고 허리를 숙인 채 고통스럽게 뱃속에 든 것들을 모두 토해내는 그녀의 눈에서 뜨거운 눈물이 펑펑 쏟아지고 있었다.

"어떻게 된 거야? 체하기라도 한 거냐?"

풍치 화상과 송청림이 다가와 걱정스러운 얼굴로 바라보았다. 그들의 얼굴에 온통 묻어 있는 기름을 본 소옥이 다시 외면하고 더욱 심하게 토악질을 해댔다.

그녀는 다시는 고기를 먹지 못하게 될 것이라고 생각했다.

송청림을 따라 다시 돌아온 소옥의 핼쑥한 얼굴을 바라본 최흘이 쯧쯧 혀를 찼다.

"소 낭자가 먹지를 못하니 안 되겠다. 네가 먼저 그녀를 안내하여 숙소로 가 있어라. 어두워지면 찾아가겠다."

이제는 구수하게 맡아졌던 그 냄새가 역겹기 짝이 없었다. 소옥은 한시라도 빨리 그 냄새로부터 멀어지고 싶었다. 인사를 하는 둥 마는 둥 고개를 숙여 보이고 난 그녀가 말없이 돌아서서 빠르게 숲을 벗어

나기 시작했다. 그 뒤를 송청림이 허둥대며 따랐다.

  눈앞에 보이는 주루에 뛰어들어 허기진 배를 소면과 냉채 한 접시로
채우고 난 소옥이 비로소 안도한 얼굴로 송청림을 바라보았다. 그는
탁자 위에 올려놓은 두 팔로 턱을 괸 채 내내 소옥을 바라보고 있었다.
소옥의 시선을 받은 그가 히죽 웃어 보였다.
  "어지간히 시장했던 모양이구려."
  무안함과 부끄러움이 문득 그녀의 얼굴을 달아오르게 했다.
  "뭘 그렇게 빤히 보고 있는 거죠?"
  그녀가 머리카락을 매만지며 흘겨보았다. 세수도 하지 못하고, 빗질
도 하지 못한 얼굴이고 머리카락이었다. 굳이 동경(銅鏡)을 들여다보지
않아도 자신의 모습이 어떠리라는 것은 쉽게 짐작되었다.
  "낭자를 어떻게 불러야 할지 나는 아직도 모르고 있소."
  "소옥(素玉)이에요."
  쌀쌀맞게 말해 주고 난 소옥이 발딱 일어나 점원을 불렀다.
  점원을 따라 객방을 찾아 후원으로 돌아가는 소옥의 뒷모습을 보던
송청림이 씁쓸한 웃음을 떠올렸다.
  "소소옥(蘇素玉)이라…… 낭자의 그 이름은 뜻이 아름다우면서도 쌀
쌀맞으니 낭자에게는 제격이라고 할 수 있겠소."
  이제는 보이지 않는 소옥의 뒷모습을 떠올리며 중얼거린 송청림이
점원을 불러 술을 주문했다.

                    *   *   *

'어떻게 해야 하지…….'

희미한 유등(油燈)의 불 그림자 아래 이마를 짚고 앉아서 소옥은 벌써 한 시진이 넘도록 그것만 생각하고 있었다.

방에 들어와 한잠을 늘어지게 자고 난 그녀는 부스스한 얼굴을 한 채 점원을 불러 물을 가져오게 했다. 한낮의 해가 벌써 두어 뼘이나 기울어지고 난 늦은 시간이었지만, 세수를 하고 머리를 손질하자 한결 기분이 나아졌다.

함께 행동하겠다고 다짐하고 돌아서 왔지만, 그들과 떨어져 다시 혼자만의 시간을 갖게 되자 이런저런 생각들이 그녀의 마음을 혼란하게 해왔다. 소옥은 어쩌면 자신의 결정이 너무 성급했던 건지도 모른다고 생각했다.

아직 그들과 사부님과의 관계에 대하여 아는 바가 없는데, 선뜻 그들을 믿고 따르기로 했다는 것이 가장 마음에 걸리는 부분이었다. 어쩌면 그들이 자신을 미끼로 사용하려는 건 아닐까 하는 의심마저 들었다. 그러자 마음이 더 불안해졌다.

강호에 나가면 낯선 자를 함부로 믿고 방심해서는 안 된다고 이르던 사부의 말이 귀에 쟁쟁했다. 그 가르침대로라면 그들은 분명히 낯선 자들이었다.

자신의 성급했음을 후회하던 소옥은 다시 그들이 말하던 의기(義氣)를 떠올리고 그런 스스로의 의심을 부끄러워했다.

그들은 자기 한 몸의 안위보다 의로운 일을 먼저 생각하는 사람들이었다. 그것이야말로 협사(俠士)의 모습일 것이다. 그런 사람들이 치졸한 속임수를 쓸 리가 없다고 생각하자 다시 마음이 놓였다.

날이 더욱 어두워졌고, 거사를 결행할 시간이 코앞에 다가오고 있었는데도 소옥은 마음을 한 가지로 정하지 못한 채 이런저런 생각들로 불안하고 우울하기만 했다. 자신의 과단성없는 마음에 스스로 화가 나기도 했다.

소옥은 문득 달거리가 며칠 뒤라는 것을 떠올리고 스스로를 괴롭게 하는 이 모든 것이 그것 때문일지도 모른다고 여겼다.

그날이 다가오면 마음의 안정을 찾기가 쉽지 않았다. 집중력이 흐려지고 판단이 잘 서지 않았으며, 신경이 날카롭게 곤두서는 것이어서 스스로가 생각해도 다른 사람이 된 것 같았다. 그러나 그것은 자신의 의지대로 되는 일이 아니었다.

매달 찾아오는 달거리는 자신이 여자이기 때문에 태어나면서부터 지고 온 업장(業障)일 수도 있었고, 여자에게만 부여된 하늘의 복일 수도 있었다. 바로 그것 때문에 이처럼 불안하고 우울해진 것이라고 생각하자 자신을 탓하던 마음에 조금은 위안이 되었다.

문밖에서 인기척이 나더니 몸에 꼭 붙는 검은색 경장을 날렵하게 차려입은 송청림이 들어왔다. 소옥은 그 뒤를 역시 검은색 경장으로 갈아입은 풍치 화상이 따르고 있는 것을 보고 가슴이 철렁했다. 드디어 시간이 된 것이다.

"히히…… 밤이 깊었는데 어디 나들이라도 갈 셈이냐? 그렇게 곱게 단장하고 있으니 보기는 좋다만…… 이렇게 다 큰 아가씨가 이 밤중에 나들이라니 수상한걸?"

화상이 탁자 앞에 의자를 당겨 앉으며 한바탕 너스레를 떨더니 소옥을 한번 바라보고 송청림을 바라본 다음에 머리를 갸웃하며 중얼거렸다.

"네 녀석은 조심해야겠다. 저 아가씨가 아무래도 바람이 난 모양이다.”

　소옥은 화상의 엉뚱한 소리에 화가 나기도 했지만, 가만히 생각해 보자 그것이 실은 자신을 꾸짖는 말이라는 것을 알았다. 곧 죽을지 살지 모르는 싸움을 하러 가야 하는데 몸단장을 하고 깔끔하게 머리 손질을 하는 게 무슨 사치냐고 나무라고 있었던 것이다.

　소옥은 그의 뜻이 옳다고 생각했다. 여자란 본능적으로 자신의 몸치장을 하게 되는 모양이었다. 아름답게 보이고자 하는 욕구가 꼭 나쁜 것은 아니었으나 이런 때는 그리 쓸모있는 것도 아니었다.

　‘머리 손질에 몸단장이라니, 내가 대체 정신이 있는 건가?

　소옥은 단정하게 정리된 자신의 차림을 내려다보고 씁쓸한 마음이 되었다. 그런 그녀에게 송청림이 보퉁이 하나를 건넸다.

　“아무래도 이걸로 갈아입는 게 나을 것 같소.”

　그 안에는 검은색 경장 한 벌과 두건이 들어 있었다. 원래 남자의 옷이었던 듯, 몸에 커 보였으나 지금 당장 자신에게 맞는 걸 구할 수도 없는 형편이었다. 눈살을 찌푸렸던 소옥은 스스로에 대해서 또 한 번 어이가 없었다. 방금 뉘우쳐 놓고서 자신도 모르게 옷이 몸에 맞나 안 맞나를 먼저 훑어보고 눈살을 찌푸렸다는 것을 생각한 것이다.

　그녀가 화가 난 얼굴로 옷을 들고 벌떡 일어섰다. 풍치 화상과 송청림이 서로 한번 마주 보고는 곧 방을 나갔다. 자기 자신에게 화가 난 소옥은 입고 있던 옷을 활활 벗어버렸다. 누가 엿보면 어쩌나 하는 걱정 따위는 애써 무시해 버린 행동이었다.

　경장으로 갈아입고 두건을 뒤집어쓰자 눈만 드러난 괴이한 모습이 되었다. 등에 검을 둘러메고 허리끈을 꼭 조이는데 송청림과 풍치 화상이 다시 들어왔다.

잠시 소옥의 모습을 바라보던 화상이 껄걸 웃었다.

"그래, 훨씬 좋아 보이는군. 그런데 아직 그 두건은 쓰고 있을 필요가 없어. 사람들이 오히려 이상하게 생각할 거야."

소옥은 그들을 따라 주루의 후원(後園)으로 나와 아무도 없음을 확인하고 슬쩍 담을 뛰어넘었다.

흐린 달빛을 빌어 잠시 달리자 논둑에 우뚝 서 있는 사람들이 보였다. 모두가 검은색 경장을 입고 있었는데, 사당에서 만났던 그들이었다.

"왔군."

어둠 속에서도 번쩍이는 눈빛을 감추지 않은 채 최흘이 소옥을 보고 말했다. 여전히 차갑고 쌀쌀한 음성이었으나 그의 말투가 원래 그렇다는 것을 안 소옥은 이제 더 이상 불쾌해하지 않았다.

"어떻게 할 거죠?"

소옥이 그를 보고 물었다. 이 사람들이 어떤 계획을 가지고 있는지 아는 바가 없다는 것이 또 불안한 마음을 가져다 준 것이다.

"우리가 먼저 연회장을 덮칠 거다. 한껏 소란을 떨어서 그들의 이목을 모아주지. 그러면 소 낭자는 그 틈을 타서 뇌옥을 깨고 아버님을 구하면 되네."

오히려 자신들을 미끼로 던지겠다는 말과도 같았다. 소옥은 그만 가슴이 뭉클해지고 말았다. 이들을 두고 잠시나마 쓸데없이 의심하고 망설였던 자신이 부끄럽고 미워졌다.

"시숙."

송청림이 소옥을 밀치고 앞으로 나서서 최흘을 바라보았다.

"소질이 소 낭자와 함께 행동하면 안 되겠습니까?"

"당신이 왜……?"

소옥은 송청림의 말에 깜짝 놀라 바라보았다.

"음, 그것도 좋겠지."

최흘이 뭐라고 대꾸하기도 전에 풍치 화상이 가로채고 나서서 고개를 끄덕였다.

"너, 어린놈은 제법 마음이 깊구나. 사숙이라는 늙은이와는 전혀 닮지 않았어. 좋은 일이지. 암, 좋은 일이야."

최명판관 최흘의 눈치를 보며 이죽거리고 난 풍치 화상이 껄껄 웃으며 송청림의 어깨를 드드리자, 영춘 진인도 빙긋 웃으며 거들었다.

"그 아이가 따라가면 도움이 될 거네."

최흘은 이제 마땅히 반대할 면목이 없었다. 한번 쓴 입맛을 다신 그가 소옥을 바라보고 다시 차갑게 말했다.

"비록 청림의 공부가 낭자에게 미치지 못한다고 하나 그에게는 강호에서의 경험이 있으니 쓸 데가 있을 것이야."

힐끔 묵묵히 서 있는 두 명의 중년 대한을 돌아본 최흘이 입가에 희미한 미소를 지었다.

"게다가 저 두 명이 뒤를 받쳐 준다면 낭자의 한 몸은 안전할 수 있겠지."

송청림이 반가운 낯빛으로 한 걸음 다가서며 손을 모아 쥐고 흔들었다.

"사숙, 그럼 소질과 함께 저 두 분을 딸려 보내시는 겁니까?"

최흘이 얼굴을 약간 찌푸리며 책망하는 눈길로 송청림을 보고 말했다.

"너 또한 아직 어린 치기를 벗어나지 못했는데 내가 마음을 놓을 수 있겠느냐?"

말을 마친 그가 손짓으로 두 사람을 불렀다. 한쪽에 묵묵히 서서 하늘만 바라보고 있던 두 대한이 성큼성큼 걸어 다가왔다. 소옥은 그들이 등에 메고 있는 병기를 보고 고개를 갸웃했다. 두 사람 모두 폭이 넓은 두 자루의 칼을 엇갈리게 메고 있었던 것이다.

강호에 쌍검을 쓰는 사람이 있다는 말은 들었어도, 저들처럼 두텁고 무거운 칼 두 자루를 무기로 쓰는 사람이 있다는 말은 사부로부터도 들어본 적이 없었다. 게다가 두 사람 모두 쌍도를 쓴다는 것이 궁금증을 불러일으켰다.

저런 칼은 어지간한 완력이 아니면 쉽게 다룰 수 없는 것이었다. 그런데 그것을 두 자루씩이나 쥐고 휘두르는 사람들이라면 그 완력이 보통 사람으로서는 감히 따라할 수 없을 만큼 강할 것이 분명했다. 소옥은 내내 말이 없는 그 두 사람이 범상치 않은 내력을 지닌 자들일 것이라고 생각했다.

송청림이 그들을 대하는 태도를 보아도 그랬다. 그는 다가온 두 장한들에게 깍듯이 인사를 차리고 있었던 것이다.

"소생이 두 분께 크게 의지하려 하니 힘을 아끼지 말아주시기 바랍니다."

우측에 섰던 장한이 묵묵히 송청림을 바라보다가 보일 듯 말 듯 턱을 끄덕였다. 좌측의 장한은 여전히 어두운 하늘에 시선을 준 채 서 있을 뿐이었다.

"도움에 깊이 감사드립니다."

소옥이 영춘 진인과 최흘 등에게 허리 숙여 진심으로 감사의 말을 했다.

"욕심은 언제나 몸을 망치는 독이 되네. 일마다 세 번 생각하고 부디 보중하시게."

영춘 진인이 마음이 놓이지 않는다는 듯 걱정스럽게 말했다. 혹시라도 그녀가 부친의 험한 지경을 보고 자칫 이성을 잃고 날뛰지나 않을까 하는 우려 때문이었다. 그런 진인의 마음을 읽은 송청림이 밝게 웃어 보였다.

"소생이 힘을 다해 낭자를 돕도록 하겠습니다."

가볍게 몸을 던져 어둠 속으로 사라져 가는 그들 네 사람의 뒷모습을 묵묵히 바라보고 있는 노인들의 얼굴에 하나같이 걱정과 긴장이 떠올랐다.

"휴— 청림이 있고, 그들 장강쌍룡(長江雙龍)이 함께 있으니 별일은 없을 거야. 문제는 우리들이지."

비천철각 장풍서가 한숨을 쉬고 말했다. 그 말에 문득 정신을 차린 듯 영춘 진인이 중얼중얼 도호(道號)를 외고 나서 손에 들고 있던 검의 검수(劍穗)를 가볍게 떨쳤다.

"오늘 밤은 아무래도 한바탕 피를 보지 않을 수 없을 것이니…… 상제(上帝)께서도 눈살을 찌푸리실 것이네."

"쓸데없다, 쓸데없어. 도사 놈아, 너는 정 겁이 나면 이 부처님 뒤에만 꼭 숨어 있으면 된다."

풍치 화상이 허리에 차고 있던 계도(戒刀)의 자루를 꽉 쥐고 부드득 이를 갈았다. 그의 눈에는 벌써 흉흉한 살기가 맴돌고 있었다. 그 모습을 본 최흘이 차갑게 굳은 얼굴로 소매를 떨치고 나섰다.

"가자."

그가 발끝으로 땅을 찍고 몸을 던지자, 나머지 세 사람도 서로 앞을 다투듯 논둑을 박차고 어둠 속으로 뛰어들었다. 그들 괴이사기(怪異四奇)의 모습은 이내 짙은 어둠에 묻혀 사라져 버렸고, 그들이 서 있던 논둑 위로 서늘한 바람 한줄기가 불어왔다. 밤이슬에 젖고 있는 풀잎들이 일제히 몸을 비비며 누웠다.

〈제1권 끝〉

외공 外功
功
& 내공 內功
功
김민수 新무협 판타지 소설
Fantastic Oriental Heroes

김석진 新무협 판타지 소설

삼류무사

三流武士

통쾌 무비! 쾌감 작렬!

이것이야말로 진정한 삼류!

삼류의 탈을 쓴 비장의 일격을 맛 보아라!
무료함을 날려줄 한방 슬러거!

축하한다! 너는 이제 삼류무사(三流武士)가 되었다.
뒤에 쓰여진 이러쿵저러쿵이 어찌 눈에 들어오겠는가?
머리 위로 별들이 빙글빙글 춤추고 있다.
 "써—앙!"
날아가면서 양발차기로 석비(石碑)를 부숴 버렸다.
와르르—
열받아 봐야 무엇 하겠는가?
물은 이미 엎질러졌고 오 년이란 시간은 흘러가 버렸다.
그래서 이제 스물여덟이 되었다.
황금 같은 이십대의 청춘은 다 날아가 버렸다.
양양성에서 최고로 잘 나가던 한량,
뒷거리 싸움의 천재 장추삼의 청춘은
돌아올 수 없는 곳으로 떠나갔다.
기껏 삼류무사가 되기 위해!

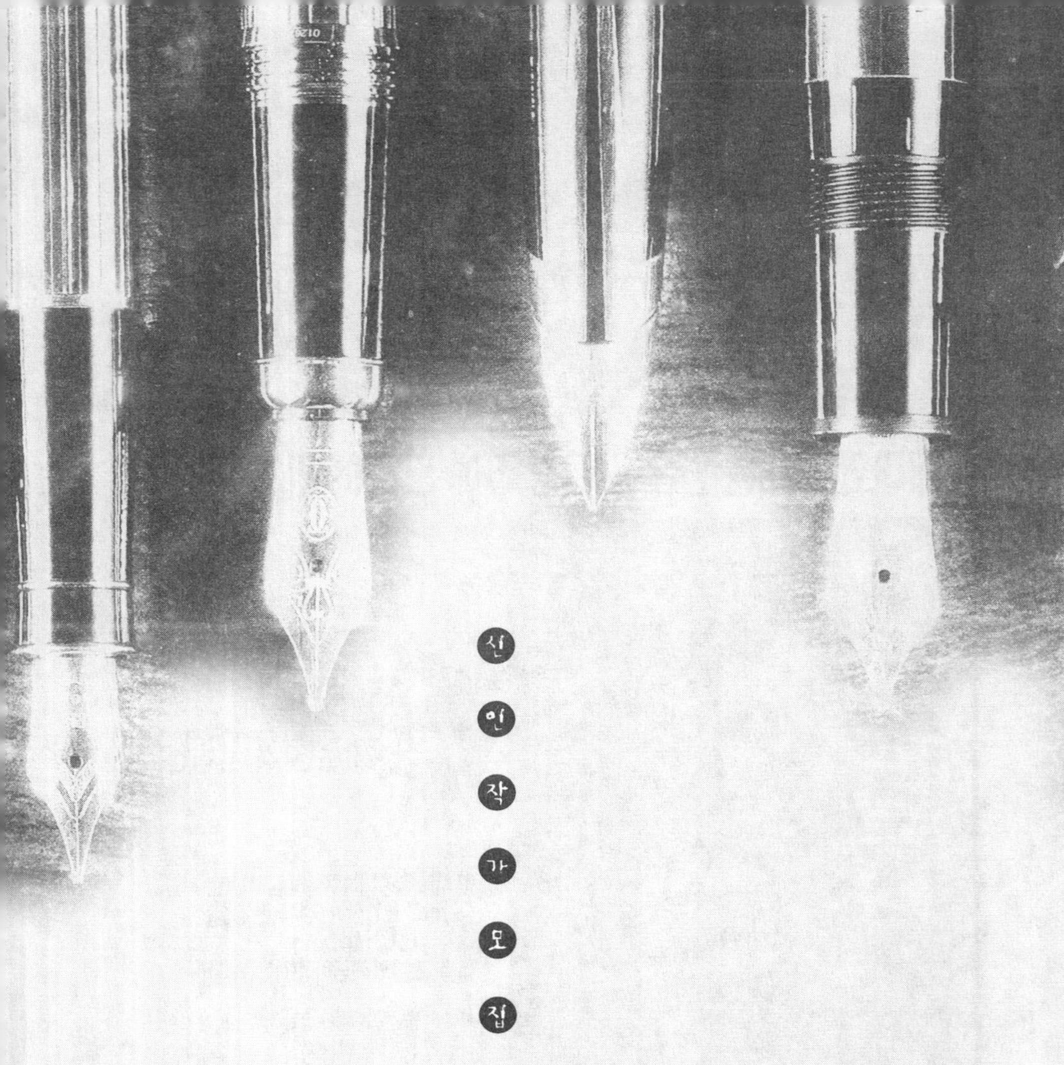